登場人物紹介
Characters
スーロン
サミュエルが買った
奴隷その1。
豪快でおおらかな
頼りになるアニキ。
キュルフェ
サミュエルが買った
奴隷その2。
スーロンの異母弟で、
世話焼き体質。
サミュエル
前向きな侯爵家次男。
ぽっちゃり
やんちゃ坊主だったが、
すっかり痩せて
美形になった。

テート
ササミュエルが
通う学園の料理人。
アモネイ
サミュエルが通う学園に
留学してきた、
近隣国の王子様。
ビクトール
サミュエルの元婚約者。
美少年だった
はずが……!?
エンゼリヒト
ビクトールの恋人。

第一章　思春期は自由《フリーローマー》な世界放浪人

一　瓜坊《うりぼう》令息と白豚時代の思い出と

『誰が貴様なぞ愛するものか。勘違いも甚《はなは》だしい』


サク、サク――

踏みしめる自室の絨毯《じゅうたん》の音と少し籠《こも》った香りに、俺はあの衝撃を思い出した。

バクバクと五月蝿《うるさ》い心臓の音、嫌悪に歪《ゆが》んだ表情と、冷たい、アイスブルーの瞳。

この世界では絶滅した女を彷彿《ほうふつ》させる爪先《つまさき》まで磨き上げた同級生達と、ぶよぶよと肥え太って醜《みにく》い俺。

『そ、そうだったんだ……。ごめんね、全然気付かなくて。俺、勘違いしてた。じゃぁ、さよなら』

十四歳の誕生日の三日前、俺はすごく傷付いた。けれど、泣くのも烏滸《おこ》がましく申し訳ない気持ちでいっぱいで、ヘラヘラ笑ってカフェから逃げ出す。

あんなにショックだったのに、思い出は何処《どこ》か遠くて、角が丸い。これが風化なのだろうか？

（まぁ元々、家出して三日で大分喉元を過ぎてた気がするけど……）

カタリと机の小物が倒れた小さな音に、換金できそうなものを掻《か》き集《あつ》め、置き手紙を書くチビッちゃい俺の幻《まぼろし》を見る。

ふうふうと息を荒らげて、巨体をイモムシのようにモゾモゾ動かす白い贅肉《ぜいにく》の塊《かたまり》。

美しい婚約者に愛されてると信じていた。それが勘違いだったと知り、恥ずかしくて恥ずかしくて。消えてしまいたくて。

大好きな父上や兄上にも話せず、兎《と》に角《かく》、気持ちを落ち着けようと家を飛び出……す気持ちでノコノコ蝸牛《かぎゅう》の歩みで出ていった。

あの頃の俺って、ちょっと廊下を歩いただけでも休憩が要《い》る上、全力全開で歩いても遅いし、つっかえたりぶつかったり、難儀な体だったなぁ。

それで、まさか四年近く家出するなんてね。

そんな巨体で、買い物一つしたことないような世間知らずじゃあ生きていけないのは明白で。

奴隷市場を真っすぐ目指したっけ。

奴隷は物知り、奴隷は強い、奴隷は頼りになる……

大好きだった叔父さんの教育の賜物《たまもの》というか、刷り込みというか……十三歳にして「そうだ奴隷を買おう！」みたいな発想しちゃうのはどうかなって、今更ながらに思う。まぁ、それでスーロンとキュルフェに出会えたんだから良しとしよう。

傷心の俺が出会ったのは、腕や足を切り落とされて死んだ魚みたいに覇気《はき》のない瞳で寄り添っている褐色肌《かっしょくはだ》の二人の奴隷だった。

スーロンとキュルフェ――主従でもあり異母兄弟でもあるという複雑な関係の二人は、俺がポーションで欠損を治せると知る前から頼もしくて優しかった。

「……こら、サミュおじいちゃん。また、ぽけっとしてる」

「ミュー、風呂だぞー？」

「わ」

ヒラヒラと目の前で手を振られて、俺は我に返る。目の前にはキラキラした朱《あか》みがかった金の瞳と金緑の瞳。スーロンとキュルフェだ。

艶《つや》やかな朱《あか》とマゼンタの髪を纏《まと》め、滑らかな褐色《かっしょく》の筋肉がしっかりついた腕を振っている二人は〝健康〟の擬人化かと思うほど生命力に溢《あふ》れている。出会った頃のボロボロ具合とは大違いだ。

物語でよくある〝絶望していた人がだんだん元気になった〟みたいな感じじゃなくて、奴隷市場で買って宿屋で合流した直後から、もう割とこんな感じだったんだから凄《すご》いよね。

そんな超人異母兄弟は俺をすっごく可愛がってくれる。いっぱい愛情を注ぎ、いっぱい美味《おい》しいモノを用意して、いっぱい楽しい所に連れていってくれた。

観光して、ダンジョンでお金を稼いで、どんどん強くなって、どんどん知らない街や国に行く。

お陰で俺は、自分が振られたショックで家出したことどころか、侯爵家次男だったこともちょっと忘れていたくらいだ。

なんて考えていると、風呂場がキャッキャと楽しそうなことに気付く。俺も慌てて下着を脱衣籠《だついかご》に放り込んで風呂場に向かう。

「うわ冷てぇ！　キュルフェ！　湯になるまでの水が勿体《もったい》ないからって俺に使うなよ！」

「フフフ、すみません。だって毎回騒ぐから面白くて。あ、お湯になった♪　どいて、兄さん」

「ハイハイ……ほら、ミューもおいで」

「キュルフェ、自分も冷たいの掛けられたらキャーキャー言うくせに、すぐスーロンにイジワルするんだから……あれ？　風呂場こんな広かったっけ」

ヤレヤレと言いたげな顔で石鹸《せっけん》を泡立てていたスーロンが、少し場所を空《あ》けてくれる。

はぁい、とソコに収まって、俺は大の男三人が余裕で並べるバスタブの横の空間に、少し違和感を覚えた。

……改装？　いやでも、バスルームのデザインは昔のまんまなんだよなぁ。

「あー……出会った頃のミューとだったら、ちょっと狭かったな」

「細くなりましたよね、ホントに。少しだけ昔の子豚君が懐かしいです。ほら、急に飛び出してもすぐ捕まえられたし……」

「あ、そっか。痩《や》せると随分と感じ方が違うもんなんだなぁ……って、いつもゴメンね、キュルフェ。反省してるんだけど、つい、動いちゃうんだよね……」

そっか、こんなに広く感じるほど、昔の体は大きかったんだな、と納得しかけたところに、キュルフェの一言。いつも飛び出しては迷惑かけちゃっているのでシュンとなる。

毎回反省しているんだけど、どーも、気になった瞬間に動いちゃうんだよなぁ。

「フフフ、冗談ですよサミュ。今のサミュも可愛いけど、昔のサミュも可愛かったから懐かしいなってだけです♪」

ちょっと反省していると、キュルフェが笑いながら頭を撫《な》でてくれて、そのままシャワーの下に引き込まれて頭を洗われる。キモチイイ……頭洗ってもらうのってどうしてこんなキモチイイんだろうね。

「長旅だったからな、流石《さすが》のやんちゃ坊主も疲れが出てんだろ」

なんて言いながら、後ろからスーロンが大きな手で肩を揉《も》んでくれた。それが温かくて、心地良くて、俺は目を閉じたまま、ふんむーーと鼻息を洩《も》らす。

「はぁ～～、数日ぶりの風呂はサイコーだな」

「ふぅ……意外と疲れてたんだなって実感しますね……」

モコモコの泡と入浴剤の花びらを頭や肩に載せ、スーロンとキュルフェが気持ち良さそうに呟《つぶや》く。

二人の向かいで俺は、久々に皆で一つの浴槽に浸かれるのが嬉しくてニヤニヤが止まらなかった。

「ねぇ、皆でそっちでくっついたら足伸ばせるんじゃない？　俺もそっちに入れてよ！」

太かった俺が充分寛《くつろ》げるようにと一人用にしては大きい円形バスタブは、三人で入ると小さめのカフェテーブルでも囲んでいるような距離感だ。なんだか楽しい。

(でも折角《せっかく》だし、三人でゆっくり足を伸ばしてお喋《しゃべ》りしたいな)

そう思って、「じゃぶん！」と勢い良く二人の間に飛び込む。泡の下で触れるスーロンとキュルフェの足。えへへ、そこに足があったんだね、ゴメーン。

嬉しくて足をバタバタさせ、泡まみれになった二人に怒られてしまった。

その後スーロンもキュルフェも喉が渇いたとか眠くなったとか言って、すぐにあがった。少し残念だったが、久々に皆で入る風呂は格別だ。

(俺はもっと長風呂したかったのに……長風呂って年齢と共にできなくなるものなのだろうか?)

風呂から出てすぐに服を着せられる。ちょっと暑いなぁ、なんて思いながら、差し出された果実水を飲んで一息入れた。

「ブルーグレー中心に纏《まと》まっていて落ち着きますけど、随分と大人びた部屋ですよね……」

「ああ、でも初めて会ったミューを思い出すとしっくり来る部屋だなぁ。……埃《ほこり》一つないし、閉め切ってた臭《にお》いもないのに、机の上はちょっと散らかってる。もしかして、家出した時のまま維持してたのか?」

キョロキョロしてキュルフェとスーロンが俺の部屋の感想を述べるのが少し気恥ずかしい。

「確かに、出会った頃のサミュって感じしますね。いかにも真面目で大人しいインドア坊っちゃんって感じ。それが今じゃスーロンに感化されてこんなにヤンチャ瓜坊《うりぼう》に……フフフ♪」

そんなにヤンチャかな? 体型以外はそれほど変わった自覚はないんだけどな……

「おい、俺が悪いみたいな言い方するなよ。そもそもミューは出会った時からヤンチャだったろ。買い物一つしたことなかったのに、宝石換金して変装してまで奴隷買って家出したんだぞ? ダンジョンでいきなりゴキブリの巣に火炎球ぶちこむし」

「アハハ、懐かしい！　ありましたね！　真ん丸体型で三歳児みたいに何もできないクセに、色々規格外で、最初の頃は随分と振り回されました……」

ヤンチャじゃないって思っていたけど前言撤回。俺、ヤンチャかもしれない。スーロンの言葉にキューッと顔が熱くなる。

確かに。あの時は必死で、それ以外の選択肢なんて浮かばなかったけど、改めて言われてみれば結構ヤンチャなことしてるな……うぅ恥ずかしくなってきたぞ。うぁぁ〜、笑わないでよキュルフェ……。

恥ずかしくなって果実水のグラスの唐草模様《からくさもよう》をひたすら目で追っている俺の肩に、トスと顎《あご》が乗る感触と優しく華やぐ香り。キュルフェだ。頭には温かい大きなスーロンの掌《てのひら》。

「まったくなぁ……気が付きゃ、このヤンチャにも大分慣れたなぁ」

「ええ、大分慣れましたね……」

グラスから視線を上げると、愛情たっぷりの穏やかな笑みで囁《ささや》かれ、俺はくふふ、と笑む。

あの時、二人と出逢《であ》えて本当に良かった。

二　瓜坊《うりぼう》令息の自白めいた告白と両サイドから齎《もたら》される情報過多な告白

「——なんだって⁇　俺に隷属した⁇」

「ああ、隷属紋はここだ。目立つとミューが嫌がるだろうから、小さめにした」

何げない感じで口にされた言葉に驚いた俺に、ペロッと服を捲《まく》ってみせたスーロンとキュルフェの脇腹には、小さな鎖のような唐草模様《からくさもよう》が浮き出ていた。

それは、一見すると普通の魔法紋だが、バフではない魔力を帯《お》びている。

ここは俺の部屋。

荷物を運んでもらって軽く整理して、ちょっと一息、と、俺のベッドで三人で寝転んで雑談中。

先程、スーロンとキュルフェが父上達と何を話し合っていたのかという話になって、その内容に俺は衝撃を受けた。

二人はいつの間にか俺に魔法で隷属を誓っていたらしい。

〝金さえ払えば消える奴隷契約の魔法と違って、隷属の魔法は一生消えない。そして、隷属したものはその意思までも支配される〟

俺は叔父さんに教えてもらった知識を思い出して血のけが引いた。

違う。違うんだ。俺はそんなことを望んでたんじゃない……。だって、だって二人は……。二人は俺にとって……

「やだよ……なんでそんなこと、したんだよ……。俺、二人のこと、そんなんで縛りたくなかっ……のに……」

伝わっていなかったんだ、俺の気持ち。

いっぱい好きって言ったし、いっぱい好きって気持ちを表現していたつもりだった。

けど、さっき、父上や兄上に言おうとして、俺は全然ちゃんと口にできていなかったことに気付く。

好きにはいっぱい種類があるのに、俺はただ、好きとしか言っていなかった。

俺は、最初から……、俺は二人のこと……、その先の言葉を探す。手遅れだとしても、ちゃんと伝えたい。二人は……

ポロポロと涙がこぼれ落ちる。泣き虫サミュエル！　泣いてる場合じゃない！

「ミュー……？　……べふんぐ……」

何か言おうとしたスーロンの口をサッと塞《ふさ》いで、キュルフェが俺に優しく問いかけた。

「大丈夫ですよ……。ゆっくりで良いから、落ち着いて？　さあ、深呼吸して……。何故《なぜ》、隷属させたくなかったのか……教えて、サミュ。さっきも言いましたが、サミュの口から聞きたいです。いくらでも待ちますから、焦《あせ》らず……、深呼吸……、落ち着いて……」

キュルフェの腕がそっと俺の体に絡まり、背や腕をさする。静かに彼の頬が俺の頭にすり寄った。

その優しさに、その言葉に、俺の中のぐちゃぐちゃに絡まった思考がほどけていく。温かい掌《てのひら》に、促されるように言葉を吐く。

「スーロンとキュルフェは……俺にとって、大事なんだ。大好きなんだ」

「ええ、そうですね」

キュルフェが先を促すように相槌《あいづち》を打ってくれる。

「……好きな人を、隷属の魔法なんかで支配したくなかった！」

やっとこさ出てきた言葉が、手遅れだなんて……。でも、キュルフェは優しくその先を促した。

「そうだったんですね……。その好きは……どんな好きなんですか？　友達として？　……家族として？　……それとも、……愛してる？」

「分かんない！　これが愛なのかなんて分かんないよ！　ただ、アーサーや兄上、父上達、バーマンやアマンダ達とは違うんだ……！　ずっと一緒にいたい！　もっとくっついてたい！　スーロンとキュルフェにもっと触れられたいし触りたい！　キスだっていっぱいしたい！　どっちかとかじゃ嫌だ。二人とも好きなんだ。そーだよ！　二人とも好きなんだよ!!　二人とも好きなの!!」

キュルフェの言葉に、俺の中でつっかえて詰まっていた気持ちがどんどん溢《あふ》れる。

思っていた言葉が土石流みたいに溢《あふ》れると同時に、押し出されるように涙もジャンジャン出て、もう、俺は何がなんだか……

ただ、心から溢《あふ》れる気持ちが口から脈絡もなく飛び出す。

格好悪くて止めたいけど、もう全然止まらなくって。

全部吐き出しなさいと言わんばかりの、キュルフェの優しい温もりに、言葉が転がり落ちていく。

告白ってもっと……。格好悪い……。告白っていうより、これじゃ自白だ……！

「好き！　好きだ！　スーロン好き！　キュルフェ好き！　大好きだ！　俺から離れないで！　俺に支配なんかされないでよぉ！」

泣きながら訴える俺に、スーロンが触れ、そっと頭に優しいキスを落としてくれる。大きな腕で、横から抱き締めてくれた。でも、これはスーロンの意思？　俺が望んだことが反映されているだけ?? 嫌だよ。そんなの嫌だよ。

「ああ、サミュ……。サミュはちゃんと恋愛感情で私達を見てくれてたんですね。それを知れただけで私は幸せです……。嬉しい」

「大丈夫。大丈夫だよ、ミュー。俺もミューが好きだ。俺達は支配なんてされてないから安心して……。ちゃんと俺達は自分の意思でミューを愛してるから……」

「私達が二人だったから、サミュは悩んじゃってたんですね……。気付いてあげられなくてごめんね? ほら、私達の父はその、兄弟全員を娶《めと》るよーな人だったので、この国も側室とかあるし、ちょっと思い至りませんでした……。私も愛してますよ♡ 私の可愛い子豚くん……泣かないで……。その可愛い泣き顔、もっと見たくなっちゃうから……」

……………ちょっ……待てよ……?

えぐえぐと泣いていた俺は、ぐちゃぐちゃになった思考で、涙と鼻水に身を委《ゆだ》ねて聞き流している場合じゃないと気付く。重要な話がさらっと流れた気がして、我に返った。

両方向から同時に喋《しゃべ》られたからイマイチよく聞こえなかったんだが、今、聞き捨てならないことを言われなかったか??

「え? ………今なんて?」

俺は息を整え整え、スーロンに聞き返す。

「ん? 俺らの親父が、気に入ったからって大臣の息子五人を全員娶《めと》った話か?」

いや、違うよ。それもスッゴク気になっちゃうけど、それじゃないよ。

「……キュルフェがミューの泣き顔見たさに意地悪してくるドS野郎って話か？」

チガウヨ、チガウ。

いや、若干……、キュルフェは俺が困ったり恥ずかしがったりすると悦《よろこ》んいでいる節《ふし》があって、そーかな、とは思っていたけど。泣き顔もなんだ……？　ドえらい人を好きになってしまった……って、そーじゃなくて！

「ハハ……スーロンも中々意地悪ですよね。無意識な分、私より質《たち》悪い。兄さんに聞いたんだから、兄さんが言ったことを聞き返してるんです」

キュルフェが笑いながらスーロンに言ってくれる。俺はその尻馬《しりうま》に乗っかってウンウンと頷《うなず》いた。

スーロンは少し考えた素振りを見せて、ニッコリ言う。

「ミュー、愛してるぞ♡」

愛…………俺は恥ずかしさと嬉しさのあまり顔を火照《ほて》らせて突っ伏す。……けど、チガウヨー
スーロン！　俺も好き！　そんなスーロンが好きだ！　でもチガウヨー。でも好きだー！

「アハハ！　地味に兄さん、告白が嬉しくてポンコツになってる！」

キュルフェの言葉に俺も、と心の中で同意する。俺もポンコツだ。さっきからマトモに喋《しゃべ》れない。

「まぁ、サミュが心配するような精神支配はされてないってことですよ。考えてもみて？　隷属の魔法を掛けたのは、実はポール殿が迎えに来た日の夜なんですが、それから私、サミュの嫌がることと、何回しました？　何か変化ありました？」

言われてみれば、いつ隷属の魔法を掛けたのか分からないくらいに変化がなかった。

俺の嫌がること……。ちょくちょく楽しみにしていた最後の一口や肉の一番好きな部位を奪われてベソかいてたな、俺。

本気で怒っちゃいないって言えばそうだけど、でも、割と怒ってたしな。

「う……。結構、ある……」

「でしょ？　ごめんね……。可愛くてついつい……。まぁ、あれなんか、支配されてたらできないですからね、信じてくれた？」

「うん……。信じる」

キュルフェが優しく涙を拭《ぬぐ》ってぐちゃぐちゃの顔を浄化してくれるのにうっとりしながら、俺は返事した。それを見てキュルフェが嬉しそうに微笑《ほほえ》む。悪戯《いたずら》好きなところも、意地悪なところも、こうやって優しいところも、全部好き。言葉にしたせいか、するすると気持ちが纏《まと》まる。

「ふふ、良かった♪　まぁ、サミュが言ってた支配されるって話は、奴隷契約の際のオプションで選べる隷属契約のことだと思うんです。叔父さんに教わったんじゃないですか？　……でしょ？」

キュルフェの言葉にこくりと頷《うなず》くと、スーロンも合点がいったとばかりに頷《うなず》いた。

「ああ、成る程……。ミューは隷属魔法が全部あんなんだと思ってたのか。そりゃ、驚いたよな、ごめんな。奴隷契約の隷属魔法は、掛ける時に付与する条件で精神を支配したり、解除したら隷属者の命を奪うって定めたりするんだ。だが、隷属魔法自体は術者以外は解けないって程度で、そんなに怖いものじゃないよ。支配と隷属のための枠組みであって、どのような支配と隷属かは、条件として付与する。俺達は、ミューに害をなすことだと思うことはしない、もしミューに致死ダメージがくれば、それを俺とキュルフェが肩代わりする、何かあった時のためにある程度だがミューの居場所を感じられる。この三つを誓ったんだ。それをミューのお父上と兄上に、ミューを本気で好きだから離そうとしても絶対追い掛けるし、傍《そば》にいさせてくれたらしっかり守るって覚悟として見せて、一緒にいる許可を貰《もら》ったってわけさ」

「やだよ！　俺の代わりにダメージ受けるなんて！」

「おや、サミュ、これは重要ですよ。サミュが死ぬようなダメージでも、私とスーロンとで半分こですから私達は死なないし、サミュが死なければサミュの回復魔法とポーションが炸裂するでしょう？　ヒーラーを守るのは当然ですよ」

え、あ、……そうか。そう言われれば、そうか……。うん。うん？　うーん。うん……。うん。

スーロンの挙げた条件にとんでもないものが一個入っていたので慌てて抗議したが、キュルフェに言われたらそんな気がしてくる。取《と》り敢《あ》えず、ポーション常備しとかなきゃ。

「それにしても、隷属掛けてて良かったよな。ミューのお父上、初めましてスーロンと申しますって言った瞬間に、奴隷紋解除のスクロール発動させたもんな……」

「予想はしてましたけど、速かったですね。あ、サミュの叔父さんの奴隷達みたいに、私達も家に着いたら奴隷紋解除してバイバイされそうだなって話になって、お迎えが来た夜に、寝てるサミュに二人で誓ったんです。ふふ、奴隷市場なんかでは、奴隷を眠らせて何秒以内に返事がなければ同意とみなすって理不尽な誓いをさせるんですが、私達の場合、主のサミュが眠っていたので、全く逆なんですよね」

笑顔で言う二人を前に、俺は気が抜けてフニャフニャになった。

「サミユ。可愛い子豚くん。二人共好きで良いんですよ。二人で可愛がってあげますから……♡」

気が抜けて、積み重なった枕の隙間にズブズブと沈み込んでいく俺の顎《あご》をそっとキュルフェが掴み、上を向かせる。

「そうだぞ、ミュー……。二人で沢山《たくさん》可愛がってやるから、三人で沢山《たくさん》楽しいことしような」

スーロンもそっと頬を撫《な》でて、二人の顔が近づいてくる。

(これは、初めての唇と唇でのKISSでは⁉)

そう思った俺は、期待にドキドキしながら目を閉じた。

……しかし、いくら待ってもレモンの味も柔らかな感触も齎《もたら》されず。

おかしいな？　と思って、目をそっと開けてみる。

「「……！　……くっ……………！」」

頬を押し付け押し合い圧《へ》し合《あ》いをしているスーロンとキュルフェの顔が目の前にあった。

瞬間、俺の中の何かがスン、と凪《な》ぐ。

「棘薔薇乃実《ローズヒップ》」

「えっ、ちょ、アァア……⁉」

「みゅあっ⁉」

ずむん。と、天井に頭がつっかえるほどの大型のローズヒップがベッドの足元側に出現する。

キュルフェとスーロンがすっとんきょうな声をあげたが、俺は無視して命令した。

「二人にお尻《しり》ペンペン百回しといて！」

「ラジャ！」と葉っぱで敬礼したローズヒップが、くるくると蔦《つた》を使ってスーロンとキュルフェを宙に持ち上げる。

「あ、あ、嘘でしょ!?　サミュ、やめてぇ！　こんな状態で……！　私、そんな趣味は！　ねぇ！ちょっとぉ！」

「ハッハッハ！　さてはお前！　ハッハッハ！　キュルフェ、お前！」

「五月蝿《うるさ》いぞ！　ローズヒップ、二百回に変更だ！」

俺の言葉に頷《うなず》いて、ローズヒップがペチンペチンと葉っぱで二人の尻《しり》を叩く。そんな光景を尻目《しりめ》に、俺は布団を頭まで被《かぶ》って丸くなった。

ふーんだ。そうさ、俺は拗《す》ねているんだ。


「――え、スーロンとキュルフェをジャスパー翁の養子にして、俺の婚約者にすふの!?」

あまりの衝撃発言に俺は噛んだ。なんかもう、ふへぇ……

食べていたお肉はさっきまで美味《おい》しかったのに、今、口に入れたものは何かもよく分からないくらいに素早く喉を通り過ぎる。

あの恥ずかしい自白告白の後、一頻《ひとしき》り拗《す》ねた俺はうっかりそのまま眠ってしまい、夕食前にキュルフェの擽《くすぐ》り攻撃で起きた。

そうして着替えを終え、父上と兄上と、俺達三人で食事している。そこで父上が発した「スーロンとキュルフェを俺の婚約者にするよ」宣言に、俺は茹《ゆ》でダコになった。

あああ、フォークを取り落としそうだ。俺の骨は何処《どこ》へ行った。へにゃへにゃだぁ。

嫌じゃないよ？　嫌じゃないけど……婚約だなんて……心臓が……！　ぷひ――！　顔から火が出そうだ。口の中も熱くてじんじんして……って違う！　これ辛《から》いんだ！

「あ！　これ辛《から》い!!」

今日はお祝いで、コースではなくジャンジャン美味《おい》しいものが出てくる。スーロンとキュルフェの好物の白身魚の煮込みが出てきたので食べたところ、めちゃくちゃ辛《から》かった。

油断していた。俺、こんなに辛《から》いと食べられない。

いつもはスーロンとキュルフェが程好《ほどよ》い辛《から》さに作ってくれていたから……。これ、辛《から》くなかったら、めちゃくちゃ美味《おい》しいのに！

そういえば初めてこれを食べた時、俺は転げ回って悶絶《もんぜつ》したんだ。それ以来、スーロンとキュルフェはこれをマイルドな味で作ってくれるようになったんだよな。

「あ、本当だ。ミューには無理な辛《から》さだ。でも、ミューには悪いが、久々の辛《から》い煮込みは実に旨《うま》いな！」

「あ、本当だ……この辛《から》さ久し振り。美味《おい》しいですね。コートニー家のシェフは腕が良い」

俺が過去の二人の愛を感じながらヒーヒー言っていると、両脇の二人が嬉しそうに煮込みを食べ始めた。わぁ、スーロンもキュルフェもニコニコだ。

「おや、辛《から》さ控えめで、とちゃんと伝えておきましたのに……。行き違いがあったようですね。誠に申し訳ない」

辛《から》さを紛《まぎ》らわせようとバターをたっぷり塗ったパンをスーロンに食べさせてもらっていた俺に、バーマンが謝る。

「気にしないで、バーマン。これ、本来はこの辛《から》さなんでしょ？　二人も喜んでるし。俺が食べたくなったらまた、スーロンとキュルフェに作ってもらうからさ。……キュルフェ、はいっあーん♪」

「ふふ、サミュありがとう。あーん♡　……ん、美味《おい》しい♡」

下げようとするバーマンを止め、「気にしないで」と言って、俺の皿の白身魚をフォークで刺してキュルフェにあーんする。

「はいっ、スーロンもあーん♪」

「お、ありがとうな、ミュー。あーん♡」

食べ物が無駄になっちゃうのって許せないんだよね。それが好物なら尚更で。

俺は白身魚の煮込みと添え物の野菜を全部スーロンとキュルフェに食べてもらい、皿に残るスープも二人に食べさせた。ふぅ。達成感がある。

……それにしても、あっちこっちでキリキリギリリと音がする。虫でも入り込んだのかな？

キリギリスってこんな音だっけ？

まぁ、コートニー家は薬草やらなんやら、植物だらけだもんなぁ。

「……さて、可愛い私のサーミ。もうお口は大丈夫かな？」

父上が俺の白身魚の皿が下げられたタイミングで話し掛けてきた。俺は慌てて頷《うなず》く。

「はい、もう大丈夫です。父上！」

「……ああ、良かった。では、話を戻すけど、もうすぐ学園に戻るだろう？　何年も領地療養をしていたことにしているし、侯爵家の身分で婚約者なしだと色々と変な虫が寄り付くからね。スーロン殿とキュルフェ殿にジャスパー翁の養子の身分を与えて、サーミの婚約者として学園に行ってもらうことにしたんだ。流石《さすが》に第二夫まで決まってれば変な虫も来ないと、……スーロン殿達が主張するものだから……。……ただ、サーミが嫌だったり他の人が良かったら、すぐに父上に言うんだよ？　いいね？　サーミ」

「そうだぞ！　言いにくければ兄上にでも良いからな？　というか、本当はもう既《すで》に嫌じゃないか⁇　大丈夫か⁇」

「はい！　父上！　兄上！　俺、嬉しいです！」

俺は笑顔で返事したが、正直に言うと後半あんまり頭に入っていなかったかも。

だって、なんかもう、二人と一緒に学園に行けるとか……そんなの……ワ――!!　キャ――!!

……あ、待てよ？

「……学園でもおんなじ部屋？」

俺はふと気が付いた不安要素を口にする。

「まぁ、部屋は別に与えられるでしょうが、サミュの部屋に三人でいれば良い話です。あとの部屋は荷物置きにでもして」

「そっかぁ。あ、でも、ベッド狭いよ?」

バーマンにサーブしてもらったロティサリーを丁寧に切りながら言うキュルフェの言葉に安心したものの、学園のベッドは家ほど広くないのを思い出す。

「寝れる寝れる。昔、カジノで全財産スッた時、三人でシングルより狭いベッドに寝たけど、寝れたじゃないか!」

「ワッハッハ!」と笑いながら言うスーロンの言葉に、俺もキュルフェも思い出し笑いをする。

そんな俺達に呆《あき》れたのか、父上と兄上が眉間《みけん》を押さえて俯《うつむ》いた。テヘヘ……

スーロンが全財産賭けてみたらすごいスリルだと思わないかと言って、本当に全財産ルーレットに賭けたことがあるのだ。

確か、ストレートアップで黒の十五に賭けたんだったかな。案の定、赤の十八だかに入って、俺達は大笑いした。

ディーラーは大汗をかいていたし、何か勝算があるのかと慌てて駆け付けたオーナーも引きつった顔して固唾《かたず》を呑んで見守っていた。カジノ中の客が野次馬に来るような騒ぎだったのだ。

歴代ダントツの最高額を賭け一瞬にして文なしになった俺達はもう、その後は引っ張りだこで。オーナーが喉を潤《うるお》しがてら俺達にご馳走《ちそう》してくれた一杯を始め、皆が俺達に奢《おご》りたがった。そうしてたっぷり奢《おご》られた後、偶々《たまたま》、俺が拾ったコインでスロットを回して少額を当て、それで一晩狭い宿に泊まった。次の日からはまたダンジョンで稼いでいつも通りの生活に。

文なしになっても困らない冒険者だからこそできる遊びだ。

……あんなのはもう二度としないけど、楽しい思い出だ。

スーロンはそういう思い出作りが上手《うま》い。

「あれは傑作《けっさく》でしたね。オーナーのハラハラ顔は一生忘れられません」

「俺がスロットで当てた金で宿に泊まれたんだぞ、俺ってば有能♪」

キュルフェがくくくと笑いながら言い、俺も笑って軽口を叩く。

気が付くと、バーマンも懐かしそうに笑っていて……

……あれ？　バーマンて何処《どこ》まで知ってるの??

俺はバーマンの全知全能具合にぶるっと身震いした。

その後も晩餐は和《なご》やかに進み、俺達は父上と兄上とバーマンにおやすみなさいをして、早々に部屋に引っ込んだ。

(明日からは勉強尽くしだー！)

三　侯爵家執事長のモーニングルーティンと懲《こ》りない人々

「ふぅ、昨日は散々だった……」

ふ、と、時間通りに目を覚ました私、バーマンは独《ひと》り言《ご》ちた。

昨日、坊っちゃんが帰られてから、それはもう、邸は大騒ぎで……

何度も口を酸《す》っぱくして言い聞かせたのに、皆、坊っちゃんの婿殿達に敵意を向けるし……。本当に、老体には応《こた》える……

何故《なぜ》、分からないのか……。いや、分かっていても抑えられないのか……

坊っちゃんの大好きな二人にちょっかいをかけても、結局、己が火傷《やけど》をするだけだというのに。

アマンダは先頭を切って部屋を離そうとして、結果、坊っちゃんのほうから部屋を同じにしたいと申し出られ暫《しば》し泣き叫ぶ置物と化していた。

それで懲《こ》りれば良いものを、手篭《てご》めにしていないかなど変な妄想をして監視という名の出歯亀《でばがめ》に行き、しっかり坊っちゃんの熱烈な告白を聞いてしまうし……

洗顔後、着替えながら昨日のことを振り返る。

寝不足のせいか体が少し重い。首を回すと、盛大に音が鳴る。

同時にまた思い出した。夕食時もそうだ。私はあれだけ失礼なことをするなと言ったのに。

坊っちゃんが教えてくれた彼らの好物の一つ、辛《から》さ控えめの白身魚の煮込み。まぁ、聞かなくても調査済でしたが……

彼らの故郷の料理なのに辛《から》さ控えめが好きとは軟弱者め！　とでも思ったのだろう。料理長は単純だからなぁ。

結果、辛《から》さ控えめなのが好物だったのは坊っちゃんで……

婿殿達は久々の刺激に喜ぶし、坊っちゃんは延々《えんえん》とあーんして二人に食べさせるし。挙げ句の果てに、辛《から》さ控えめが食べたければ婿殿に作ってもらうからいい、ですって。

もー、このバーマンはあれだけでお腹いーっぱいでございます。

今日は皆変なことをしないでくださいね……？　全部返ってきちゃいますよ？

ああ、ロレンツォ様と旦那様のあのお通夜のような表情……

お可哀想に。料理長があんなことをしなければ、あんなイチャイチャを見せ付けられることもなかっただろうに……。今日の朝のご様子では、胃薬か気分を落ち着かせるお茶を用意しなければ。

鏡で身なりを確認し、私は自室から執務室に向かう。

はぁ、私もお薬を頂こう。一晩中、四方八方から使用人達の歯軋《はぎし》りやすすり泣きが聞こえて寝不足だ。アマンダの鳴き声は物《もの》の怪《け》の叫びみたいに妖しく響くし……

ふ、と執務室に入る直前、三体の見慣れぬローズヒップがテコテコと歩いているのを見る。

「おやおや、ダメですよ？　バレバレです」

逃げようとするローズヒップにまち針を飛ばす。それはポトポトと薔薇《ばら》の花になって落ちた。

当家のものではない白薔薇《ばら》……

本当に毎日懲《こ》りないお人だ。とうとうローズヒップまで見よう見真似で習得して。

通りかかった使用人に、薔薇《ばら》を庭師に届けるよう言付けて執務室に入る。

植物を愛する庭師は、どんな理由であっても花が捨てられることが耐えられないのだ。

さて。軽く今日の仕事をリストアップしながら湯が沸くのを待つ。沸いたところで仕事の手を止め、紅茶を淹《い》れた。

モーニングティーの苦味が、寝不足の体を少し軽く……

バタァン!!

「うわぁぁん！　バーマン様ぁ!!」

「!!　ぐっ……ごほっ！」

アマンダが駆け込んできた。

早朝、突然のアマンダは、ちょっと老体にはキツい。まったくアマンダは元気ですね……

私は驚いて噎《む》せた口許を拭《ぬぐ》い、紅茶を置いて白手袋を浄化する。

「ぇほっ！　エホン！……おはよう、アマンダ……ェホン……何事です？」

まあ、どうせ、婿殿達のことなんでしょうけど……アマンダも懲《こ》りないお人だ……

アマンダはのしのしと近寄ってきて、ずいっと私の鼻先に腫《は》れた手の甲を出した。

「おやまぁ、痛そう」

真っ赤になった手の甲を擦りながら、アマンダが涙目で訴える。

どうやら、三人を起こそうと部屋に行き、三人仲良く抱き合って寝ているのを発見。とても腹立て、よせば良いのに、キュルフェ殿の肩をミシッと掴んだらしい。スヤスヤと眠っているキュルフェ殿はそのアマンダの鋼鉄の手の甲を「キュッ！」とつねって……

こうして私に泣きついてきた、と。

「というか、それはアマンダ、貴方の自業自得ではないですか……。そもそもキュルフェ殿もスーロン殿も坊っちゃんの大好きな方なんですよ？　そんなことして坊っちゃんに嫌われたらどうするんです？」

私の言葉にアマンダがしょんぼりと俯《うつむ》く。

「分かれば良いんです……。さて、そろそろ本当に起きていただかないといけないお時間ですから、私も一緒に起こしに行きます。今日は沢山《たくさん》することがありますからね……」

そうして、アマンダと一緒に坊ちゃんの部屋に行ったものの――

「はぁ……これはちょっと……アマンダの気持ちも分かりますねぇ……」

坊っちゃんは二人の腕を抱き締め、そんな坊っちゃんにキュルフェ殿が腕を絡ませて、そして、二人をスーロン殿の片手が包み込んで……三人はスヤスヤと密着して眠っている。

うーーん。とても腹立たしい。ヂェラシィです。ヂェラシィ……

ヒュッ……ピシュン！　トストス……

おお、このバーマンとしたことが……。ついつい耐えきれずにまち針を投げてしまった……

しかし、婿殿達は私のまち針を寝ながら手で軽く払って弾き返した。

流石《さすが》です。坊っちゃんの婿ならこうでなきゃ。

私は壁に刺さったまち針を回収し、そっと頬骨と耳にできた傷に回復魔法を掛ける。

「さて、坊っちゃん方！　おはようございます。朝でございます。起きてくださいまし！」

「んふぁ……。ばーまん……おはよぉ……」

「パン！」と手を叩いてお声掛けすると、坊っちゃんがムクリと起き上がった。

お小さい頃から私とアマンダに起こされてきただけあって、体に染み着いとりますな♪

私はちら、とアマンダを見る。最初から、坊っちゃんを起こせば良かったのですよ、と。

「んー……キュルフェー、まだ眠いからシャワーしたいー」

「んー……キュルフェはまだ眠いです……。すぐに起きますから少しだけ待っ……て……」

「んー」

私の声で目覚めた坊っちゃんがのそのそとベッドから這《は》い出《だ》した。目を擦りながら、なんと、私達の目の前でパジャマを脱ぎ始める。

ぱさり、とパジャマを床に落として、ズボンをするすると脱ぎ捨てた。

中から出てきた坊っちゃんのボディはすべすべの艶々《つやつや》で、滑らかな皮膚の下に程好《ほどよ》く筋肉の付いた靭《しな》やかな肉体は、少年のあどけなさを残しつつ何処《どこ》か熟《う》れた果実を思わせて……

……何が言いたいかと言いますと、非常にアマンダが心配。

そっとアマンダを見ると、やはり、へにゃへにゃと腰を抜かしていた。顔は真っ赤、声も出ないようだ。目を覆った手の指の隙間から坊っちゃんを凝視しつつ、口だけパクパクと動かしている。

床にへたり込んでいるせいか、パンツ一丁の坊っちゃんがそんなアマンダに気が付いた。

「あ……、アマンダそれ、懐かしい！」

ペタペタと近付く坊っちゃんに、アマンダはへたり込んだままカサカサと後ろに這《は》い壁に突き当たる。

まぁ、そうなりますよね。坊っちゃんパンツ一丁ですからね。

アマンダの深緑の目が皿のよう。坊っちゃんのピンクのストライプにイチゴ柄のボクサーパンツから目が離せないみたいだ。丁度へたり込んだ目の高さだから、余計に。

私も思わず見てしまった。

キュルフェ殿、このパンツはあざとすぎやしませんか？

最後に坊っちゃんのお風呂の世話をしたのは四年前。その時の坊っちゃんは赤ちゃん体型からのどすこい体型。この靭《しな》やかボディは乙女なアマンダには刺激が強すぎるだろう。

「ねぇ、アマンダ。それ、……ふぁぁ、それ、一番最初に贈った髪留めでしょ？　懐かしいなぁ、それ見た時、アマンダ絶対気に入るやつだぁって思ってさぁ……ふわぁ」

ワーォ、坊っちゃんがなんだか、アマンダが感動しそうなことを言っている。だが、アマンダはそれどころじゃない。

私は震える腹筋と口角を抑え、固唾《かたず》を呑んで二人を見守った。

「そういえば、髪の毛染めたんだね、すごく似合ってるよ♪」

坊っちゃんがねむそーな顔でペタペタとアマンダに近寄り、そっと淡い赤銅色に染まった髪に飾られた髪留めを撫《な》でる。

「ふふ、アマンダって可愛いものがよく似合うよね♪」

多分今、頭真っ白だろうアマンダの代わりに、坊っちゃんが言ったことを覚えていてあげよう。

「んー……。ミュー、俺もシャワー浴びるから一緒に入ろう」

のそり、とベッドから出たスーロン殿の声に、坊っちゃんのパンツを凝視していたアマンダがやっと視線を外す。が、その先も、隆々とした褐色《かっしょく》の肉体美で。

おやおや、アマンダが湯が沸いたヤカンのように湯気を立ててガタガタ揺れている。

上半身裸だったスーロン殿は、その場でスウェットとパンツを脱ぎ捨て浴室に向かう。

とてとてと後を追い掛ける坊っちゃんも脱衣所に着く前にパンツをひょひょいと脱ぐ。白い桃尻《ももじり》を晒《さら》して浴室に吸い込まれた。

うーーん。家出中にどれだけ自由に過ごしていたかが分かりますなぁ。後でお行儀のおさらいをしましょうかね。

もぞ、と動く音がする。今度はキュルフェ殿が大あくびと共に起き出して、やはり、パジャマを脱ぎながら脱衣所に向かった。

二人が脱ぎ散らかした服を拾い、気怠《けだる》げに髪を掻《か》き上《あ》げて浴室に向かう姿は大変妖艶《ようえん》だ。

ああ、とうとうアマンダが鼻血を……

「ふぁぁ、人に起こされると眠いなぁ……。あ、おはようございます……バーマンさん、……もー、二人とも！　服は脱衣所で脱いでください！」

いえ、貴方もですよ、キュルフェ殿。

おおアマンダよ……可哀想に、息はできてるかい？　刺激が強すぎる三人でしたね……

私は溜め息を吐《つ》き、ローズヒップを出して、彫像のように動かなくなったアマンダを引《ひ》き摺《ず》って執務室に戻った。

アマンダはその後、知恵熱を出して三日寝込んだ。

私は特別休暇の手配と共に美味《おい》しいチョコトリュフと見舞いの花束を贈り……三日ほど、思い出し笑いに苦しんだ。

第二章　十七歳は嵐の復学生《スチューデント》

一　元婚約者と腹黒ショタ令息と白豚令息の噂

「おい、聞いたか？　サミュエル・コートニーが復学するらしいぞ」

「おお、とうとう帰ってくるのか！　……フッ……相変わらず脂肪の塊《かたまり》なんだろうなぁ……」

昼休みの教室。興奮を隠しきれない口調で言う黒髪短髪のクラスメイトに、アゼル・トラフト侯爵家三男が斜に構えた口調で返した。

肩までの赤い猫っ毛を後ろで一つ括《くく》りにした彼は、ソバカスとエメラルドグリーンの瞳が特徴の、学園でも指折りの人気者だ。身長は百七十センチ後半と伸び悩んだが、可愛い見た目とワルな言動、少し粗い仕草で周りを魅了している。

彼は「受け入れる側」にも人気だが、「攻め入る側」のインフルエンサー的存在で、しょっちゅう今みたいな話で周囲を盛り上げていた。

「ハハハ……！　そんなこと言って、目の前にしたら途端に猛アプローチするんだろ⁇」

「当たり前じゃないか！　あの性格だぞ⁉　ちょっと優しくして惚《ほ》れさせたら後はこっちのもんさ、ちょちょっとダイエット指導すれば、あっという間に綺麗で健《けな》げで可愛い伴侶の出来上がり♡　だ。逃す手はないだろ⁇」

傍《そば》にいたクラスメイトからの問いかけにアゼルが返した言葉を聞いて、俺、ビクトール・ユトビアは耳を疑った。

何故《なぜ》なら、アゼルは俺に、サミュエルみたいな醜《みにく》いデブと婚約しているのは不幸だと言い続けて馬鹿にし、サミュエルを嫌わせた張本人だからだ。

別に、サミュエルを嫌いになったことに対する恨み言を言うつもりはない。彼に影響されたとはいえ、サミュエルを嫌ったのは俺自身だし、俺の責任だ。

それに、それがなくても、エンゼリヒトを愛したと思うし……

ただ、あれだけサミュエルを醜《みにく》いデブで婚約してもマイナスにしかならないと俺に言っていたアゼルが、婚約者の座を狙っているというのが信じられない。

「まぁなぁ、サミュエル・コートニーは次男以下の攻め入る側には垂涎《すいぜん》の的《まと》だからなぁ。……ほんと、婚約破棄したと聞いた時は小躍《こおど》りするほど喜んだが、まさか四年も領地に籠《こも》っちまうなんて……。領地に突撃しても誰も会えなかったんだろ?? ほんと、ガード固いよなー。あー……早く会いたい」

なんだって!? アゼルだけじゃなく、他の令息達もサミュエルの婚約者になりたがっているのか……？

「くそ、やっぱ皆、狙ってんのかよ……」

「当たり前だろー？ 家柄良し、性格良し、見た目も脂肪さえなくせば美少年♡ だぞ？ てかさ、どうする？ もう既《すで》に痩《や》せてたら！ あの健《けな》げな性格ならそれもあり得るくないか??」

知らなかった、いつから皆サミュエルをそんなふうに評価していたんだ？

「なぁ、おい、見ろよ！　元婚約者のユトビア侯爵令息様が聞き耳立ててるぞ！　おい、ビクトール、こっち交ざれよ！　サミュエル・コートニーのタイプとか好みの食べ物とか教えてくれ！」

勝ち誇ったように俺を呼ぶアゼルの声には、しっかりと悪意が感じられた。

「ひでー！　そんなの聞いてやるなよ！」

「いーだろ！　ビクトールは愛しのエンゼリヒトとラブラブなんだ。今更サミュエルが誰とくっつこうと気にするかよ。てか、気にする資格もないだろ。ハハハ！」

「そりゃ、確かにそーだ！　ハハハ！」

グサグサと心を突き刺すような嘲笑《ちょうしょう》に、俺は静かに唇を噛み締めた。

「おい、ビクトール、なんだよその顔。俺を騙《だま》したのか、って言いたげな顔だな、おい。まぁ、俺もあんなに上手《うま》く行くとは思わなかったけどな……。いや、五年かかってんだ、あんま上手《うま》くもねーや。けど、俺に言われたからってその気になったのはビクトールだぜ？　ちょっと考えれば、サミュエルが超超優良物件だなんてすーぐ分かるはずなのによー。へへっ、まぁ、このアゼル様がサミュエルを超超可愛がって幸せにしちゃうからよ、お前はションベン垂れのエンゼリヒトとお幸せにな♡」

「うっわ！　アゼルもう婚約者気取りかよ！　腹立つなぁ、俺らも狙ってんだぞ！」

「はー？　お前らなんざ敵じゃねーよ。こっちは九歳の時からサミュエル狙ってたんだ。最大のライバルはこーんなブサメンになるしよ♪　へへっ、いい様《ざま》だよな、ビクトール。国一番の美少年って言われてたのに、今じゃ指も顔もボコボコで傷だらけだ」

アゼルが近付いてきて、敵意と侮蔑《ぶべつ》を込めたエメラルドグリーンの瞳で俺を見つめる。そして、肩をポンポンと叩いた。

（ああ、そうか……アゼルが本当に嫌っていたのは、俺だったのか……）

「なんとか言ってみろよ……元、顔だけビクトール」

元、顔だけビクトールか。

悔しくて、俺はアゼルを見下ろし、昔のように傲然《ごうぜん》と言い放つ。

「サミュエルは甘いものならなんでも好きだ。大好物がある、というよりは、あいつ自身は外に行かないんで、新しい店だとか、流行の食べ物だとか、そういったことを話しながらあげた菓子を喜ぶ傾向にあった」

「へぇ……マジで教えてくれるんだ？」

ニヤニヤ笑うそのエメラルドグリーンの瞳を視線で殴り付けつつ、続ける。

「好きにすれば良いだろう？　お前の言う通り、俺にはもう、サミュエルが誰とくっつこうと気にする資格はない。……ただ、気を付けろよ……？　コートニー家はもう、サミュエルを本気で愛さない婿は取らない」

それに一応、俺はサミュエルの幼馴染《おさななじ》みで、騎士見習いだ。アゼルの性格の悪さを、サミュエルの兄である副団長に伝えておくくらいはできる。

そう心の中で呟《つぶや》いて、アゼルと暫《しば》し睨《にら》み合《あ》った。

「……自分が愛さなかったからって、一緒にするなよ……。美貌《びぼう》に胡座《あぐら》かいてサミュエルの良さを見ようともしなかったお前とは違って、俺も、こいつらも、……一生デロデロに愛して甘やかしてやれる自信はあるさ」

気が付くと、先程まで軽薄に笑っていた令息達が皆、射貫《いぬ》くような冷たい視線で俺を見ている。その餓《う》えた狼の群れみたいな雰囲気に、俺はそれ以上何も言えなくなってしまった。

「おせーな、毎回。早よ来て早よ食って早よ出てけよ、元婚約者殿」

学園で一番大きな食堂。

のろのろと扉を開けて入った俺に、変わらぬ小言が飛んできた。料理人のテートだ。

本人は俺を嫌っているみたいだが、毎回なんやかんや言って食事をとっておいてくれる。俺からしたら、今学園で一番仲の良い人物だ。今日も彼は俺を待ち構えていた。

今日の昼飯は、俺の嫌いなピーマンが沢山《たくさん》入った野菜炒めとチキンソテーと、固くて臭くて酸っぱい雑穀のパン。……毎度毎度、嫌いなものが多いが、栄養バランスは完璧だ。

残したらテートが怒るから呑み込んでいるうちに、偏食が直ってきた。

「どうした、その顔？　何かあった顔だな。まーた誰かにイビられたのか？　ザマーミロだ。で？何言われたんだ？」

麦藁《そば》みたいな薄茶色の艶《つや》のない髪をポニーテールにした、浅黒く日に焼けたソバカスだらけのテートが、ニヤニヤ笑いながら孔雀緑《くじゃくみどり》の瞳で見つめてくる。身長は百七十センチ半ばと、先程のアゼルと似た雰囲気だが、その瞳には敵意も悪意もない。

彼はサミュエルが好きだったから、俺を憎んでいるはずなのに……

いつの間にか彼は、カースト最下位になった俺に一番優しく接してくれる奴になってしまった。

今後無視でもされたらと思うと怖くて耐えられず、テートには言っていないが、実はかなり感謝している。

エンゼリヒトと離れ離れになり、この学園でまともに会話してくれるのは彼だけだから……

俺の感謝なんて迷惑だろうけど。

もう、テーブルは全部拭いちまったからここで食え、とテートはカウンターのレジ横に食事のプレートを置く。

魔法で椅子が一脚現れ、俺は素直に座って頂いた。

テートと俺以外は誰もいない食堂に、カチャカチャと鍋を片付けたり、次の仕込みをしたりする音が響く。

俺は先程のアゼルとのやり取りを彼に話した。

テートはサミュエルが帰ってくると聞いて、すごく嬉しそうにする。情報料だ、とゼリーを一つ付けてくれた。更に紅茶とクッキーまで出てくる。

俺は久々の甘味を噛み締めるように味わった。

「ふーーん、へーーぇ、成る程ね……。つまり、そのアゼルって性悪野郎がサミュエルを狙ってるから、変なことしないように見張れってんだな？　オッケー！」

「一番アイツを傷付けた俺が言う資格はないけど、それでも、幼馴染《おさななじ》みだし、狙われてるって知ったからには、少しでも防いでやりたいんだ。罪滅ぼしになるとは思ってない。……ただ、……心配」

「罪滅ぼしのつもりなら思い違いも甚《はなは》だしいけどよ、そうじゃないんなら、お前にだって心配する自由くらいはあるんじゃないか？　ヨリ戻そうとか、周りをウロチョロしようとかは考えてないんだろ？　あ、おい、ピーマソ全部食えよ。その欠片《かけら》もだ。残すんじゃねぇ」

テートの言葉に頷《うなず》く。彼は騎士見習いらしくなったなぁなんて言ってカラカラと笑った。

まさかサミュエルが、ゴロツキ相手にくそ重い特注のドワーフ製スレッジハンマーをブンブンぶん回すようなタフガイに育っているなんて露《つゆ》ほども知らない俺達は、彼が帰ってきたら陰から守ってやろうと約束したのだった。

二　鬱屈《うっくつ》男爵令息の秘密と後悔

どうしてこうなったんだろう。

なんでこんなことに……

僕、エンゼリヒト・パインドは鏡に映る身長百七十二センチの骨張った青年を見つめ、静かに涙した。

僕には前世の記憶がある。……といっても、殆《ほとん》ど何も覚えていないんだけど。

自分の性別、何をしていた人物か、年齢、家族構成、全部思い出せない。

ただ、この世界が大好きなＢＬゲームで、自分が主人公になっているっていうのだけを知っていた。

前世でいたのは日本という国だったと思う。僕はそのゲームの中の絶世の美青年ビクトール様が一番好きで、何度もゲームをプレイし、グッズを手当たり次第買っていた。本当に好きで、ビクトール様は僕の全てだった。

だから、前世を思い出した時、絶対ビクトール様と一緒になろうと決めたんだ。

そのゲームの中ではビクトール様は侯爵家の次男で、騎士になろうと頑張っていた。他の攻略対象より愛の言葉やえっちなシーンは控えめで、それが良くて……

エンディングの台詞《せりふ》は、他の攻略対象が皆、幸せにするとか、一生離さないという系統なのに、ビクトール様だけ、君と二人でならどんな困難も乗り越えていけるという二人三脚で生きていくものでで……

彼のルートはライバルからの酷《ひど》いいじめや過剰な断罪もない。ビクトール様ファンから苛《いじ》められて、それをビクトール様に助けられ絆《きずな》が深まる、の繰り返し。

白豚令息な婚約者は婚約解消と宣言され、「ええ、そんなぁ……」って言って領地に帰っちゃうだけだったし。

だから、僕は何も考えずに、行動し始めたんだ。

本当は十六の時に男爵に引き取られる、それまでは孤児で商家でこき使われ続けていた、って設定だ。実際、僕はその時、商家に丁稚《でっち》に入ったばかりだった。

でも、痛いのとか辛《つら》いのが嫌だったから、すぐに男爵に会いに行った。

男爵はアンティークローズの瞳と髪を持つ僕を一目で気に入り、すぐに庶子として認めてくれた。

僕の父は確かに彼なのだけれど、彼はその事実を重要とは思っていないようだ。

そうして僕は、ゲームのシナリオより二年早く学園に中途入学して、ビクトール様に猛アタックし、そして、あのサミュエル婚約破棄騒動になった。

……今だから分かる。…………僕が全て壊したと。

ユトビア家はサミュエルから貰《もら》ったポーションで陞爵《しょうしゃく》した。

ゲームだと僕とビクトール様は出会っていないからあの騒動は起きず、ポーションで陞爵《しょうしゃく》してもサミュエルが許すので特にペナルティもなく、ユトビア家は成り上がれた。

なのに、僕が二年出会いを早めたせいでサミュエルが家出し、解消となるはずだった婚約はユトビア家有責の破棄となり、キツいペナルティを負う結果に。

そもそもサミュエルが家出をしたのだって、ゲームより痩《や》せていて行動力がまだあったからだろう。

……今なら分かる。

君と二人でならどんな困難も乗り越えていけるという台詞《せりふ》は、ビクトールルートのエンディング後に待ち受ける茨《いばら》の道を示唆《しさ》していたんだ。

それでも、侯爵家としてそれなりに安定していたゲームの中のユトビア家と、十七歳になった逞《たくま》しいビクトール様なら、僕と一緒に乗り越えられたかもしれない。だが、陞爵《しょうしゃく》して税率が上がったところに多額の賠償金で、ユトビア家は火の車。ビクトール様も十四歳でいきなり騎士団に放り込まれてしまった。

しかも、魔法薬なし。

きっと、ビクトール様の怪我はサミュエルがキレイに治していたんだと思う。

そうやってキレイなまま、剣の腕を上達させた十七歳のビクトール様ではなく、未熟な十四歳のビクトール様に、僕は茨《いばら》の道を歩かせてしまったんだ。

(ごめんなさい、ビクトール様……)

婚約破棄騒動後、僕とビクトール様は離れ離れになった。三年半、僕達は手紙でやり取りをしている。

手紙には時々、ビクトール様が顔を怪我したと書かれていた。団員の喧嘩のとばっちりだったり、模擬戦で喰らった一撃だったり。少しずつ傷が増え、その度にビクトール様は怯《おび》える。僕はそれが辛《つら》かった。

ビクトール様にとって、美しさは武器であり鎧《よろい》であったらしい。

僕から見れば、ビクトール様は文武両道で優しく、美貌《びぼう》以外も非の打ちどころがないのに。

でも、学業も武術も魔法も一番じゃない彼にとって、国一番と言われた美貌《びぼう》だけが父親や周りの大人達に褒められた唯一の長所だったようで。

ていた。

その唯一の長所が崩れていく恐怖と、醜《みにく》くなっても嫌わないでほしいという言葉が何度も綴《つづ》られていた。

正直言って、僕はどんなビクトール様でも愛す自信がある。

でも、本来なら絶世の美青年なはずの彼を、苦しめていることが申し訳ない。

「——ちょっと！　おっせーよ!!　まだかよぉ！」

「うわっ??」

鏡の前でぼんやりしているところに勢い良く「バァン！」とドアを開けられ、僕は飛び上がった。

振り返ると、怒りの形相のアンリ・キューアンジー子爵令息が立っている。少しうねった赤毛の短髪に、深緑の瞳。日焼けした肌にはあちこち傷があり、手も節くれだっている。百七十八センチのちょい悪令息だ。

婚約破棄騒動の時は華奢《きゃしゃ》でふわふわ赤巻き毛が可愛いキャピキャピオネエだったのに、今はもう、別人のようだ。

「はぁ〜!?　お前、人が待ってんのに、まぁたメソメソメソメソ泣いてたわけ??」

「う、ぁ、ごめ……」

「おどおどしてたらカワイーのは昔のお前だけ！　シャキッとする、シャキッと！　毎度毎度ウザいよ？　やっちまったんだからしゃーねーだろ！　俺もお前もビクトールも！　大体、手紙では毎回、どんな姿になっても愛してる♡　って書き合ってんだろ!?　だったら取《と》り敢《あ》えずそれを信じとけ！　メソメソしても目が腫《は》れてブスになるだけ！　それより、折角《せっかく》、学園に帰ってきたんだ、会えることを喜べよな！」

怒りながら魔法でそっと目元を冷やしてくれるアンリに、僕はこそばゆい気持ちになる。

ここは王立学園の学生寮。練兵合宿所送りになった僕とアンリとジェインは先日、なんとか練兵試験をクリアし、今日、学園に戻ってきたのだ。

ビクトール様にやっと逢《あ》えると、学園に着くまではワクワクしていたのだけれど……

「こ、こんなゴツくなっちゃって、……幻滅されたら……」

「テメ、この耳節穴野郎……だから、信じとけって言ってんだろが！」

またもやネガティブモードに入る僕をアンリが叱咤《しった》する。軽く荷物を整理したら出てこいと言われていたのに泣いていたから、結構怒っている。ホントにごめん。

「てゆーかさ、ビクトールも大袈裟《おおげさ》よねぇ。顔が醜《みにく》いって書いてるけどサー、聞いた話じゃおばさま方に大人気なんでしょ？　短髪で傷だらけだけどハンサムで男臭くてとか、そんな感じの魅力に溢《あふ》れてるらしいじゃない？　そりゃ、昔は美少年だったけどサー。悪くなさそーじゃんね」

「ジェイン、言葉」

後から部屋に入ってきたジェインがのほほんと言うのに、アンリがピシャリとオネエ言葉を窘《たしな》める。

「さてと！　じゃあ、三人でミカにお礼参りだ！　練兵合宿所上がりの武力でギャフンと言わせてやろうぜ！」

「おーー！」

（えー……僕は嫌なんですけどー）

でも、練兵合宿所でいっぱいアンリに世話になっていたので、仕方なく僕は二人の後に続いた。

……ヤバそうなら止めよう。

Θ　Θ　Θ

「ミカエル！　ミカエル・ハンソン！　出てこいやぁ!!」

「バァン！」と観音開《かんのんびら》きの扉を蹴り開けて、アンリが怒鳴る。

アンリの作戦では、僕達ヴィラントリオは、貴族の坊っちゃん共をワルな迫力で威圧し、怯《おび》えるか弱いミカエル・ハンソンを校舎裏に連れ込んでボコボコリンチの上、陵辱の限りを尽くすってことだった。……まぁ、アンリの性格からして、どっちもできるとは思えないけど。

実は、ミカエルとアンリとジェインが本来のヴィラントリオで、ゲームでは華奢《きゃしゃ》な三人がどの攻略対象の時も僕に陰湿な苛《いじ》めをしてきたのだけど……

まさか、僕がヴィラントリオになるなんて。しかも、中途半端にゴツい。

もう僕のゲームの知識なんて一つも役に立たなくなってるな……

「はぁい♡　誰〜？　アタシを呼んだのは……あら？」

野太い声に思考が止まる。

「……はぁ!?　アンタ、ミカァ!?」

のっそりと現れた身長百九十センチ超えのムッキムキ雄ネエに、思わずアンリが声をあげる。

「……やだぁ、誰かと思ったら、アンリ⁉　あらやだ！　ジェインも‼　二人ともゴツくなっちゃったのねぇ……」

（いや、一番ゴツくなってるのミカエルだし……）

僕は心の中でそっとツッコミを入れた。

アンリとジェインはか弱いミカエルを想像していたせいで、目の前の現実に驚きすぎているのだろう、口をパクパクさせるだけの置物になっている。

「あら、可愛かったエンゼリヒトもそんだけ育つと、髪と瞳の色以外は凡人ねぇ……」

僕に気付いたミカエルが一言で心を抉《えぐ》る。流石《さすが》、本来のヴィラントリオのリーダー格、攻撃力が段違いだ……

ミカエルの黒い睫毛《まつげ》に縁取られた金の瞳が攻撃的に僕を見つめる。

「ちょっとアンタ！　一体どうしてそんなムッキムキに育ってんのよ！」

すっかり口調がオネエに戻ってしまったアンリが、ぎゃいぎゃいと喚《わめ》く。

「そーよそーよぉ」

「別にぃ……？　なんにもしてないのに、こうなっちゃったのよねぇ……。やっぱり、そういう家系なのかしらねぇ……」

ジェインがアンリに追従し、ミカエルはしなっと考える仕草をした。

「アンタねぇ、なんにもしてなくてその体なワケ……あ！　さてはアンタ！　美容のために体操とかしてるでしょ！　それも、家族の誰かから教えてもらったやつ！」

アンリが指を弾いて言う。ミカエルは長い黒髪を弄《もてあそ》びながら頷《うなず》いた。

「母方の従兄弟の奥さんがやってるっていう美容体操を毎朝してるわね。結構全身に効くのよ♡」

「プッ……アンタは毎度毎度騙《だま》されるわねー。賭けてもイイワ、それ、一般的に鍛錬とか修行って呼ばれるヤツだから♪　あーあ、アンタが家族から美容に効くって騙《だま》されて鍛錬させられる度、止めてあげてたのに、アタシを練兵合宿所送りにするからそんなことになるのよー。イイ気味だわ♪　一人だけ可愛いままだったらどうしてやろうかと思ったけどね」

「さっすがアンリ！　アンリ賢ーい♪」

「はぁ!?　嘘でしょ!?　ちょっとぉ！　なんでもっと早く帰ってきて止めてくんなかったのよぉ！」

嬉しそうに言うアンリに、ジェインがキャッキャと囃《はや》し立《た》て、ミカエルがぎぃぎぃと野太く呻《うめ》く。

久し振りのオネエトリオは、僕のことなど忘れて嬉しそうにじゃれ合い始めた。もうアンリが変な行為をすることはなさそうだったし、僕はそっとその場を後にする。

「それにしても、アンリ、言葉がオネエに戻ってるけど、いいの？」

「あ？　良くねえ！　そーだ！　じゃれ合いに来たんじゃねぇ、ジェイン！　ヘラヘラすんな！ミカをボコるぞ！　ぁあ？　エンゼリヒトは何処《どこ》行きやがった!?」

角を曲がった辺りで、後ろからそんな声が聞こえたけど、僕は戻らなかった。

「やだぁ、じゃあ、ちょっと人の来ない所に行きましょうか？　返り討ちにしちゃうんだから♡」

なんて、ミカエルの楽しそうな声が聞こえて、やっぱり三人組はあの三人じゃないとね、なんて一人笑う。

…………そして向かった教室に、ビクトール様はいなかった。何処《どこ》にいるんだろう。

行き交う生徒達が僕を見てヒソヒソと囁《ささや》き合《あ》う。凡庸な顔でもアンティークローズの髪と瞳は目立つからな。

僕はビクトール様を探して学園中を彷徨《さまよ》い歩いた。

三　瓜坊《うりぼう》令息、学園へＧＯ！

「明日から学園かぁ……」

ちゃぽり、と湯を掬《すく》って俺は呟《つぶや》いた。

学園に行ったらバスタブが狭いから三人でお風呂に入れない。だから、今日は三人でゆっくり入っているのだ。

家出前、邸ではずっとアマンダが風呂に入れてくれていたから、てっきり俺達の風呂を世話したがると思っていた。だが、修行が足らないとかで、アマンダはキュルフェに全権を預けたらしい。

お陰でキュルフェは上機嫌で俺達を世話している。

（本当にアマンダは真面目だよね。なんの修行をするんだろう。スキルアップ系乙女なんだから、もう）

風呂はローズピンクの湯に薔薇《ばら》の花びらが浮かんでいる。

俺とスーロンはその香りを楽しみながら、湯の波紋で花びらを赤とピンクに分けてみようとしたり、お互いの作業を邪魔したりして遊ぶ。

俺達三人の髪の毛はキュルフェによりべちょっとしたペーストにまみれ、ぐるぐると頭の上で渦巻きにされていた。不思議なザリザリしたペーストで顔と体を磨かれている。

顔に貼り付いてるククンバのスライスが気になる。取りたい。寧《むし》ろ食べてしまいたい。何故《なぜ》、食い物を顔に貼るのか。

そんなことを考えつつ、俺達は辛抱強くキュルフェのなすがままになっていた。

「楽しみだな、スーロンとキュルフェと一緒に学園に行けるなんて」

「俺はちょっと恥ずかしいな……。十八歳の群れに一人二十四歳だ。……しょっぺ！　ぺっ！」

俺の言葉に、スーロンがそう言ってから顔のククンバをパリッと齧《かじ》り、吐き出した。そーなんだ、しょっぱいのか、食べなくて良かった。好奇心猫を殺す、というが、こーいうことだよな。

「あ！　何してるんです？　スーロンたら！　塩マッサージした後の顔に貼ったククンバなんてしょっぱいに決まってるでしょう」

そんなことされてたのか、俺達。

そうしてピカピカになった俺達は、今日も三人くっついて寝た。明日からは狭くなるから、広いベッドを堪能《たんのう》しようって言ったのに、いつも以上に密着している気がする。

丹念に磨き上げられたせいか、俺もスーロンもキュルフェもちゅるっちゅるのスベスベで、肌が触れ合う度に妙な気分になった。

　翌朝。少しゆっくりめに起こされた俺達は、朝から窮屈《きゅうくつ》な貴族らしい服を着せられ、バーマンやアマンダ達使用人に見送られて父上と兄上と一緒に馬車で邸を出た。

　これから父上は王城に会議に。兄上とスーロンとキュルフェは養子縁組をしてくれるジャスパー翁と合流してから王城に行って、学園に来るそうだ。

　先に俺だけ学園で降ろされ、半日ほど一人で過ごさないといけないらしい。

　邸ではずっと一緒だったからか、少し寂しいが、まぁ、何処《どこ》の町でも半日くらいは一人で散歩してたしな。散歩と思おう。うん。

　学園前で降ろされた俺は、ミスリルスレッジハンマー、筆記具とノートと今日の教科書という最低限の荷物だけを持ち出す。

「サーミ、ハンマーはダメだよ。後でお部屋に運んでおくから、馬車に残していきなさい」

　えー……ちぇっ。

「……分かりました。父上」

　というわけで、制服姿に筆記具とノートと今日の教科書という最低限の荷物だけを持ち、俺は校舎に向かった。…………うう……ハンマーないと、なんだかスースーする。

四　大型庶子がやってきた！　モルト・ブレーン伯爵令息の独白

『サミュエル・コートニーが帰ってくる』

その噂が流れてどれほど経ったか……

最初は期待でワクワクムードだった婿希望令息達《オオカミ》も、最近はしょんぼり意気消沈している。

俺、モルト・ブレーン伯爵家四男もその一人だ。

皆、少しでも周りを出し抜きたくて、あの手この手で探しているのだが、全く情報が出てこない。全くだ。コートニー領は王都から一週間もあれば余裕で着く距離にあるのに、一週間どころか、一ヶ月経ってもサミュエル・コートニーは現れず、彼に関する詳しい情報も掴めなかった。

はぁ、サミュエル・コートニー。金持ちだし、親戚一同に溺愛《できあい》されているらしいし、痩《や》せたら絶対可愛い系だし、性格おしとやかだし。そんな令息に惚《ほ》れられたら、人生盤石だろーなーなんて夢見ていたけど、そろそろ婚活頑張る時期かな。アゼルが本気らしいし。俺が彼に勝てるのは身長だけだから。

なんて考えながら、俺は校舎に向かっていた。

四年前の今日、サミュエル・コートニーは、誕生日の三日前にもかかわらず家出した。

「もう四年かー」

ふと、前を見ると、膝まである白いお下げを揺らした令息が歩いている。

少し弾んだウキウキした足取りで、ぷりんぷりん♪　と揺れるお下げがご機嫌な動物の尻尾《しっぽ》みた

いな、大変キュートな後ろ姿♡

あれ？　でも彼、どっから来た？　抜かされた覚えはないが……

学生寮から来たのではないのだろうか。ということは通用門から？

気になって近づいてみる。すると、足音で気付いたのか、白お下げ君が振り向いた。

「ん……おはよう……！」

「お、おはよう！」

ヘヘッと弾けるような笑みで挨拶《あいさつ》をしてくる白お下げ君に、俺の心臓はぶち抜かれる。

（か、可ぁー愛ぁーいィ――‼）

身長は百七十五センチくらいだろうか？　少し日に焼けた黄桃《おうとう》のような滑らかな肌に、鼻の中心から頬にかけてちょっとだけソバカスが浮いてるのが愛らしい。目元と口元が薔薇色《ばらいろ》とアプリコットで彩《いろど》られ、白い睫毛《まつげ》に縁取られたスカイブルーの瞳がキラキラしている。

～～～～ッア――！　なんて美少年‼　くりくりの可愛い目鼻立ちが大変キュート！　こんな令息いたか⁉　いや、いない！

つまり彼は外部から今日、学園に入ってきたんだ！　庶子だ！　こんな時期に入学なんて庶子に決まっている‼　しかもこの可愛さ、四年前のエンゼリヒトを凌《しの》ぐ⁉

これはえらいことになった！　大型の庶子が入ってきたぞー‼

「見慣れないコだね……もしかして、道案内が必要かな？　あ、俺はモルト・ブレーン伯爵家四男だよ。でも、敬語は……」

「いや、大体は覚えてるんだ……あ、敬語はいいよ。堅苦しいの嫌いなんだ♪」

いやいやいや、敬語はいいよって、言うのは身分が高いほうだから。

んもう、これだから庶子は……！　でも許す！　身分がよく分からなくてちょっと無礼に距離を詰めてくるのが庶子の魅力だし!!

ああ可愛い！　ああ唇ぷるぷる!!　ああいい匂い!!

キョロキョロしつつ軽い足取りで進む白お下げ君の後ろを、俺はフラフラとついていった。

「んー……あれ？」

ところが突然、お下げ君がピタリと立ち止まる。

いけない、俺が三歩後ろを歩きながらくんかくんかしてたのがバレたか!?

「あ、……へへっ……なぁ、C校舎ってあっちであってる？」

うわっ！　心臓が!!

道案内を断ったのに分からなかった気恥ずかしさからか、ニヒッと顔をくしゃくしゃにして笑うお下げ君は、それはもう魅力の塊《かたまり》、ダイヤモンドの煌《きら》めき、神が造りたもうた至上の庶子……

はっ！　いかん、思考が一瞬トリップしていたようだ。

「ああ、C校舎に行くの？　もしかして最終学年？　俺も最終学年なんだよ。同い年だね。こっちだよ、一緒に行こうよ」

俺は努めて冷静に、穏やかに、紳士的に対応した。

あー可愛い！　でも、いきなりエスコートとかしたらビックリするよね？　でも一応、腕を出し

ておこう。さりげなく出しておこう。掴まるかな？　掴まるかな⁇　ねぇ、掴まってよ‼

「……？　知ってるよ？　モルト・ブレーンだろ？　……三階のB教室なんだって」

お、俺のことを知ってる⁉　成る程！　貴族知識を詰め込んで来たんだね……。可愛い。その形の良い頭の中に、たった数行の文字でも俺の情報が詰まっているって考えたら嬉しくなっちゃうな。賢いな……。でも、天然。俺はまだ君の名前を聞けてないのに。

あー、でも、名前を教えてって、勇気いる‼　アゼル辺りならしれっと聞いてしれっと愛称呼びまで行きそうだけど……

「何か暑い……ジャケット脱ごう」

おわぁぁぁぁ‼　薄着になるのはいけない‼　君みたいなのが薄着になるのは‼　ああぁ、ああああ♡　あああ♡♡

暑いと呟《つぶや》いておもむろにジャケットを脱いで腰に括《くく》り、真っ白の上質なシャツを腕捲《うでまく》りして素肌を晒《さら》すお下げ君はもう、俺の暗殺を依頼されているとしか……。でも、こんな暗殺ならもう喜んで死んじゃう。

「俺……最近、ずっとタンクトップだったから……、ジャケットとかシャツとか暑くて窮屈《きゅうくつ》でさ」

俺の凝視を、咎《とが》められていると思ったのか、恥ずかしそうに言い訳してプチプチと首元のボタンを二つ外す姿は、もう夢に出るくらい可愛い。純朴そうなのが逆にすごくエロい。

田舎で家畜や森の動物達と走り回って、汚いものはなんにも知らずに元気に育ったんだろうなぁ。

……結局、お下げ君は腕に掴まってくれず、俺達はそのまま歩き出す。俺はまた三歩後ろに張り付いて、彼の良い匂いを嗅《か》ぎ続《つづ》けた。

というか、彼、意外と歩くのが速い。超速い。そんなに速く歩いている感じはしないのに。

「なぁ、聞いたか？　サミュエル・コートニーが今日復学するらしい！　学生課職員が言ってたんだ！　確かな情報だぞ！」

「マジか！　やっと……ゎ！　なんだ、あのコ！　見ろよ！　可愛い……！」

颯爽《さっそう》と進むお下げ君の後ろをついていくと、そんな声が聞こえてきた。

なんと……！　サミュエル・コートニーは庶子とぶち当たる呪いにでもかかっているんじゃないか？　エンゼリヒトと婚約者が浮気したせいで四年引《ひ》き籠《こも》りやっと帰ってきたってのに、同じ日にこんな大型庶子が入学してくるなんて……

現に今も、サミュエル・コートニーの噂なんか忘れて、皆、大型庶子の登場に目が釘付けになっている。

というか、このお下げ君は本当に凄《すご》い！

何故《なぜ》なら、攻め入る側も受け入れる側も、どちらも等しく魅了しているのだ!!

俺達のハートをガッツリ掴んでビクトールのもとにまっしぐらに突き進んでいったあのエンゼリヒトでさえ、受け入れる側には嫌われていたというのに。

そもそも、この国や近隣諸国の貴族界隈《かいわい》では、基本的に身長百七十センチ半ばというのはモテない。どっちつかずなのだ。受け入れる側なら小柄で華奢《きゃしゃ》な百七十センチ以下が好まれるし、攻め入る側なら百八十を越えなければマイナス評価となる。

そのどっちつかずの身長に靭《しな》やかに筋肉のついた体がこんなに魅力的に見えるのは、もはや奇跡と言えるだろう。

前から歩いてくるキャピキャピ下級生の一団が、頬を染めてお下げ君を見つめ、ヒソヒソモジモジする。彼らから見たら、やんちゃ少年的な魅力に溢《あふ》れた攻め入る側なのだろう。

別の令息達も足を止めてお下げ君をボーーっと見つめていた。彼らからしたら、やんちゃで初心《うぶ》そうな庶子のカワイコちゃんだ。

そうやって大型庶子お下げ君はすれ違う令息達を魅了し、フラフラと後ろにいっぱい男を引き連れてC校舎に入った。

三階のB教室に着く頃には、C校舎に入れない下級生に代わり、かなりの数の最終学年生が周りを取り囲んでいる。だが、お下げ君は特に気にした様子もなく、ちらっと俺と目があった時に、「やっぱり、こんな途中の時期だから目立っちゃうね」と、笑っただけだった。

お下げ君の視線でB教室に入りたいんだと分かったんだろう。数人の令息が道と扉を開け、とうとうお下げ君がB教室に到着する。

……それまで談笑していたであろうB教室の面々がハッと息を呑み、教室が静まり返った。

廊下の令息達が固唾《かたず》を呑んで見守る中、お下げ君は教室を見回し、コツコツと軽やかな靴音を響かせて窓際から二番目、一番後ろの席にポンと荷物を置く。

その動作に、B教室の面々の顔に緊張が走った。

（これはいけない！）

何度か会話した自分が一番適任と判断し、俺はお下げ君に声を掛ける。

「お、お下げ君、ここはサミュエル・コートニー侯爵令息の席なんだ……！」

〝サミュエル・コートニーに手を出してはいけない〟

四年前の騒動で練兵合宿所送りになった令息達を思い出す。絶対にこのカワイコちゃんを同じ目に遭《あ》わせてはいけない。

ところが、返ってきた答えは意外なものだった。

「フフ、……知ってるよ。だからここに座るんじゃないか」

「えっ？」

どういうことだ？　このカワイコちゃんはサミュエル・コートニーに喧嘩を売りに来たのか？

一気に周りの空気が張り詰めて、俺の〝え？〟だけが無駄に響いて消える。

「やだな、サミュエル・コートニーの席に着いても分からないか？？　俺がサミュエル・コートニーだよ！　皆が気付いてないのが面白かったけど、流石《さすが》に席に着いても気付かれないのは驚いたな。

白い髪ってそこそこ珍しいって思ってたんだが……」

っエエエエエエえええゑゑゑゑ∂∇☆⇒@∀⇔☆☆!?

教室内外からC校舎が揺れるくらいの絶叫が響き、俺の絶叫も思考も掻《か》き消《け》される。

そんな中、「ゎわっ！」って感じに慌てて耳を塞《ふさ》ぐお下げ君改め、サミュエル・コートニーの仕草と眉根を下げた表情は非常に可愛らしかった。

五　瓜坊《うりぼう》令息と腹黒令息。そして学園生活最大の懸念《けねん》

「嘘だろ⁉　サミュエル随分痩《や》せたなぁ！　見違えたぜ！」

目の前にいたモルト・ブレーンをぐいっと押し退《お　の》けて、アゼル・トラフトが俺に話し掛けてきた。

「アゼル！　久し振りだね。君は雰囲気あんまり変わらないなぁ」

俺よりちょっと身長が高いけど、だいたい体型は一緒くらいだ！

俺はそれが嬉しくて笑顔になる。気を悪くしたかな？　と、思ったけど、アゼルはいつも以上にニコニコだった。

良かった♪

彼は同じ侯爵家の三男で、親切で明るい皆の中心的人物ってヤツだ。

さっきも何人かの令息に囲まれて喋《しゃべ》っていたから、今も変わらず人気者なのだろう。

いいなぁ、社交的な人って憧れるよね。

実際はその裏でスッゴク気を配ったり、色々努力したりしているからこその求心力だ。俺には到底真似できない。だから、憧れるだけなんだけど。

「なんだサミュエル、俺のこと、覚えててくれたんだ？」

嬉しいなぁ、なんて言って笑う、そーゆーところがきっと人気の所以《ゆえん》なんだろーな。

「アゼルがデレデレだ……」

「しっ！　聞こえたらどーすんだよ！」

俺達から離れた所でヒソヒソ囁《ささや》かれているのにも気付かず、俺は久々に話すアゼルの変わらない雰囲気を喜ぶ。

「それにしてもサミュエル、綺麗になったのなー」

けれど、そう言って不意にアゼルが俺の顔に触れようとした時、思わずその手首を掴んで威嚇《いかく》してしまった。

「何するんだ、アゼル。許可なく人に触れるなんて、不届きだぞ」

アゼルはビックリしたように目を丸くして、それからニコニコと笑う。

「ごめんって、サミュエル～。そんな怒るなよ～」

慌てて手を引っ込める彼に満足した俺は、お詫《わ》びにとくれた菓子を食べながら、アゼルと色々な話をした。

そうして最初の授業は特に問題なく過ごしたのだが、その次の授業が終わりそうな頃に限界を迎える。

とうとう来てしまった……。この学園生活の最大の懸念《けねん》。それは――

「お、おなか減った…………」

そう、空腹である。

実はこの四年、ダイエットと言いながら、全く食事量を減らさなかった。寧《むし》ろ増えたし、一年くらい前からは好き放題食べていた。それでもメキメキ痩《や》せていっていたのだ。皮がタルタルしていた時なんか、痩《や》せすぎて皮が戻らなくならないように、敢《あ》えて沢山《たくさん》食べるという幸せな時期もあったしね。

なので、しょっちゅう何か食べてて。でも、学園ってそんなわけにはいかなくて……のぉぉぉ。身を捩《よじ》って耐えるが、もうそろそろ盛大に腹の虫が咆哮《ほうこう》してエサをねだる時間である。大変だ。なんとかしないと、恥ずかしいことになってしまう！

俺は教師の言葉を聞き流して必死に打開策を考えた。

……結論はこうだ。

最短で食堂に行く。

いつも行っていた食堂。昼休み後は閉まるけど、午前中は空《す》いているんだよね。それを思い出した時は歓喜のあまり、授業中にもかかわらず小躍りするところだった。危ない危ない。

あのオニーサンまだ働いているかな？　……そういえば名前も知らないや。

いつも、何を食べるか決められない俺にバランス良くメニューを選んでくれて、優しくて、結構好きだったから、会えたら嬉しいなぁ。……俺のこと、覚えてくれているかなぁ⁇

最短ルートを頭の中に描いた俺は、懐かしい思い出に耽《ふけ》りながら、授業が終わるのを待つ。

授業が終わり、俺は気配隠蔽《いんぺい》の魔法を掛けて、そっと教室のバルコニーに出た。キョロキョロと誰も見ていないのを確認する。授業が終わってすぐなので、まだ誰も外に出ておらず、「今の内！」とばかりにバルコニーから飛び降り中庭をコソコソと突っ切った。

ダッシュすると腹が減るので小走り小走り。

懐かしい道——前は急いでも中々終わらなかった長く長く続く渡り廊下があっという間に終わる。身長も高くなったし、足が長くなると歩幅も大きくなるもんな♪　いや、痩《や》せたからってのが一番大きいな。

(オニーサン、いるかな?)

俺はちょっとワクワクしながら食堂の扉をそっと押した。

キイッと扉が音を立てて俺を招き入れ、その後、キッキッと微《かす》かに揺れる。

食堂には誰もいない。厨房の奥でガタガタ、ガチャガチャバタンバンと忙《せわ》しない音がしていた。

ドキドキしながら食堂のカウンターに近づく。

と、ひょこっと奥のキャビネットの陰から、鍋とトレイを重ねて持った誰かが現れ、俺に気が付いた。

いつも食堂でお世話になっていたオニーサンだ。髪が伸びているし、背丈がそう変わらなくなっちゃっているけど、確かにオニーサンだった。

なんて言おう、気付いてくれるかな?　覚えていてくれるかな?　ワクワクドキドキしながらオニーサンを見る。

……ガシャン!　カン!　クワンワン……ワン。

「…………サミュ……エル?」

オニーサンは最初に、いらっしゃいとか、そんなことを言おうとしたんだと思う。

でも俺の顔を見た直後、みるみる目がまん丸になり、持っていた大きなトレイを取り落とした。傾いたトレイからボウルが一個シンクに転がり、クルンクルンと独楽《こま》みたいに回ってから止まる。

暫《しば》しの静寂の後、オニーサンは喉からぽそっと俺の名前をこぼした。

「えへへ……久し振りだね。オニーサン、俺の名前知ってたんだ。嬉しいな……」

本当はもっといっぱい言いたいことがあったのだけど、やっぱり真っ白になっちゃった。俺って本番に弱いなぁ。

「サミュエル！　お帰り!!　凄《すご》いじゃないか!!　瘦《や》せてスッゴク美人になって!!　大きくなってる!!　モジモジしてなきゃサミュエルだとは分からないくらい、変わったなぁ!!」

そんなオニーサンの言葉が嬉しかったり、恥ずかしかったり。

オニーサンがハッとして、名前を呼び捨てにしたことを謝ってきたが、俺は四年間、冒険者として過ごしていたからそっちのほうが嬉しいと、そのままの喋《しゃべ》り方《かた》をお願いした。

「四年も冒険者してたのか??」

驚くオニーサン（テートさんというらしい。二十四歳なんだって）の反応が嬉しくて、ここに来た目的も忘れてお喋《しゃべ》りに華を咲かせる。が、俺の腹時計は精密だった。

ゴウゴウワァァァご？　ご??　ぎゅうぅうんキュキュ♡　くるぅきゅるるーん♪

だだっ広い食堂に音が轟《とどろ》く。

「おわっ!?　なんだ!?　もしかして、サミュエルの腹の虫か??」

「は、はずかしーぃ!!」

驚いて騒ぐ、オニーサン改めテート。俺は恥ずかしくて恥ずかしくて、思わずその場にしゃがみこむ。

が、お陰で俺の腹の減り具合を察してもらえたので、その後の話は早かった。

「そっかぁ、なんにも気にせず好きなだけ食べてたから、毎日どのくらい食べてたか分かんないのかぁ」

「そうなんだ。だから、スッゴク腹が減っちゃって。でも、学園生活って多分今までより運動全然しないだろうから、もう、どれだけ食べて良いのやら……」

取《と》り敢《あ》えずテートオススメ雑穀パンサンドを齧《かじ》りながら話す。

「まぁ、今日と明日はいつも通り食べてもらって、それ見て調整してやるよ♪」

テートが胸を張って言うので嬉しくなり、俺は彼の手をガシッと握り締めて礼を言った。

「ありがとう!!　嬉しい!!　あ、そーだ！　今日の夕食は俺と婚約者二人が一緒に食べるから、多分すごく量がいると思うんだ。いつもより多めに料理を作ってくれると嬉しいな！」

カラーンコロンと始業前のベルが鳴る。ヤバイ！

「あ、授業始まる!!　じゃあ、また昼休みに来るね!!　サンドイッチありがとう！」

俺は残り一つのサンドイッチを頬張って駆け出した。急がなければ！　確か昔の記憶通りなら、始業ベルが鳴り終わるまであと二十五秒のはず！

中庭に躍り出た俺はスーロン直伝の身体強化を使って、まっしぐらに校舎の壁を駆け上がった。

「…………え？　……婚約者……??　……二人??」

誰もいない食堂でテートが呆然と呟《つぶや》くが、猛ダッシュで教室に戻った俺はそんなことは露《つゆ》も知らず、こなれた腹で授業を乗りきったのだった。

Θ Θ Θ

「え⁉ アナタ本当にサミュエル坊っちゃん⁉ ……やだぁ。スッゴい可愛い……♡ アタシ、坊っちゃんなら抱ける……」

午前中の選択授業が芸術だった面々が、昼休みに荷物を置きに教室に戻ってきた。

その中の一人、兄上の友人ヘンリーとアルフレッド兄弟の弟、ミカエル・ハンソンに絡まれる。

まったく、なんてことを言うんだ、腹立たしい！

「おい！ 親しき仲にも礼儀あり、だぞ！ 抱けるくらい軽そうで悪かったな！ だが、俺だってミカエルくらい抱き上げられる‼ ていうか、顔を揉《も》むな不届き者っ」

今まで殆《ほとん》ど話したことがなかったくせに人の顔を両手で挟む、すっかり雄ネーサンになったミカエルの腰を掴むと、「うりゃ！」と抱き上げた。

「へっ？ ……キャー♡♡ ぃやぁん♡ え、サミュエル坊っちゃんすっごぉい♡♡」

だが、それで剥《は》がれると思った手が、寧《むし》ろ食い込んでくる。

くっ！ イイ加減手をはにゃへっ……‼

「むぉい！ はにゃへっ！ はにゃへっへー！」

ムキ――！　悔しいがガタイの差で、腕をチカライッパイ伸ばしてもリーチが足らずミカエルの手を離せない。いや、不安定で怖いのか力一杯人の顔にしがみついていないか⁉　コイツっ……

ビシ！

「ぎゃっ‼　イタ――」

「大丈夫か⁉　サミュエル！」

見かねたアゼルがミカエルの逞《たくま》しい腕に手刀を喰らわせて剥《は》がしてくれた。俺の顔はミカエルにギュウギュウにされて潰れた肉まんみたいになっていたのでよく見えなかったが、多分そう。

ホッとしてミカエルを下ろし、顔を撫《な》でる。顔がお面みたいに外れるんじゃないかと思った。

「ありがとう、アゼル。お陰で助かった」

「可哀想に、大丈夫か？　赤くなってる……」

心配そうに俺の頬を撫《な》でるアゼルがあまりにも自然で慈愛に満ちた顔をしていたので、触るなとは言えず、そっと回復魔法を掛けてから彼の手を剥《は》がした。

「ありがとう、アゼル。回復掛けたから大丈夫だ。俺はもう、昼飯に行くよ」

「そうだな、早く行こうぜ♪」

あれ⁇　何か一緒に行くことになってる⁇　参ったな、貴族らしくない量を食べるから、あんまり見られたくなかったのに……

「療養中いろんな所に行ったんだろ？　話、聞かせてくれよ！　な？　外国ってどんなだった⁇」

うっ……キラッキラの笑顔でそんなことを言われると断れないな。……まぁ、いっか。

そう思って食堂に向かったが、腕を擦りながらミカエルはついてくるし、隣の特進クラス、A教室から公爵家の令息他数人もついてくるわで、気が付くと学園のキラキラした人気者が勢揃いしていた。やだなぁ。恥ずかしいなぁ。

けれど食堂の扉を開けた途端、俺はそんなことをすっかり忘れて食堂のカウンターに突撃する。

「て——と——♪」

「おお、サミュエル！　来たか！　取《と》り敢《あ》えずいつも通り食べてみてくれ！」

「うん！　分かった！……フフン♪　フンフ〜♪　フンフンフ〜〜ン♪」

テートの言葉に、俺は嬉々として左から皿を順に取っていった。両手で持てるだけ買い、カウンターに一番近い席に置く。

アゼルがもっと奥の静かな席に座ろうって言ってきた。

だが、俺は最短で食事にありつきたかったので、ここで食べると宣言する。それで全員ここで食べることになった。

（もういーや）

腹ペコで投げやりになった俺は、もう周囲の目など気にせず好きなだけ食事を楽しむ。意外にも皆、驚いたり呆《あき》れたりせず、俺がいない間の有名事件とか、俺のダンジョン攻略とか、いろんな話で盛り上がり、楽しく食事が進んだ。

家出前はこんなことなかったので驚いたが、冒険者の酒場で食べているような楽しさがある。それでいて、これが学校というものの醍醐味《だいごみ》！　って感じもする。

俺はちょっと、今後の学園生活が楽しみになった。

(早くスーロンとキュルフェ来ないかなぁ)


「なぁなぁ、アゼル、半日って、何時間くらいだ？　八時から半日って何時だ??」

昼飯以降、すっかりアゼルやミカエルと一緒に行動するのに馴染《なじ》んでしまった俺は、移動教室の帰り、少し黄味を帯《お》びた光が差し込む二階の渡り廊下を歩きながら横のアゼルに問いかけた。

「突然なんだ？　サミュエル。そりゃ、二十四時間の半分だから十二時間じゃないか？　朝八時なら、夜八時だろう……」

なんてことだ！　あと六時間も待たなきゃなのか??

「あら？　でも考えてみて？　普通半日って言う時は睡眠時間は考えないじゃない？　だから、六時から二十三時と考えて、その半分だから八時間！　朝八時からなら夕方四時だと思うワ♪」

四時かぁ、八時よりは早くなったけど。

ミカエルの言葉に少し気持ちが軽くなったものの、待ち遠しい。

もう、今日の授業は全て終わってしまったのに、二人はまだ姿を現わさない。俺の思っていた半日は、もうそろそろ過ぎようとしているんだが……

「俺は、半日ってなんとなく六時間くらいなイメージだな。だから、八時からなら今ぐらい！」

三公爵の一つ、ティコック公爵家五男のジューンが明るく言う。その後を継いで、宰相補佐のボーディ家の嫡男《ちゃくなん》とか数人が何か喋《しゃべ》っているが、俺の耳を素通りした。

渡り廊下の窓の隅に一瞬、紅色が過《よぎ》ったのだ。

慌てて窓に貼り付き下を見る。学園通用門からエントランスに続く石畳の広い通路、門から少し入った場所に馬車を停めたスーロンとキュルフェが、何か話し込んでいる。

堪《たま》らなくなった俺は、ガラッと渡り廊下の窓を開けて、二人のもとに飛び下りた。

「スーロン！　キュルフェ!!」

「……………あとはどうやって、ここに連れてくるか、だな……。ん？」

「サミュエル！　危ないよせ！」

「サミュエル!?」

スーロンとキュルフェが上を向き、俺と目が合う。

「ミュー！」

「サミュ!!」

パッと笑顔で迎えてくれる二人に嬉しくなって、二人の前に着地する予定を変更、受け止めてもらおうと手を広げた。

が、いつぞやみたいに二人が笑顔でグイグイと押し合いを始めたのでスッと気持ちが凪《な》ぎかける。

(まったく、俺が二階から飛び下りる短い滞空時間で、なんで兄弟喧嘩できるんだ??)

二人は俺のそんな気持ちを察知して、結局、仲良く抱き止めてくれた。

そうそう、そうこなくちゃ♪

俺は二人にしっかりと抱き着き、スーロンの落ち着く匂いとキュルフェの優しく華やぐ匂いを胸いっぱい吸い込む。

「お帰り!!　二人とも遅いぞ！　淋しかった!!」

「ただいまです、サミュ。私も会いたかった」

「遅くなってごめんな、ミュー。俺も淋しかったよ……」

二人にぎゅっと抱き締め返され、頬擦りされて、頭やらおでこやら耳にキスをいっぱい落とされて。俺はいっぺんに満足してくふくふと笑う。

ジャリ……

不意に硬い地面を踏み締める音がする。気が付くと、アゼルが俺達のすぐに後ろに来ていた。

「……サ、サミュエル……？　……そいつら、は？」

あ、アゼルに紹介しなきゃな。

ミカエルやジューン達も校舎から飛び出てきた。皆、走ってきたらしくて息を切らしている。

俺の婚約者だよ！　……って言うの、何か超照れちゃうよね??　キャーー♡

俺は抱っこから下ろしてもらいながら、チラチラとスーロンとキュルフェを見た。そんな俺を見てにんまりとキュルフェが笑う。

くぅ～キュルフェはいつもそうだ。

俺は二人の手を引っ張ってアゼルの前に行く。

「へへ……紹介するね。俺の婚約者の、スーロンとキュルフェだよ♪」

「婚約者……？　え、いつから、……婚約を？」

ビックリしてポカンとした顔で聞くアゼルに、俺は恥ずかしくて二人の腕に絡まりながら答えた。

「へへへへ。こないだ、帰ってきた時に、二人が父上達に打診してくれて……。ね！　スーロン♪　キュルフェ♪」

そう言って見上げると、二人は大人な笑みで頷《うなず》く。ひょぇー！　俺の顔はこれ以上赤くならないよ！

「……その、二人とはいつ出会ったんだ？　ヒルトゥームの人間じゃないよな……？」

相変わらずポカンとした顔のまま聞いてくるアゼルに、俺はニコニコと答えた。

「家出した後だよ！　俺、それからずっと二人と一緒に旅してたんだ！　さっき話したダンジョンとか、外国とか……全部一緒に行ったんだよ♪」

楽しい思い出がどんどん胸に溢《あふ》れてきて、俺はポカポカしてきた胸を撫《な》でる。

胸がポカポカするって、本当にポカポカするんだな。

「はぁ？　家出??　ま、まさかサミュエル……お前ずっと……」

「フフフ……そう、家出した後、出会ったんですよね♪　ねぇ、サミュ、気付いてますか？」

あ、アゼルに家出してたってばらしちゃった。まぁ、外国やらあちこち行っていたって話しちゃっているし、一緒だよね。そう思った辺りで、キュルフェに話しかけられる。

するり、と彼の腕が後ろから絡み、俺をその胸元に引き寄せた。

「今日はサミュの誕生日の三日前。つまり、振られて家出して丸四年です。それなので……」

耳許で優しく響く甘いテノールに、俺の心臓がドキッと大きく跳ねた。なんだろう。いつもとは違う雰囲気だ。キュルフェと、スーロンも。

「それはつまり、ミューが俺達と出会って、俺達を救ってから丸四年……」

「記念日ってことです♡」

「なっ、何言ってるんだよ……んっ……」

二人の言葉に反論しようとして、スーロンに人差し指で唇を塞《ふさ》がれてしまった。

「治したのは翌日だが、俺達をあの場所から救い出してくれたのは、今日だろう？」

反論しようと振り返った体を二人のほうに優しく向き直らされ、両手を引かれて、ゆっくりと通用門に近づく。

大体、広い石畳の通路の真ん中辺りで止まった。

二人の瞳が、なんだか、大人で、優しくて、でも、悪戯《いたずら》っぽい感じも秘めていて。

ドキドキする。ナニコレ⁇

(今から何が始まるの⁇)

「ミュー……俺達、婚約はしたけれど、まだ、指輪は贈ってなかっただろう？」

俺の左手を大きな手で包みながら、ここまで連れてきたスーロンが口を開く。

(えっ！　まさか！)

ジャラララン～♪　と何処《どこ》からともなく現れたギタールを鳴らす吟遊詩人に、これまたいつの間にか集まってた令息達がどよめいた。

一緒に馬車に乗ってきたであろう兄上が、混乱した声をあげている。どうやら一緒にいるバーマンとジャスパー翁に止められてるようだ。騎士のポールもいる。

（えっ⁉　えっ⁉）

「どうせなら、貴方が振られて家出した日を、私達の出会った記念日として、上書きしたいと私が提案したんです……。大々的にしちゃえば、お父上や兄上も撤回できないですし♡」

突然現れ歌い出した吟遊詩人に令息達が意識を奪われている中、キュルフェが俺の右手をすべすべの手で優しく握る。

さっと二人はその場に片膝をつき、朱《あか》みがかかった金の瞳とキラキラした金緑の瞳で見つめながら、俺の指にキスをした。

きゃぁぁあああああぁぁああ♡♡♡

ギャラリーから、割と野太いものも混じった黄色い悲鳴があがる。

それを合図にもう二人ほど吟遊詩人が出てきて歌い始めた。……そんな中、二人はキスをした俺の手をさっと真ん中に寄せる。二人の左手で俺の両手を握る形だ。

「愛しいミュー……」

「愛してます。可愛いサミュ、私の子豚くん」

「ミュー、お前に救われた日から、俺達はミューにこの身を捧《ささ》げてきた。そして、これからも、俺達のこの体……」

「私達のこの魂《たましい》……」

「永遠《とわ》に捧《ささ》げると誓おう」

「永遠《とわ》に捧《ささ》げると誓います」

「この指輪、受け取ってくれる？　サミュ……」

「この指輪、受け取ってほしい。ミュー…」

二人がさっと後ろに隠していた右手を出す。

スーロンは小さな紅玉が嵌《は》められ、細かな朱《あか》みがかった金の象嵌《ぞうがん》が施《ほどこ》された白銀色のミスリルらしき指輪。

キュルフェは小さなマゼンタの紅玉と濃い翠玉が嵌《は》められ、小さな金の粒が交ざった重隕鉄《じゅういんてつ》の繊細な指輪を手に、俺に問う。

たっぷりの愛情と、少しの悪戯心《いたずらごころ》が混ざった四つの瞳に見つめられて、俺は火照《ほて》った顔をブンブンと縦に振って一生懸命同意を示した。

だってもう、口がきけなかったから。

頑張って絞り出しても、掠《かす》れた声で。

「……う、うれひぃ……」

そうとしか言えなかった。顔が熱くて溶けてしまいそうだ。

二人が俺の左手の薬指にすっと指輪を通す。

どうやら二つの指輪はかっちりと合体するデザインになっていたらしく、俺の指に、まるで一つの指輪のようになって収まった。

二人が次に出してきた指輪を、それぞれの指に俺が通す。

どちらも地金は俺のと同じで、俺の指輪より太く、二人の色の宝石に挟まれるようにして金剛石とアクアマリンが嵌《は》められていた。

溜め息と共にその綺麗な指輪を見ていると、感極まった二人が俺をぎゅっと抱き締める。

と、途端に三人の吟遊詩人が馬車の上で思いっきり声を張り上げ、ギタールを掻《か》き鳴《な》らし、足を踏み鳴らしBGMを最高潮に盛り上げた。

「うぉぉおおおお!!　おめでとう！　坊主!!　おめでとう!!　三人とも!!」

「「「きゃぁぁあああああ♡♡　おめでと――!!」」」

それを合図に通用門からいきなり人が雪崩《なだれ》込《こ》んでくる。先頭は懐かしのドワーフのおじさんドートンと、ボリー、ナン、バエビスのエルフの雄ネーサン三人組だ。皆、可憐《かれん》な花冠を被《かぶ》っている。

「ガッハッハッ!!　いやぁ、王都のギルドに寄ったら二人がいてなぁ!!　まさかこんなめでたい瞬間に立ち会えるとは!!　おめでとう坊主!!　俺と同じぐらいだったのに、随分背も伸びて！　見違えるようだ!!」

「ぷよぷよちゃん!!　おめでとう!!　もうぷよぷよちゃんじゃなくてお肌ぷるぷるちゃんね!!」

「オメデトオメデトー!!　まん丸も可愛かったけど、スッゴク可愛くなったワ!!　食べちゃいたい！　でもダメね、キュルフェちゃんに怒られるもの♡」

「超素敵！　超羨《うらや》まし!!　私も結婚したくなっちゃった!!　泣いちゃったわ！　あー幸せすぎてハートが痛い!!」

四人とも口々に捲《まく》し立《た》ててもう、何を言っているのか……

兎《と》に角《かく》、俺とスーロン、キュルフェに花冠を被《かぶ》せる。

後ろに続いていた沢山《たくさん》のドワーフやエルフ、そのパーティメンバーだろうか？　冒険者らしき人達も口々におめでとうと言って花の首飾りを掛けてくれたり、花びらを撒いてくれたりした。

エルフやドワーフはあちこちに色々な花を魔法で咲かせ、また、手に持った花籠《はなかご》からギャラリーの令息達に花を手渡し、吟遊詩人の歌に合わせて踊ったり歌ったりしている。

三人の吟遊詩人が馬車の上で奏でる曲は、この近隣諸国で定番のプロポーズの曲。

可愛い君が頭の中を延々《えんえん》と動き回る。君のことが頭から離れないんだ！　この想いをどう伝えれば良いのか、自分をコントロールできない。とか、僕の女神、僕の歌、僕の旋律。僕は幸せに、憂《ゆう》鬱《うつ》に、君に一喜一憂する。なんて熱唱する。

その熱狂に呑まれて令息達もエルフと一緒に歌って踊った。

誰がやったのか、上空から雪みたいに沢山《たくさん》の白薔薇《しろばら》の花弁が降り注ぎ、皆きゃあきゃあとはしゃぐ。

俺はそのお祭り騒ぎに酔って少し大胆になり、俺を抱き締め続ける二人の腕から抜け出した。

キョトンとする二人の顔を「ギュッ！」とくっつけ、二人の唇と唇が触れ合う寸前まで角度を整える。そのまま二人の顎《あご》を持って、ちゅ♡　と二人の唇に同時に口づけした。

ふにっとした弾力を暫《しば》し味わい、その余韻に浸りながら唇を離す。二人はまだ顔をくっつけたまま呆然としていて。

なんだかそれが面白くて、俺はくふくふと笑う。

こうしてこの日、この学園は、俺が振られて家出して、二人と出会って、指輪を贈り合って、ファーストキスをした記念の日と場所になった。


「坊っちゃぁぁぁん!! 素敵! 素敵な指輪交換でしたぁぁぁ!」

「ドドドド!」っと黒い大きな塊《かたまり》みたいなメイド服が突進してくる。

「アマンダ!! 来てたの!? ていうか、アマンダもバーマンも普段、邸から滅多に出ないのに、どうして!? 嬉しい!」

俺は嬉しさでぴょんぴょんしながらアマンダを迎えた。

「おい! バーマン! ジャスパー翁!! どういうことだ!? お前達は知ってたのか??」

兄上の怒鳴り声と、まぁまぁと宥《なだ》めるバーマンとジャスパー翁の声が、少し離れた辺りから聞こえる。

「坊っちゃん……アマンダが作った花冠も被《かぶ》ってくれますか?」

そんな向こうのわちゃわちゃなど微塵《みじん》も気にせず、アマンダがそっと花冠を差し出した。

急いで作ったというそれは、小さいけどすごく手の込んだもので、その器用さに舌を巻く。

「勿論《もちろん》だよ、アマンダ。すっごい綺麗だ。ありがとう。アマンダにも良き縁が巡りますように……」

俺は花冠を被《かぶ》せてもらうと、首にかかった花の首飾りから一輪、菫色《すみれいろ》の蘭《らん》を抜き取ってアマンダの髪に挿《さ》し、その頬に口づけした。

この花冠と花の首飾り、花びらのシャワーでの祝い方は、結婚や懐妊、婚約などのイベントで好んで使われているが、元々はエルフの婚姻儀礼から来ているらしい。

俺はそのエルフの婚姻儀礼に倣《なら》い、アマンダに花嫁（？）からの〝次は貴方の番になりますように〟という願いを込めるおまじないをした。

アマンダはとっても優しい顔で微笑《ほほえ》んだが、色々耐えきれなくなったのか、顔を干し杏子《あんず》みたいにくしゃくしゃにしてボロボロ泣く。やがて、おおんおおんと咆哮《ほうこう》のような泣き声を上げて走り去った。後で聞いた話によると、そのまま屋敷まで走って帰ったらしい。

（……ほんと、アマンダって凄《すご》いよね）

ふと見ると、俺のファーストキスを喰らって呆《ほう》けていたスーロンとキュルフェが我に返っていた。

どうやら、アマンダの頬にキスしたのが気にくわなかったみたいだ。

「あんまり安売りはしないからさ、家族・親戚枠の人は許してよ」

キュルフェが渋々了承してくれたので、俺は心置きなく兄上にも「ぶちゅ！」っとやる。花は黄色と濃いオレンジ色の交ざった百合《ゆり》だ。花言葉は知らないので雰囲気で選ぶ。

「ふふ……サーミありがとう。とっても嬉し……うぎゃぁ！　やめろ貴様らぁ!!」

俺の真似をしてスーロンとキュルフェも兄上に「ぶちゅ！」とやったので、兄上は風呂に入れられた猫みたいに怒っていた。

バーマンとジャスパー翁、ポールと一緒に、俺はケラケラと笑う。

どうやら、スーロンとキュルフェは俺の代わりに口づけをするつもりらしく、バーマン、ジャスパー爺、ポールの三人にもおまじないのキスを「ぶちゅ！」としていた。

俺は独身のポール以外は花だけで済まそうと思っていたのに。

……不意にガヤガヤと騒がしくなる。テートを始めとした食堂のシェフ数人が飲み物とお菓子を振る舞っていた。

ええ!?　俺はテートに駆け寄る。

「テート！」

「サミュエル〜！　お、おめでとうっ!!」

声をかけた途端、彼は泣きながら抱き付いてきた。うわぁお！　何度もおめでとうと言いながら、俺の背中をポンポンしてくれるけど、多分背中ポンポンが今一番必要なのはテートだよね。

テートにエルフから渡されたという花冠と首飾りを掛けてもらい、俺からはビタミンカラーなピンクのガーベラを一輪彼の胸ポケットに挿《さ》した。そっと頰に口づけして、いつもありがとうと囁《ささや》く。

学園で人と会話しなかった俺にとって、テートは結構大きな存在で。彼との会話を楽しみに勉強を頑張ったから、テートだけは俺がおまじないをしたかったんだ。

キュルフェが睨《にら》み、ミカエルが自分もしてほしそうに見ているが、どちらも見なかったことにしよう。

そんなこんなで暫《しばら》く、花冠や花の首飾りを掛けてもらったり、花を一輪髪や胸元に挿《さ》してあげたりが続く。……勿論《もちろん》、全員スーロンとキュルフェの口づけだ。

「それにしても、どうしてテート達がケータリングしてるの？　どうしてバーマンやアマンダがいるの？　ドートンさん達が学園内に入れるの？　どうしてこんなに沢山《たくさん》、エルフさんやドワーフさんや冒険者さん達が来たの⁇」

俺は疑問を全てスーロンとキュルフェにぶつけた。

二人はにっこり俺を見つめて、綺麗に拭《ぬぐ》った唇で俺の唇にキスしてから満足そうに答える。

「実は花を沢山《たくさん》咲かせたかったので、木魔法を使える人を募集しにギルドに行ったら、ドートン、ボリー、ナン、バエビスの四人に会ったんです。彼らはあれ以来、仲良くなって四人で旅してるんですって。それで、彼らのツテで、王都で暇してるエルフとドワーフとそのお仲間さん達を集め、今日のお手伝いをしてもらったんです♪　私達あんまりウロウロできませんでしたから、ドートンには本当にお世話になりました。吟遊詩人を見つけて連れてきてくれたのも、バーマンとアマンダを連れてきてくれたのもドートンなんですよ♡」

キュルフェの言葉にビックリする。俺達殆《ほとん》ど一緒にいたのに、いつの間にそんなことを！

楽しそうに踊って歌っている四人に手を振ってお礼を言う。

「報酬はちゃんと貰《もら》っとるで気にすんな！　坊主、お幸せにな―！」

そんな豪快な笑い声が返ってきた。結婚式みたいで照れちゃうよ。

「おい！　学園に部外者を入れたり、食堂の職員を動員したりして良いと思ってるのか⁉」

兄上の怒りの声にハッとする。そうだ、こんなことして良かったのかな⁇

「サミュの兄――」

「義兄上《あにうえ》って呼ぶなぁ！」

「まだ呼んでません。今日午前中に王城に行った時、偶然お会いした国王陛下から許可を貰《もら》いましたから大丈夫ですよ♡『バチコーン☆ 決めたれ！』っておっしゃってました」

「あ、スーロンとキュルフェも王様に会ったの？ お元気だった？？ この国の王様、面白いでしょ？ 西訛《にしなま》りだし、笑わせてくるし、お菓子くれるし、王様っぽくない人だよね！」

キュルフェの言葉に嬉しくなって口を挟む。皆、黙って目を逸《そ》らした。

(え。何、何？？ 皆どうしちゃったの？？)

「コートニー家の皆様方、本日はおめでとうございます。私はこれで失礼させていただきます」

一瞬気まずい雰囲気になったが、壮年のパリッとした騎士様が挨拶《あいさつ》したところで、空気が変わる。

「近衛騎士団長……!?」

兄上が驚いているうちに、近衛騎士団長さんはそそくさと帰ってしまった。スーロンとキュルフェ曰《いわ》く、王様に言われて警備と食堂の職員動員を手伝ってくれたそうだ。恐縮しちゃうな。

タイミング良くテートが飲み物をすすめてくれたのでありがたく頂き、俺は暫《しば》し、この突然の婚約式のお祝いムードに酔いしれた。

「あーあ……学園戻る直前に婚約とかヒデェよなぁ……ん？ アゼル？ あ、おい！ アゼル！ しっかりしろって!!」

「アゼル!? ……あー……目を開けたまま気絶とか……。お前、意外と本気だったんだな……、医務室連れてこう。おい、そっち持ってくれ」

「さっき、ちょっとずつ親密になれてるって浮かれてたもんな……まさに天国から地獄……

くぅっ！　今夜は皆で傷心パーティしてやろうぜ……！」

アゼルを呼ぶ声がして、俺はキョロキョロしたけど、もう彼は何処《どこ》にも見当たらなかった。

（アゼルにもおまじないしたかったんだけど、人気者だから予定があったのかな??）

俺はアゼルのために一輪、花を忘れずにとっておこうと脳内手帳にメモして、スーロンとキュルフェと一緒に、手伝ってくれた冒険者さんや吟遊詩人さんにお礼を言って回った。


「——おめでとう……サミュエル・コートニー」

突然、無愛想な聞き慣れない声がした。振り返ると——

「え、と、……誰だ？」

全く知らない誰かだ。

赤毛の少しうねった短髪に深緑の瞳。傷がちょこちょこ目立つ日焼け肌で、俺と同じくらいの背丈。

後ろからヒョコッと現れて遠慮がちに微笑《ほほえ》む金の短髪の令息も誰だか分からない。

「おめでとう……ぇへへ。婚約者サン、二人ともカッコイーじゃない。羨《うらや》ましいわぁ。しかもアンタもスッゴい可愛くなってる！」

「ありがとう！　嬉しい！　でも、ごめん。俺、君達が誰だか分かんないや。もしかして、四年のうちにすっごい背が伸びたとか、痩《や》せたとか、そんなんだったりする??」

未だに二人が誰か分からず聞くと、無愛想だった赤毛の令息がプハッと噴き出す。

「プハッ……ククク……それはお前だろ、サミュエル・コートニー。……俺はアンリ・キューアンジー、後ろはジェイン・エーアールだよ」

その言葉に、俺は目が飛び出るほど驚いた。

「ええ!? アンリとジェイン!? あのキラキラオネエトリオの!?」

「もう、こんなナリだし、オネエじゃねぇよ。それより、四年前……悪口言って悪かったな……。おめでとう。それだけ言いたかった。スゲェ綺麗になったじゃねーか」

「あ、ありがと……うぉっ？」

花の首飾りを掛けてくれ、そのままグイッと引っ張られて頬にキスされる。

「ハハハッお前の幸せ、しーっかり吸い取ってやったからな♡」

唇を離してそう言うアンリは、縦に伸びて多少ゴツくなったけど、確かに四年前キラキラオネエだった妖艶《ようえん》さは健在で。……俺はちょっとだけ顔を火照《ほて》らせた。

「サミュエル・コートニー、アタシも悪口言ってごめんね……ぎゃ、ヤダァ！ アンリ、ミカエルがいるよぉ！」

「マジかよ！ ジェイン逃げるぞ！ じゃあな、サミュエル・コートニー、お幸せに！」

そう言って二人は慌ただしく走り去る。

いや、ミカエルと三人でいつも一緒だったのに?? 一体、何が……!?

俺は、「消毒ー！」とか「上書きー！」とか言いながら、アンリがキスした辺りを拭いたりキスし直したりをキュルフェにされながら、四年の間に皆、色々変わったんだなぁ、と感慨に耽《ふけ》った。

まぁ、俺だって四年で大分成長したもんな。

俺、あと三日で大人になるんだぁ……。全く実感の湧かない事実を今更ながら思い返し、ピンク色のお祝いドリンクを見つめる。

ドリンク越しに婚約指輪を映し、そのままぐいと飲み干した。大人になる覚悟ができた気がする。

「サミュエル……」

不意に掛けられた遠慮がちの声に振り向くと、濃い金の睫毛《まつげ》に縁取られたアイスブルーの瞳が俺を見つめていた。

「……ビクトール？」

俺の声に、花の首飾りを弄《いじ》りながら躊躇《ためら》いがちに微笑《ほほえ》むその姿は、まるで別人みたいだ。俺はビクトールに会えたことが嬉しくて、すぐにスーロンとキュルフェの腕を引っ張った。

「久し振り！　ビクトール！　紹介するね！　スーロンとキュルフェ！　俺の婚約者なんだ♪　スーロン、キュルフェ！　ビクトールだよ！　時々話してたろ？　見て見て、スッゴい美少年だろ!?　国一番って言われてて……ぁ、あれ？」

スーロンとキュルフェにヒルトゥームで一番と言われている美少年を紹介しようとしたのだが……ちょっと思い出のビクトールとは色々違っている……

今も勿論《もちろん》ハンサムなんだけど、昔はもっとこう、何しても許されそうな傲然《ごうぜん》とした神がかった美しさがあったように思ったんだけどなぁ……。俺がビクトールのことを好きだったからそう見えていた、みたいなオチ？

「思い出は美化されるってヤツ……かな？」

ビクトールには超失礼だが、思わずそう洩《も》らしてしまった。

その言葉にスーロンがビクトールをまじまじと見つめて言う。

「いや、確かに美少年だったろうな、ってなぁ分かるぞ、ミュー。ただ、四年で色々あったんだろう。鼻骨も二、三回折れてるし、頬骨やら眉骨やら……ちょっとずつ変形してるなぁ」

「えー……そんなぁ！　……でもまぁ、ビクトールは騎士を目指してたもんね……」

きっと、頑張ったんだろうなぁ。

「サミュは彼を許せるんですか？　こっぴどく振られて家出までしたのに」

キュルフェの言葉にカッと顔が熱くなる。

「い、言うなよ！　俺の恥ずかしい過去！」

「揶揄《からか》うな！」と慌てて抗議したけど、キュルフェは存外真剣な目をしている。

「な、なんだよキュルフェ……。そりゃ、確かに最初は傷付いたし落ち込んだけどさ。でも、俺だって悪いところがあったしな。……それに、家出しなきゃスーロンとキュルフェに出会えてないし、冒険もしてないし、痩《や》せてなかったと思うんだよね♪　そう考えたら、俺の今の幸せは全部ビクトールのお陰だよ！　てか、家出してなかったらスーロンとキュルフェきっと死んでたぞ？　そう考えたらビクトールは、俺の好きな人の恩人でもあるよ」

なんだか気恥ずかしくて、最後はちょっと茶化すように言う。

「もし家出してて、私達に出会ってなかったら、サミュこそその辺で野垂《のたじ》れ死にですよ。そして、数ある商会からあそこを選んで、私達を救ってくれたのはサミュ自身です」

「じゃぁ、二人は俺の好きな人で、婚約者で、命の恩人でもあるわけだな♡」

そう返して、俺はキュルフェに抱きつく。

「もう良いじゃないか。今日は俺達の記念日なんだろ？　ちょっと美少年ビクトールを二人にも見せたかっただけなんだ。あんまり俺の恥ずかしい過去を抉《えぐ》らないでよ……」

キュルフェを見上げてそうお願いすると、ツンツンしていた彼の眉がてろっと下がる。

「仕方ないです――」

「ミュー！」

これはキスする雰囲気かな??　とワクワクしたのだが、横からぐいっときたスーロンにキスされてしまった。

「愛してるぞ、可愛いミュー。もうあんまりビクトール、ビクトール言わないでくれ。流石《さすが》の俺も妬《や》いてしまう。要は今幸せだからビクトールのことも許すってことだろ？」

ヤキモチ妬《や》くスーロンなんて珍しくて、俺はそれだけで嬉しくなる。

「別に、たとえ今不幸せでもビクトールを恨みもしないし許さないとかもないさ。どうなろうとそれは、俺の選択の積み重ねの結果なんだからさ」

そんなことよりもう一回キスをしたくて、スーロンの顎《あご》を撫《な》でた。キュルフェが横から来てキスをする。スーロンの唇は少し硬く肉厚で、キュルフェの唇はプルリとしていてスーロンより薄い。

俺はそんな二人の唇の感触に夢心地で……

人前だということもビクトールが花の首飾りを掛けようとしていることも忘れて、ヘラヘラしていた。

「貴様ら……いい加減にサーミから離れろ。不届き者共が……！」

兄上にスーロンとキュルフェがアイアンクローでめりめりと剥《は》がされて、やっと我に返る。

（いけない。キスってなんだか夢中になっちゃう）

「俺やジャスパー翁、バーマン達はもう帰るからな。……いいか、この泥棒猫兄弟、婚約したからってサーミに不届きなことしてみろ、何処《どこ》ぞの漁師のお友達にしてやるからな！」

「「うわ、こっわ」」

去り際にスーロンとキュルフェをギリギリ睨《にら》み付《つ》け、二本の指で自分の両目を示してからスーロンとキュルフェを指した兄上は、「フン！」と鼻息荒く馬車に乗り込んでいった。

スーロンとキュルフェがぶるりと大きく身震いして呟《つぶや》いたが、……俺から不届きなことをするのは……アリなのかな……

ドートンさん達や冒険者さん、吟遊詩人さんが余った花と食べ物を抱えてニコニコと帰っていき、好好爺《こうこうや》二人といった感じでバーマンとジャスパー翁が手を振りながら馬車に乗る。三人でそれを見送った後、後ろで気まずそうに身動《みじろ》ぎするビクトールに気付き、慌てて彼に首飾りを掛けてもらった。ごめんねごめんね。

「おめでとうサミュエル……。その、すまなかった……。ロレンツォ様の態度でなんとなく分かってたが、四年間家出したままだったんだろ？　ずっと謝りたかったんだ。婚約解消するにしたって、あんな所で声高に言うべきじゃなかった」

そう言って見つめてくる彼に俺はモジモジしてしまう。

だって、俺の中ではもう幼い頃みたいに遠い話で、正直言って、割とすぐに振られたことなんて忘れてスーロンとキュルフェと一緒に遊《あそ》び呆《ほう》けていた。

誰だっけか、ビクトールもあの男爵令息と幸せになってるもんだと思っていたし。

「気にしないで……。スッゴい楽しくて、気が付いたら四年経ってただけだし」

気まずくて、少し頭を掻《か》きながらそう言うと、アイスブルーの瞳がホッとしたように緩む。

…………思っていた以上に、俺はビクトールの心に重苦しいものを齎《もたら》していたんだろうか。

昔とは別人のような控えめな態度の彼に、四年の間に置いてけぼりにされた気になる。せめて、この顔や傷痕だけでも治せないかと、俺は手を伸ばした。

「ハーーイ☆　サプラァ〜〜イズ☆」

「うわっ⁉」

その瞬間、魔法の杖を振りかざし、片膝ついたポーズで「シャランラー☆」と魔法学の准教授が滑り込んできて、「ポン☆」と魔法を発動させた。

途端、目の前にとびっきり美青年に育ったビクトールが現れる。傷一つなく、完璧ビューティホーで髪の毛もサラサラ王子様カットだ！

ビクトールみたいに格好いい人になりたいなって、昔よく思っていたけど、本当にその当時、想像していた通りの美青年っぷりに、思わず小さく拍手する。ブラボー☆

「ＨＡＨＡＨＡ☆　驚いたかい？　サミュエルくん！　これは全て君を驚かすための壮大なドッキリ作戦さ！　さ、ささ、寮まで送ろう。四年振りだねぇ、元気にしてたかい？」

「なーんだビックリしたぁ！　ねぇねぇスーロン、キュルフェ！　ほら、メチャクチャ美青年だろー？」

俺はまさか先生に幻惑魔法を掛けられて自分だけビクトールが美青年に見えているなんて思わなくて、ぴょんぴょんしながらスーロンとキュルフェに同意を求めた。

ちょっと微妙な顔してコクコク頷《うなず》く二人。あ、もしかして、またヤキモチ妬《や》いちゃったかな？と勘違いした俺は、それじゃあね、とビクトールに挨拶《あいさつ》して、婚約者二人の腕を掴んで先生についていった。

にこやかに俺達を誘導する先生。彼が後ろでビクトールに向かって黒い笑顔で親指を下げたり、俺に話しかけようとするのを阻止したり、アゼルの友人達によってビクトールが俺達とは反対方向に流されていったりしているなんて知らず、俺はぴょんぴょんしながら寮に向かった。

Θ　Θ　Θ

「すみません、今日入寮予定なんですが……」

「はい、ただ今参ります。……おや、随分と……成長なさいましたね」

俺達三人は寮の管理人室に部屋の鍵を貰《もら》いに来た。前より少しおじさんになった管理人さんは、俺が誰だか分かったみたいで、振り返った途端に目を見開き、それから優しく笑って言った。背が伸びた、というジェスチャーがすごく嬉しい。

俺達三人は菓子折りセットを渡して鍵を受け取り、自室に向かった。

四年ぶりに見る寮室は、全体的に小さくなっている。休学扱いで部屋はそのまま維持されていたので、四年前まで使っていた同じ部屋なのに。

スーロンとキュルフェ用の家具や荷物が一緒に詰め込まれているせいで手狭に感じるのが、要因の一つだろう。

でも、自分の時間が経過したのだ、という気分にさせられた。

部屋の片隅に、俺のスレッジハンマーとスーロンの大剣とキュルフェの魔剣が立て掛けてあって、なんだかホッとする。

「サミュ……こっち向いて。キスしましょう……」

そっと、後ろからキュルフェの滑らかな指が顎《あご》を優しく掴んだ。されるがまま唇を受け入れる。

ふにっと押し当てられた唇の感触にうっとりと目を閉じて。

その間にするするとスーロンが荷物を肩から外して棚上に置いたり、ジャケットを腰からほどいてハンガーに掛けてくれたり、自分の制服を脱いだりする気配がする。

俺とキュルフェは、少しずつ角度を変えながら、ふにふにと唇を押し当てあった。最後に、キュルフェが唇で俺の唇をはむっと挟んで優しく引っ張り、離れていった。

（うわぁ。破廉恥《はれんち》だ……）

俺をにんまり見つめながら、キュルフェが制服を脱ぎだした。

「ミュー……俺ともキスしよう」

今度はスーロンがキスを求めてきて、俺は大柄な彼に覆《おお》い被《かぶ》さられるようにして、ほぼ真上から唇を押し当てられた。くにっと硬めの感触が擽《くすぐ》ったくて、思わず身を捩《よじ》る。

スリスリ、スリスリと唇の先端で俺の唇の端から端までなぞられて、擽《くすぐ》ったいような、痺《しび》れたような感覚に陥《おちい》る。スリスリと撫《な》でてはくにっ、くにっと唇を押し当てられた。

……キュルフェが風呂の用意をして戻ってくる頃には、俺は手や足の先まで鈍い感覚に支配されていて、ふわふわした心持ちのまま風呂に入る。

風呂から上がり、早々にベッドに潜った俺達は、ひたすらキスをした。

何度も、何度も唇を重ね、押し当てて、擦り合わせて……

唇を触れさせるだけでも、色々なやり方があるのだと知る。

「サミュ……ゆっくり、進めていきましょうね。まずはキスから……ね？」

そう言いながら優しく頭皮を撫《な》でるように手櫛《てぐし》を通すキュルフェの指使い。

「ミュー……ずっとこうやってミューに触れたかった」

なんて言いながら愛しそうに親指で唇を撫《な》で、頬を掌《てのひら》でさするスーロンの指使い。

今までのナデナデとは違う大人の雰囲気。

唇がヒリヒリしても回復魔法を掛けて、俺は明け方近くまで夢中で二人と唇を重ね合わせた。

六　鬱屈《うっくつ》男爵令息ヴィラン、瓜坊《うりぼう》令息の帰還を知る

「あれ、なんだろう。騒がしい」

僕を追い抜いて楽しそうに駆けていく令息達を見ながら、僕、エンゼリヒト・パインドは独り言《ひとりご》ちた。最近、すっかり独り言が癖になっている。

実は、学園に戻ってきてから、殆《ほとん》どビクトール様と過ごしていない。

僕のせいで日陰者になってしまったビクトール様に合わせる顔がなくて。

責任感の強いビクトール様は何度も僕の部屋を訪ね、手紙をくれるけど、僕は居留守を使って手紙だけ返している。

そんな僕を、アンリやジェインは気にしてくれた。でも、ミカエルと楽しそうにじゃれあっている二人の姿を見ると、やっぱり、そこも僕の場所ではない気がして。

最近はひたすらコソコソノロノロと一人で過ごしている。今日もそんな授業の帰りだ。

横を追い越していく令息の一人が僕に気付き、見下した目で見てくる。もう慣れっこだ。僕に対する蔑《さげす》みは空気みたいに無視する。

とはいえ騒ぎが気になって、令息達のあとをついていった。学園の通用門に人だかりができていて、その中央に白髪の長いお下げを揺らした美少年と褐色肌《かっしょくはだ》に赤い髪をした二人の美青年がいる。

え？　あれって、西の大砂漠を越えた先にあるハレムナィト王国の第十三王子と側近!?

でも、留学してくるのってもっと先のはずじゃ……？　それに、とても十八歳には見えない……。

どういうこと⁇　誰⁇

俺は令息達の間を縫《ぬ》って彼ら近づく。

「……どうせなら、貴方が振られて家出した日を、私達の出会った記念日として、上書きしたいと私が提案したんです……。大々的にしちゃえば、お父上や兄上も撤回できないですし？」

突然現れ、歌い出した吟遊詩人に令息達がざわざわする中、聞き取れた台詞《せりふ》を反芻《はんすう》する。

振られて家出って……まさか！　さっと、二人がその場で片膝をつき、美少年の指にキスをした。

近くの令息がこそっと隣の令息に「ほら、あのサミュエル・コートニーだよ！」と囁《ささや》いたのが耳に届く。

サミュエル・コートニー。その音に、胃の辺りがキュッと冷える。

美青年二人は、キスをしたサミュエル・コートニーの手をさっと真ん中に寄せて、その両手を握った。

「愛しいミュー……」

「愛してます。可愛いサミュ、私の子豚くん」

誰が聞いたって溺愛《できあい》しているのが分かる甘い声。

「この指輪、受け取ってくれる？　サミュ……」

「この指輪、受け取ってほしい。ミュー……」

美青年二人がさっと後ろに隠していた右手を出す。

ここからじゃ、キラッと光を反射したくらいしか分からないが、指輪を持っているんだろう。

真っ赤な顔をブンブンと縦に振って、サミュエルが答えを絞り出す。

「……う、うれひぃ……」

二人が彼の左手の薬指にすっと指輪を通した。サミュエルが真っ赤な顔で嬉しそうに二人の指に指輪を通し、感極まった美青年二人が彼をぎゅっと抱き締める。

……僕は一体何を見せられているんだろう。

当然だけど、僕が見ているなんて知らないサミュエルはすごく幸せそうで。

と、その時、三人の吟遊詩人が馬車の上で思いっきり声を張り上げ、ギターを掻《か》き鳴《な》らし、足を踏み鳴らしてBGMを最高潮に盛り上げた。

それが合図だったのか、通用門からいきなり人が雪崩《なだれ》込《こ》んでくる。皆、お祝いの花冠を被《かぶ》って、花や花びらの入った籠《かご》や花の首飾りを持っていた。

この大陸で広く知られたお祝いの時のスタイルだ。

吟遊詩人はプロポーズの定番曲を奏で、周りの令息達は楽しそうに口ずさんだり、踊ったり。

エルフやドワーフ、色々な人が持っていた花冠を中央の三人に被《かぶ》せていく。次々と、花の首飾りを掛けたり、花びらを撒いたり。

僕にも、歌を口ずさみながらエルフの一人が白薔薇《しろばら》を一輪手渡してきた。

誰がやったのか、上空から雪みたいに沢山《たくさん》の白薔薇《しろばら》の花弁が降り注ぎ、皆きゃあきゃあとはしゃぐ。

どのシーンを切り取っても美麗スチルになりそうな光景に、僕は頭が眩々《くらくら》した。

何故《なぜ》、サミュエルがこの煌《きら》めく光景の中心にいるの？

本来、そこは、ビクトール様と僕に用意された場所だ。

と、その中で、僕は見てしまった。

きゃあきゃあはしゃぐモブ令息に紛《まぎ》れて、幸せそうなサミュエルをなんとも言えない表情で見つめるビクトール様を。

アイスブルーの瞳は揺れ、そっとジャケットの胸元を握りしめている。

その視線の先で、サミュエルは美青年二人の顔をぐいっとくっつけて同時に二人にキスをした。

そうして、幸せいっぱいの顔でくふくふと笑っている。

その光景はひどく僕を苦しめるものだった。

この感情を鎮《しず》める痛みが欲しくて、思わず手の中の白薔薇《しろばら》を握り締める。……流石《さすが》、皆から愛されるサミュエル・コートニーは違うよね。薔薇《ばら》は棘《とげ》が全て処理されていた。

悔しくて踵《きびす》を返し、花をがぶりと噛み千切って、その白い花弁を地面にバラバラに散らす。

口の中に広がる薔薇《ばら》の香り。

なんだっけ、この白薔薇《しろばら》の名前。いろんなイベントで使われるんだよね、この花。僕は薔薇《ばら》は真っ赤が好きなんだけどな。ビクトール様にぴったりだから。

ああ、思い出した。確か、パーリエスヒルトゥームとかいう品種だ。

どうせならサミュエルコートニーって名前の薔薇《ばら》だったら良かったのにな。

そんなふうにやさぐれている僕を見ている奴がいるなんて思いもせず、僕は薔薇《ばら》の花びらをぐしゃぐしゃに踏みにじってからその場を後にした。

七　瓜坊《うりぼう》令息の、今日から始まる朝ルーティン&学園生活

「ふぁぁ……」

翌日。俺は大あくびしながら練武場に行った。ちょっとしか寝てなくても鍛練を欠かさない方針のスーロン師匠のもと、キュルフェと一緒にフラフラしながら素振りやら魔法の練習やらをする。

「こら、真面目にやらないと怪我するぞ」

「まったく、スーロンは年寄りみたいに朝に強いからな……」

「うう……眠いよぉ。キュルフェ～、スーロン～」

一人元気に筋トレに励むスーロンをよそに、俺とキュルフェはいつもよりは軽くしてもらったノルマをほうほうの体《てい》でこなし、寮に戻ってシャワーを浴びてから食堂に向かった。

シャワーでやっと目が覚める。

自由人だった頃は寝坊が許されたし、眠気覚ましのシャワーを浴びることもできたし、うむむ……

「キュルフェが優しく起こしてくれて、眠気覚ましにシャワー浴びてからゆっくりご飯を食べてた

頃が懐かしい……」

　これからはこの朝ルーティンで暮らすのかと思うと、少しだけゲンナリした。


「おはよう！　サミュエルン♪」

「おはようテート！」

　明るく挨拶《あいさつ》してくれるテートに挨拶《あいさつ》を返す。

「何かサミュエルンって聞こえた気がするけど、俺の渾名《あだな》？」

「そう。何かいつもルンルンしてるから♪　ダメか？」

「ううん。嬉しい♪　ありがとうね！」

　ということで、俺はサミュエルンになった。ルンルンしているそうだ。やったね！

　スーロンとキュルフェと一緒に持てるだけトレイを持って席に向かう。

　曲芸師みたいに大量にトレイを持ったせいか注目の的だ。そういえば、ヒルトゥームって曲芸師ってあんまり見ないね。大道芸人はいるみたいだけど。

　お、なんかまた一つ賢くなってしまった気がするぞ？

「サミュ、何か下らないこと考えましたね？　お顔がニマニマしてますよ？　はい、あーん♡」

「あーん♡」

「まだまだ子供だよな……はいよ、あーん♡」

「あーん♡♡」

何かシツレーだな、と思いつつも二人の言葉をスルーしてあーんしてもらう。ふふふ。おいしぃ。

「おはよう！　サミリィ♡　はい、あーん♡」

「あーん♡　……むぐ。って、アゼル！　おはよう！　懐かしいね、その呼び方！」

ひょっこり現れたアゼルが笑顔でソーセージを差し出してきたので、喜んでかぶりつく。

それにしても、サミリィは懐かしいな。初めて会った時にそう呼んでいいかって聞かれて了承したのに、次会った時にはもうサミュエル呼びに戻っていたから忘れたのかと思っていた。

「おや、尻尾《しっぽ》巻いて帰った負け犬君が一体なんの用です？」

「なーんだよ、友達と一緒に飯食ったり挨拶《あいさつ》したりなんて普通だろ？　こんなんまで嫉妬《しっと》するとか、婚約者さんは随分と束縛が激しいなぁ……。愛想尽かされないか、今から心配だぁ」

「フン、周りを彷徨《うろつ》いても、結局自分が火傷《やけど》するだけなのに、このドM君……。そんなぁ――」

「あー！　スーロン、それ、俺も食べたかったヤツ！　半分ちょうだい！」

キュルフェとアゼルが何かコソコソ喋《しゃべ》っているのに気を取られている隙に、一本しかないぶっとくてハーブが入ったソーセージをスーロンがひょいパクリとする。俺は慌てて抗議した。

「え、ほへ……ん」

「あ、ありがとう！　……ん。ぅへっ」

「「…………」」

スーロンが謝りつつ咥《くわ》えたソーセージを差し出してくるので、遠慮なくがぶりとかじりつく。

あ、ちょっと唇触れちゃった。スーロンの朱《あか》みがかった金の瞳は悪戯《いたずら》に成功したみたいなワルい喜びに溢《あふ》れていて……。もう。

結構ジューシーだったらしく、ポタポタと垂れる肉汁を慌てて手で受け舐《な》めてからハンカチで拭《ぬぐ》う。ちょっと、はしたなかったかなーなんて反省しつつ、まぁ、誰も見てないよなと向き直ると、物すごい顔でキュルフェとアゼルがこちらを凝視していた。

(ヤバい。見られた。ごめんなさい)

「…………ぐふぅ」

「ほらみたことか、ほらみたことか……」

腹痛でも起こしたように呻《うめ》くアゼルに、キュルフェも目を覆いながら言う。

何があったか分からないが、二人が割と仲良くてちょっと嬉しい。

朝ご飯を食べ終えて、俺達三人とアゼルは仲良く教室に向かい、勉学に励んだ。

…………嘘です。スッゴい眠い。頑張って眠気に耐えた、が正しい。

昨夜、キスするのが楽しくて夜更かししすぎちゃったから……

……窓から……ほんゎかつぉ……ぽかぽ……

「っ！　キャベツ!!」

「ハッ！」と気が付くと、どうやら転《うた》た寝《ね》していたらしくて、全く状況が分からない。

(スッゴい教室がシーーンとしている。何!?　何!?)

俺は俯《うつむ》いてノートに視線を落とした格好のまま周りの気配をドキドキしながら窺《うかが》った。

「えーーっと。そうですね、サミュエルくん。私がサミュエル君に聞いたのは魔法陣の発動条件に関する質問だったので、キャベツは関係ないかなー」

うわ！　俺、当てられてたのか……。キャベツってなんだろう。

慌てて黒板を見ると、術式、誘導インクと書かれている。

「あ、すみません……誘導インクに動的魔力を一定量流し込み、術式を発動する必要があります」

「そうですね、動的魔力です。真面目なサミュエル君だから、夜更かしして予習でもしてたのかな？　でも、本末転倒にならないようにしてくださいね♪」

うっ。先生の優しさが、キスに夢中になって夜更かしした不真面目サミュエルには痛い……

「では、この動的魔力と静的魔力の違いを……」

駄目だ……授業中に居眠りなんて初めてだ。明日からは気を付けないと……

俺は途中からミミズがのたくって判読不能になっている文字と、その上に数滴垂れた涎《よだれ》らしきあとを浄化で消し、今度こそ真面目に授業を受ける。

そんな俺の両隣と前の席でスーロン、キュルフェ、アゼルが振動していたが、できるだけそれを見ないようにして授業に集中した。


「――アッハッハッハッハッハッ……!!　キャベツ……ヒヒ……」

授業が終わり、食堂の端の席を占拠して沢山《たくさん》の皿を並べた一角でアゼルが笑う。

俺は恥ずかしさを隠すように肉で野菜を巻いた煮込み料理を頬張った。顔が熱い。

さっきからずっとこれだ。スーロンとキュルフェも振動したまま。なんとか笑いを堪《こら》えようとしてくれているらしいが、アゼルがいつまでも笑っているせいでエンドレス思い出し振動をしている。

アゼルも堪《こら》えようと努力しているのが時々見えるが、逆効果で昼飯を殆《ほとん》ど食べずに笑い転げていた。

どうやら先程の授業で当てられたのに居眠りしていて答えない俺に気付いた三人は、起こそうとしてくれたらしい。その気配で目が覚めた俺は、大きな声で「キャベツ！」と叫んだそうだ。

その時どんな夢を見ていたのかも覚えていないし、キャベツと叫んだ記憶もない。だけど、もう絶対夜更かしはやめよう、と心に誓った。

やっとの思いで食事を終え、腹筋を震わせながら片付けるテートに別れを告げて午後の授業に向かった俺達は、午後も歯を食い縛って耐えた。

そして、放課後。スーロンとキュルフェがいきなり俺を担《かつ》いで学園外に出る。近くの森に軽く狩りに行くことになったのだ。

魔物は弱かったが、まぁ、夕食前の運動だと思って退治する。

その後、朝控えめだった分、スーロン指導でしっかりトレーニングさせられて、それから王都の酒場で久し振りの三人での食事を楽しんだ。

いつの間にかテートには今日は外で食べると伝えていたらしい。それを聞いて安心してロティサリーにかぶりつく。

久々の冒険者飯は格別だった♪

三人できゃいきゃいはしゃぎながら寮に戻り、皆で風呂に雪崩《なだれ》込《こ》む。

狭い風呂だから三人で入るのは無理だって言ったのに、スーロンに押し切られ、バスタブにぎゅうぎゅう詰めでシャワーを浴びる。

「ヤッパ無理だよぉ！　スーロンほぼバスタブからこぼれてるじゃないか！」

「ハッハハッ気にするな！　ミュー、俺にもたれたらキュルフェが体を洗いやすい。もっと俺にもたれろよ」

「ぎゃあ！　押さないでサミュ！　バスタブが当たって冷たい！　スーロン私にもお湯を掛けてください!!」

なんてぎゃあぎゃあ騒いでいると、バスタブがバキッと割れた。

ビックリだ。

割れてしまったものは仕方ないので卒業時に弁償するとして、スーロンが土魔法でバスタブをバキバキに砕き、作り直す。ちょっと色が白から焦げ茶《こちゃ》になったけど、お陰で三人が入れるサイズになった。け、怪我の功名ってやつだよね……、うん。

「……今日は夜更かししないぞ！」

体を拭いて髪を乾かし、お手入れをしてもらって、さあ、寝るぞと、俺は宣言した。

「そうだな、今日は早く寝ないとな。明日は『レタス！』って叫びかねないからな♪」

「おや、スーロン。『ツノウサギ！』かもしれませんよ？」

「う、五月蝿《うるさ》い！　早く寝るったら寝るんだ！」

俺は揶揄《からか》う二人の手を引っ張ってベッドに潜り込む。

「ハハ……ミュー……。すっかり、俺達と一緒じゃないと寝れなくなっちまったな」

「まぁ、私達ももう、サミュなしじゃ寝られません……。若干困った寝相のせいで私は寝不足気味ですが……」

「え、俺、寝相悪いの⁇」

なんてモソモソとポジションを整えつつ会話して、最後にお休みのキスをして寝るはずだったのに。

「サミュ、もーいっかい」

「ミュー、もいっかいしよう」

なんてエンドレスでキスが降ってきて……

結局、俺が寝落ちするまで小一時間それは続いた。

………お陰でその日、俺はちょっとだけえっちな夢を見た。

八　インソムニア唐紅髪奴隷は安眠したい

ぷひー……ぷひー……ぷひー……ぷひー……

「サミュ……あれ、もう寝ちゃった？」

眠そうにしながらもキスをしようと頼むと、むにゅむにゅと応《こた》えてくれる子豚くんが可愛くって、つい延々《えんえん》とキスを求めてしまった。

可愛いなぁと思いつつ向かいを見る。我が兄スーロンももう寝かかっていた。

いつも自分だけ寝不足になるのが腹立たしくて小声で話し掛ける。

「そういえば、スーロンはいつもぐっすり寝てますよね。何か秘訣でもあるんですか？」

「……ん？」

夢の国からスーロンの意識が浮上してきたのを感じ、少し意地悪な笑みがこぼれる。

「……ぁあ、そういえば、最近キュルフェはいつも眠そうにしてるよな……？」

「ええ、サミュと一緒に寝ているとどうしても色々と……。どうしてスーロンは平気なんです？」

前から気になっていたんだ。何故《なぜ》あんなにも平気でグースカ寝てられるのか。

「ああ、……土魔法で俺、時々おもっきり魔力込めて土圧縮して、宝石作ってる……らろ？……あれ、すると、よく眠れ……ふぁ」

フフフ、すごく眠そう。私はムクムクと膨れ上がる悪戯心《いたずらごころ》を抑えつつ、なんでもないかのように言った。

「ああ、それで……サミュが股間を撫《な》でても気持ちよさそーにするだけでグースカ寝てられるんですね♡」

「…………はっ？　……ぇ。……え？　……ぇ、おい……！」

眠気がぶっ飛び、目を見開いて動揺する兄の姿に、内心笑い転げる。ザマーみろ！　これで今日から寝不足の仲間入りだ！

「ぇ。……は?? いゃ、ぇ、い、いつから??」

「大体二、三ヶ月ほど前からですかね……。撫《な》でるって言っても、手ではないんですけどね。モゾモゾと膝が当たったり肘《ひじ》が当たったり……時には頭がソコに乗ってきてうりんうりんしてきたり……。凄《すご》いな、起きないなーって思ってたんです」

「もっと早く言えよ！」

その時、サミュがモゾモゾと寝返りを打つ。

「キタ！ キタキタ！ 頼むよ兄さん、いつもみたいに抵抗しないでね♪」

「うゎ、本当だ……！ 股間に膝がするぅっと！ ちょ、ちょっ、ミュー……！」

慌てたスーロンがサミュをそっと引《ひ》き剥《は》がし、あろうことかぷりぷりヒップをこっちに押し付ける。ちょっ。

「ちょっ、やめて兄さん、今度はこっちの股間にサミュのヒップが……！」

「上か下にズレれば良いだろ、待て、押し返すな、股間にまだ膝が……！」

「だからってサミュを回転させるなよ……！ うわ！ 手が！ 手が！」

「だからこっちは無理だって……！ ぁっ？ ミュー……！ やめろやめろ……あっ！」

「ぁ、ちょっ、ちょっ、ちょぁっ!?」

セミダブルの狭いベッドの中でサミュを押し付けあった結果、グーーンと伸びた彼に妙な方向に突っ張られ、二人してベッドから落ちてしまった。恥ずかしい。

スーロンと二人でベッドの隅に顎《あご》を乗せ、斜め四十五度の角度でぷひぷひと眠るサミュを見つめる。まったく、可愛い子豚小悪魔め。

「ふ。ふぅん……やだぁ……卑猥《ひわい》すぎるろぉ……」

「「！」」

ベッドの空《あ》いた所に寝直そうとゆっくり立ち上がった瞬間、サミュが呟《つぶや》き、二人で固まった。

………が、どうやら寝言だったらしい。

卑猥《ひわい》な夢を見ているらしいサミュは、睫毛《まつげ》をピクピク震わせる。私達が小声で股間と連呼していたからな……

暫《しばら》く息を殺し、サミュが再びしっかり寝入ったのを確認してから、二人ともベッドの空《あ》いている場所に滑り込む。

「なぁ、思ったんだけどよ……うつ伏せで寝れば解決する話じゃないか？」

………成る程、盲点だった。

「流石《さすが》、兄さん、あったま良い♪　うつ伏せって体歪《ゆが》みそうで嫌だったけど背に腹は替えられないね。それじゃ、おやすみ兄さん♡」

「おまえ……！」

寝不足続きの頭じゃ思い付かない案だったたな。

私は巻き込まれた怒りに震えているスーロンをまるっと無視し、ほくほくしながら久々の安眠へ旅立った。

安心のせいか、すぐに目蓋《まぶた》が重くなり、その日は久しぶりに朝までぐっすり眠れる。

……因《ちな》みに数日後、スーロンからサミュのパジャマを可愛い柄だからと今のものに変えた時期と寝相が悪くなった時期が符合すると指摘された。そこで、ランニングシャツと短パンに変えたところ、サミュは朝まですごく静かに寝るようになる。

寝ているうちに暑くなっちゃってたんだね……ごめんね、子豚くん♡

……こうして、私の寝不足は見事に解決されたのだった。あー良かった良かった。

九　瓜坊《うりぼう》令息のどんよりした十七歳最後の日と腹ペコ誕生日パーティー

「サミュ！　こっちも試着しましょう！」

「坊っちゃん！　アマンダのイチオシはこっちです!!　こっち!!」

俺は今、コートニーの邸の一角で着せ替え人形と化している。

隣には同じく着せ替え人形のすーろんくんも一緒だよ☆

学園生活三日目を特筆することもなく過ごした俺達は、放課後、馬車に乗って邸に戻った。何故《なぜ》なら、明日は俺の十八の誕生日。

周りには、完璧にサイズが合ったいろんな服が並んでいる。

「アマンダぁ……これ、全部買ったの⁇」

思ったより情けない声が出た。

「当然ですよ！　坊っちゃんは四年もお洋服を買わなかったんですからね！　お金いっぱい残ってるんです！　お誕生日に着なくても他の機会に着たら良いですから、いっぱい揃えちゃいました♡」

「ナイスアマンダ！　ナイスアマンダ!!　サミュ！　これも可愛いですよ！」

俺の問いにアマンダがふんすかふんすか鼻息荒く語り、目をキラキラさせたキュルフェがあっちこっちから服を掴んで叫ぶ。………スッゴク楽しそう。

スーロンは立ったまま、目も開けたままで寝ている。

(瞑想《めいそう》とかの境地なのかな……)

どんな状況でも休息を取れるのが戦士の嗜《たしな》みだとスーロン師匠に習っていたことを思い出し、俺も休息の修行に励むことにする。

……そうして耐えること暫《しばら》く。結局、山のような衣類を試着させられた挙げ句、最初にアマンダとキュルフェがイイネと言った服に決まった。

二人に、遠き異国の偉人の言葉を贈りたい。

〝考えるな。感じろ！〟

まぁ、そんなことを言えるはずもなく。

今度はスーロンとキュルフェの衣装を俺とお揃い感を出しつつ少しアレンジしたり、似合う髪型を模索したり……。俺とスーロンは引き続き、休息の修行に励んだ。

結局、全てが決まったのは結構な時間で。

俺達は明日のために微々たる量の、でとっくすなんちゃらとかいう野菜のポタージュ一杯を飲み、合間にぬるま湯を飲む拷問を挟みつつ、延々《えんえん》と風呂とマッサージと各種お手入れを受けた。しかも、終わったと思ったら有無も言わさずベッドに突っ込まれる。

空腹とか、色々と不平不満はあったが、動いていない割にひどく疲れていた。あっという間に眠りに落ちる。と、思ったら叩き起こされた。

「おはようございます！　坊っちゃん、朝ですよ!!　十八歳のお誕生日おめでとうございます!!」

(え!?)

ビックリして飛び起きると、いつもよりは時間が早いものの、小鳥は囀《さえず》り、朝日は差し込み、ちゃんと朝だった。

あんなに長々大変な思いをしたのに、休息したと思ったら一瞬で??　朝??　夢も見ずに??

(え??　一瞬で??)

「？」ばっかり頭に浮かべている俺をよそに、アマンダはちゃっちゃとカーテンを開け、キュルフェとスーロンを揺さぶって起こす。

「んー…………あ、しまった。朝一番で誕生日おめでとうを言うのをアマンダに取られてしまいました」

「んぇぇ??　……ああ、本当だ。……寝坊した……」

キュルフェとスーロンが寝《ね》ぼけ眼《まなこ》で言うが、俺はそんな朝の余韻すらなかった。二度寝したい。

そぉっと布団に潜り込もうとしたら、キュルフェが笑顔でディフェンスしてくる。

「さ、サミュ♡　お布団から出てくださいね。今日は忙しいですからねー♡」

(納得いかなーーい!!)

俺はぷひぷひ鼻息を荒らげて抵抗したが、抵抗虚《むな》しくスーロンとキュルフェに風呂場に連行された。


「――サミリィ、オメデトー!!」

「わぁ、アゼル！　ありがとう!!」

王都のコートニーの邸で開かれた俺の誕生日パーティーは、十八歳の成年祝いと、療養明け祝いと、婚約者のお披露目とで、今まで経験したことのない盛大なものになった。

お陰で俺も、スーロンとキュルフェも、賓客に挨拶《あいさつ》するのに引っ張りだこだ。

俺達三人はお揃いのデザインの服を着ている。俺は白地の礼服で襟と袖部分に二人の髪と瞳の色をみっちり刺繍したもの。スーロンとキュルフェはそれぞれの髪色を暗くした焦《こ》げ茶《ちゃ》の生地に袖と襟部分をスカイブルーで作り、そこにみっちり白絹で刺繍がしてあるものだ。

髪型は二人はいつも通り片サイドをコーンロウにし、俺は両サイドをコーンロウ風に見えるよう整髪剤とピンで留めて、お下げにもキラキラする飾りをチマチマとつけられている。

満面の笑みで大きな花束を渡してくれるアゼルにお礼を言って受けとった。

そんな俺に、彼は気遣わしげに言う。

「サミリィ元気ないな……。どれ、ちょっと口開けてみな?」

言い終わらないうちに唇に何か当たる。俺はパクリと受け入れた。

むふぉふぉ、これは蕩《とろ》けるようなチョコトリュフ♡　昨日の夜からマトモにご飯を食べさせてもらっていなかった俺は、目をうるうるさせて貴重な甘味を味わう。

「ハハハ、やっぱり腹ぺこだな？　分かるよ。俺もこないだ経験したからさ。それにしても、流石《さすが》今日の主役だな。スッゴい綺麗だぞ。この国……、いや、この世界で今一番綺麗で輝いてる……。ハハハ、酷《ひど》いな、そんなに笑うなよー。な、いいもん持ってきたから少し休憩しようぜ」

そう言って悪戯《いたずら》っぽく笑うアゼルに連れられて、少しバルコニーに休憩に出た。

「バッ！」とジャケットを大きく開いて見せた内側には様々なスティック状の軽食が貼り付けてあり、「ドヤッ！」と不敵に微笑《ほほえ》むアゼルのその姿は、まるで降臨した神の如《ごと》く神々しかった！

「こんなことだろうと思って、甘いのから肉っけまで各種取り揃えてきたぜ！」

「ふわぁぁーー！　神！　アゼルは神！」

手を叩いて喜ぶ俺に、アゼルがしょっぱいドライソーセージを差し出すので、ありがたく頂く。

他にもスティックチーズ、ショートブレッド、プレッツェル、グミ、ハニーヌガー等、手や口周りが汚れないスティック、もしくは一口サイズの食べ物が次から次へと出てきて、俺はそれらも全て頂いた。

「ふはぁ……生き返った。ほんと、なんで誕生日にこんなひもじい思いをしなきゃなんないんだか」

「アハハ！　まぁ、ちょっと挨拶《あいさつ》は婚約者共に任せといて少し休憩しなよ」

「エヘヘ、そうだね……。婚約者殿に少しお任せしちゃおっかな。誕生日だもんね♪」

もう、アゼルったら……婚約者殿だなんて照れちゃうな。

スーロン達に愛想を尽かしたら、すぐにかっ拐《さら》いに行くから俺に報《しら》せろよ！　なんて言ってくれるアゼルに笑っていると、こっそりお忍びサンがやってきて、おめでとうとお祝いの言葉を告げてハグして帰っていった。その後もアゼルの友達が飲み物を持ってきてくれ、暫《しば》し、夜気と談笑を楽しむ。

「サーミュ♡　見つけましたよ。一人抜け出して酷《ひど》いんだから」

「ミュー、ここにいたのか。よぉ、アゼル。見たぞ……いいもん持ってるじゃないか？」

婚約者殿が来た♡　と思ったのも束の間、スーロンとキュルフェがアゼルに襲いかかる。

「うわ!?　なんだよ……って、あ！　やめろよ！　お前らにやるとは一言も……！　飢《う》えろよ！お前らはあっちで飢《う》えとけよ!!」

「あ、ちょっと二人とも！　アゼルそれ、俺にって持ってきてくれたのにぃ！」

慌てて抗議するも、俺の神アゼルはスーロンとキュルフェ専用軽食スタンドとなってしまい、俺はもっと食べておくんだったと後悔した。

え??　ワケアイ??　……ちょぉっとよく分かんないけど、まだ食べたことはないかな……？

「フフフ……サミュ、いくら可愛いサミュでも、食糧独り占めは許せません♡」

「んん、これは旨《うま》い。持つべきは婚約者の気の利く友人だな♪」

あああ、俺の好きなハニーヌガーが……！　クラムベリーが入ったハニーヌガーが!!　ぷひーーん！

アゼルの貴重な差し入れを強制的に三人でシェアした後、栄養補給した俺達三人は気合を入れ直して招待客に立ち向かい、数多《あまた》のお祝いのお話攻撃を受ける。それをお礼攻撃で乗りきり、なんとか誕生日パーティーを終えた。

ほうほうの体《てい》で自室に戻った俺達は、窮屈《きゅうくつ》な服を脱ぎ、軽くシャワーをしてやっと人心地ついたところだ。……………とても激しく辛《つら》い戦いだった。

俺達の好物が沢山《たくさん》あったらしいけど、何処《どこ》にあって何処《どこ》に消えたのかな。

宴がお開きになった頃には、食事はすっからかんだった。

本当にアゼルには感謝してもしきれない。

彼の食糧がなかったら四食マトモな食事にありつけなかった。それを独り占めしようとしたことについて、俺はスーロンとキュルフェにごめんなさいをした。

「正直言うと、アゼル＆サミュエルコンビがわちゃわちゃしてると、やんちゃな子犬と瓜坊《うりぼう》のじゃれ合いを見ているようで大変可愛らしくて……つい甘くなってしまうのですが、他人から食べ物を貰《もら》うのは……妬《や》いてしまいます」

妖しく金緑の瞳を光らせてうっそりと言うキュルフェに、うへっと竦《すく》み上《あ》がる。

コートニーの邸の広い俺達のベッドが、きしり、と音を立てて弾む。

「俺的には、食堂のテートも混ぜたい。テートの休みにどっかの公園とかで三匹団子になって転げ回ってたら、メチャクチャ可愛いだろうなぁ……」

「分かる。兄さん、分かるよ、それ」

うっとりと呟《つぶや》くスーロンに、うんうんとキュルフェが同意する。

え？　三匹？　三匹って言った⁇　今。

今でも子豚くん、とか言われるから俺は慣れているけど、スーロンとキュルフェからしたら、アゼルもテートも可愛い動物に見えちゃうのかぁ。腹立たしいよーな、仲間ができて嬉しいよーな。

「ま、でも、今回はちょっとお仕置きですよ♡　サミュ」

ぶー垂れていた俺のおでこをキュルフェがとんと突いて、俺はぽふっとベッドに仰向《あおむ》けに転がる。

ん？

「そうだな。いくら可愛くても、ちょっとアゼルとイチャつきすぎだったかな……」

ギシリ、と俺の傍《そば》に座り直したスーロンが言う。

「フフフ……サミュ……ドキドキしてますね？」

上から覆《おお》い被《かぶ》さるようにしてそう囁《ささや》くキュルフェはすごく妖艶《ようえん》で……

ちょっとドキドキしてる程度だった俺の心臓はドッキンドッキンと高鳴った。

キュルフェが頬を撫《な》で、スーロンの固い指が首筋を辿《たど》る。

「明日はお休みですから、たーっぷりお寝坊できますね？」

「今日はこないだより少しだけ、先に進んでみようか、ミュー」

うっそりと微笑《ほほえ》む二人の瞳は今まで感じたことのないような、ドキドキする欲を孕《はら》んでいて、俺は二人の下でそっと縮こまった。

「『成人、おめでとう』」

「愛してるよ、ミュー……♡」

「サミュ、愛してます♡」

ギシリとベッドが軋《きし》み、二人の顔が近付く。不意に窓から差し込む仄《ほの》かな月明かりに鋭い棘《とげ》の付いた不穏なものが照らされた。

ごきゅり。

俺達三人の喉が鳴る。

スーロンとキュルフェの喉に鋭利な棘《とげ》を突き付けた不穏な蔦《つた》は、ゆるゆると俺の上から二人を下がらせる。そして、両手を上げて降伏を示す二人の体にギリギリと巻き付いた。

ふぁす、ふぁす、ふぁす、とふかふかの絨毯《じゅうたん》を何かが踏み締める音がして、カチャリと細く開けられた扉の隙間から、背の低いローズヒップが数頭、入ってくる。

ふぁす、ふぁす、ふぁす……

「こ、この、軍用犬みたいな動き……兄上のローズヒップだ……」

兄上は小型で機動力のあるローズヒップを複数頭使役するのを好む。使用人の皆も、そんな兄上に習ったせいか、小型のものを動かすが、この凶暴さを内に秘めた感じは間違いなく兄上《オリジン》のだ……

うろうろとベッドの周りを彷徨《うろつ》くローズヒップからクルルルル……グルルルル……と何処《どこ》から出しているのかよく分からない唸《うな》り声《ごえ》が警告のように響く。

「ああ、ハイハイ……。まぁ、そうなるよな……」

「チッ……」

両手を上げたまま、スーロンが観念したように呟《つぶや》き、キュルフェが口惜しそうに舌打ちをする。

なんだこれ。俺は一体何を見せられてるんだ……

促されるままゆるゆると二人が俺の横に横たわると、ふわりと布団がかけられ、蔦《つた》で俺の腹の辺りを優しくポンポンされる。

その優しい蔦《つた》つきは、「もう遅いから早く寝なさい」と優しく言う兄上のようだった。

最後に、スーロンとキュルフェに蔦《つた》で〝見張ってるからな〟と警告のジェスチャーをした後、ローズヒップはすっとベッドの下に吸い込まれていく。

ふぁす、ふぁす、ふぁす……と後から来たローズヒップがベッド周りを彷徨《うろつ》く音だけが聞こえた。

「え、兄上って、こんなに怖かったっけ……」

「サミユももう十八歳《おとな》ですからね、ご自分の兄上の怖さを自覚したほうが良いと思いますよ？」

俺の呟《つぶや》きに、拗《す》ねたようなキュルフェの声が返ってくる。

仕方がないので俺達は「ローズヒップが一周、ローズヒップが二周……」と数えて無理やり寝た。

朝、アマンダが起こしに来た時、部屋の片隅で三頭のローズヒップが犬みたいに丸まって待機していたのがちょっと怖かったけど、可愛かった。……ベッド下を覗くと、ちゃんとそこにも。

朝食を詰め込むように食べた俺達は、逃げるように寮に戻った。

第三章　十八歳は可憐爛漫天衣無縫《アドラブラー》

一　十八歳の瓜坊《うりぼう》令息は学園生活を満喫する

「ハッハッハッハッハッハッ!!」

今日も食堂にアゼルの笑い声が響く。

「笑いごとじゃないよ、アゼル。俺は本当に困ってるんだ……」

誕生日パーティーから三日。寮に帰ってきたものの、兄上からの邪魔が入り、三人の時間を取れない俺は、その不満をアゼルにぶちまけていた。

夜は怖ーいローズヒップがチョロチョロするし、今だって、スーロンとキュルフェは特別補講という名の一般教養詰め込み授業中だ。

「馬鹿だな、成人したからって、寮に帰るまで我慢せずに邸でそんなことをするからそうなるんだよ」

涙目になりながら笑うアゼルをブスッと睨《にら》み、俺は溜め息をついた。

「むぅ、兄上って前からあんなだっけな……」

「サミリィが四年前とは大分違うんだよ。だからさ。四年前のサミリィなら、大人のキスしたいとかそんなこと微塵《みじん》も考えなかったろう?」

そう言われれば、確かに、と思う。俺、大分考え方が変わったもんな。

「まぁ、ロレンツォ様の気持ちも考えてやれよ。四年ぶりに会えたと思ったら婚約だぞ？　しかも、性格も見た目もすっかり子供じゃなくなって、イチャイチャ～♡　だぞ？　スーロンとキュルフェに取られた気がして嫉妬《しっと》してるのさ。まぁ、俺もだけど」

アゼルの言葉に、ええ、そうなのかな、と呟《つぶや》いて顔を上げる。寂しそうに笑う彼と目が合った。

「皆、四年間、お前に話したいこと、お前としたいこと、沢山《たくさん》あったんだぞ……。なのに、帰ってきたお前は……あの二人に夢中で全然俺達の相手してくれないしさ。そりゃ、妬《や》いちゃうって」

そういえば、確かに。俺は帰ってきてもずっとスーロンとキュルフェと一緒にいることばかり考えていた。

なんと返せば良いのか分からなくてまごまごしていると、アゼルが俺の背中をバンバン叩いて笑う。

「まぁ、そんな顔すんなよ！　ロレンツォ様もちょっと妬《や》いてるだけですぐに邪魔しなくなるさ」

そのやんちゃそうな笑みに、「あう」とか、「そだね」とか返す。

「ところでサミュエルン、いつの間にこいつがこんな親友みたいな顔して座ってるんだ⁇」

呆《あき》れた声に振り向くと、見るからに熱々な湯気具合のコーヒーポットとマグカップ三つとお菓子をトレイに載せたテートが立っていた。チョコとカップケーキとクッキーだ♡♡♡

「てぇーとー♡　休憩⁇」

「サミリィ、声が甘いぞ。キュルフェに怒られるぞー（俺も次から菓子見せながら声掛けよう）」

そ、そんな甘えた声を出しちゃったかな？

俺は慌てて声を落としながらテートがサーブしてくれるのを見つめる。

「あらやだぁ、可愛い可愛いソバカストリオがいるぅ！　超眼福なんですけどぉ♡　ね、ね、ミカも交ぜてぇ♡」

ぬぉぉと影がテーブルを覆い、野太い声でミカが嬉しそうに話し掛けてきた。

「うわ、ミカ!!」

俺は思わず渋い顔をしてしまう。雄ネーサンには基本的に甘い俺だが、ミカことミカエル・ハンソンだけはちょっと苦手だ。

「うぇ、ミカはアンリとジェインで遊んどけっての！」

「ぁぁ……ぇえっと……」

アゼルは嫌そうに言い、テートが戸惑いの声をあげるが、気にせずミカはぐいぐいと巨体を俺達のテーブル席に割り込ませる。

「まぁそう邪険にしないでぇ♡　ね、坊っちゃん、同級生とワイワイお喋《しゃべ》り、これぞ学園生活でしょ!?」

ぇああ、そうかなぁ。まぁ、そうかなぁ。

ちょっと押し切られた気もしたけど、そういうことにしよう。

ヘトヘトになったスーロンとキュルフェが帰ってくるまで、俺達は授業の愚痴から恋の話までいろんな話をする。そして、戻った二人と皆で食事をとった。

テートは休憩時間が終わりかけていて、すごい早食いだったけど。

……ミカの言う通り、学園生活って感じがしてすごく楽しかった。


なんだかんだドタバタと毎日が過ぎていって、俺達はすっかり学園の日常に馴染《なじ》んでいた。

騎士としての授業が多いビクトールやジューン・ティコック、授業は最小限で基本図書室に入り浸っているボーディ家の嫡男《ちゃくなん》なんかには初日以外は滅多に会わない。スーロンとキュルフェ、俺の三人は、芸術授業メインのミカと一般教養メインのアゼルと一緒にいるのが殆《ほとん》どだ。

時偶《ときたま》アンリとジェインがミカエルのいない隙を狙って話し掛けてきたり、アゼルの友達がわらわらっと加わったり、そんな日常だった。

俺達三人の関係は、暫《しばら》く大人しかったものの、俺が我慢できなくなって俺のローズヒップVS兄上のローズヒップ大乱闘を繰り広げた。以来、時々、うなじや首から上を破廉恥《はれんち》な手付きで二人が触るようになった程度の進展だ。

俺も色々仕掛けたいと思うのだが、ミカに聞くのは何か嫌だし、アゼルとテートは話題をすり替えるし、アンリとジェインは意外にも真っ赤になって何も言わなくなっちゃうし……

「時間だけが過ぎる気がする……」

「何をそんなに焦《あせ》ってるのさ。婚約までしてるんだ。そっちは卒業したらもう邪魔なんて入らないんだからさ、もう少し、学園生活を楽しもうぜ」

俺の呟《つぶや》きに、アゼルが苦笑いしながら応《こた》える。

（それは、そうなんだけど……）

多分、俺はもっとしっかりした繋がりが欲しいんだ。何かあった時に、二人が俺を置いていかないような。

……もしくは、置いていこうとしている時に、それに気付けるだけの繋がりが。

今日も食堂で、アゼルとテートと喋《しゃべ》りながらスーロンとキュルフェを待つ。

二人が戻り、皆で食事の用意をして……

「おい！　ハレムナィト王国の第十三王子が留学に来たらしいぞ！」

「は⁇　俺⁇」

「速報！」とばかりに食堂に駆け込んできた令息の大声に、スーロンがすっとんきょうな声をあげる。

「ちょっ、兄さん……！」

キュルフェが咎《とが》めるように肘《ひじ》でつつき、スーロンはしまった、とばかりに口を塞《ふさ》ぐ。

幸い、ガヤガヤしていた食堂だから、スーロンの声に反応した令息はいなかった。

皆、速報を持ってきた彼にわやわやと群がって話を聞いている。

……まあ、俺とアゼルはバッチリ聞いたけど。

テートが使用済み食器を返し、夕食が載ったトレイを持って戻ってきて、「どうかしたの？」と言いたげな顔でこっちを見る。

なんでもない、と首を振って、俺とアゼルは食事を選びに行った。

（そうか、スーロンは元第十三王子だったのか）

「知ってたのか……？」

遠慮がちに聞いてくるアゼルに首を振る。

「大体の予想はしてたけど、二人からは何も……。元第十三王子なのは今知ったよ」

「あー……あの国、すぐ数字や名前が変わるから、王子の名前なんて資料に書かれてないもんな」

「アゼルも調べたんだ」

俺の言葉にうんうん、と頷《うなず》きながら言うアゼルに驚く。

そうなんだよね。例えば第五王子が三回訪問したとして、その第五王子は全て別人だったりするから、ヒルトゥームの書記官達はもう何代も前からハレムナィト王国の王子の名前を記さない。王子の出生なんかもいちいち記録していない。

だから、調べてもハレムナィト王国の王子の名前なんて何処《どこ》にも載っていなかった。

スーロン達は兄弟が多くてよく死ぬことは隠さなかったから、ハレムナィトの王子なんだろうな、とは思っていたんだけどね。……アゼルもそこまでは見当つけてたんだな。

「そりゃ、調べるさ。大事なサミリィの婚約者だからな。大丈夫。コートニーには王がついてるんだろ？　変なことにはなんないさ」

ニカッと笑うアゼルの優しさに、そうだね、とだけ言って、俺達はトレイを持ってテーブルに戻った。

その後、スーロンとキュルフェが食事を取りに行こうとした時、噂の留学生である第十三王子とその側近が食堂にやってきた。施設を案内されているのだろう。

第十三王子は、スーロンとキュルフェとすごくよく似ていた。

側近は同じ褐色肌《かっしょくはだ》だけど、顔の骨格やら目鼻立ちがやっぱり違っていて……

ああ、三人は異母兄弟なんだなぁ、と感じる。

第十三王子も側近も、スーロンとキュルフェのことが分かったようで、とても驚いていた。

「すぐ戻る」

そう言って、スーロンとキュルフェが側近をひっ掴んで何処《どこ》かに消えた。王子が慌ててその後ろをついていく。

……俺はちょっとだけ迷ったけど、そのままテーブルに残った。

すぐ戻るって言ったってことは、ついてきてほしくないってことだろうから。

「冷めちゃうから、先食べとこうよ」

アゼルが気遣わしげにこちらを見てくるので、そう言って笑い、肉を一切れ頬張る。

けれど、味はよく分からなかった。

結局、スーロン達は暫《しばら》くして戻ってきて、俺にはなんでもないとだけ言う。そして〝いつもと同じよう〟に振る舞った。

俺もアゼルもそんなスーロン達に何も尋ねず、いつも通りに過ごす。

テートも何か言いたげだったけど、俺が何も言わなかったせいか、黙っていてくれた。

その夜。スーロンとキュルフェが俺に寝物語みたいなノリで教えてくれたのは、スーロンとキュルフェが元々第十三王子と第二十七王子と呼ばれていたこと、二人をあんな目に遭《あ》わせた第五王子はもう死んでいて復讐相手がいないこと、もう二人はヒルトゥームのスーロン・コートニーとキュルフェ・コートニーだから何処《どこ》にも行く気がないということ、だった。

俺はそれを聞いて安心したように笑ってみせた。二人の腕をぎゅっと抱き締めて、嬉しそうにキスをねだる。二人もとても幸せそうに俺を見つめて、何度もキスをしてくれた。

唇を重ねながら二人の指が、掌《てのひら》が、俺の首筋を擽《くすぐ》り、頬を撫《な》で、鎖骨をなぞる。

体が強張っていたのかもしれない。キュルフェの指が肩や腕の筋肉の一つ一つをほぐしながら指先に向かっていく。俺はそれを受け入れて、全身の力を抜こうと意識した。

今の俺に足りないものはなんだろう？

スーロンとキュルフェがいない時の戦い方は？

付与魔術は？　ポーションの予備は？　回復魔法の精度とスピード、肉体修復魔法の精度とスピード、肉体蘇生魔法の精度とスピード、それから……

ぐりぐりと少し固い武骨な親指が俺の眉間《みけん》を揉《も》む。

「そんな顔するなよ……ミュー。……大丈夫だから。……な？」

「ごめん、ちょっと明日の課題全部やったかどうか思い出してただけだよ」

バレバレだったろうけど、そんなことを言って、俺は無理やり寝た。

二　旧第十三王子と側近 meets 新第十三王子と側近

可愛いミューの誕生日パーティーの日。少しくらい良いだろうとキュルフェと一緒にミューを挟み、ベッドでイチャイチャしていると、どうやら、お仕置きというワードが駄目だったらしく、ローズヒップに脅された。ミューは割と乗り気だったので本当に残念だ。

溺愛《できあい》保護者の手前、そんなに快楽を教え込むつもりはなかったし、ちょっと、そ、い、い、そういう感じでの触れ合いに慣れてもらおうと思っただけだったのに。義兄上《あにうえ》お堅い。あれは多分初心《うぶ》だな。

そうキュルフェと愚痴りつつ、ヒタヒタと這《は》い寄《よ》り周囲を彷徨《うろつ》く監視&警告用ローズヒップに悩まされつつ過ごす。

途中、ローズヒップのウザさにぶちギレたミューが兄弟喧嘩する様《さま》をキュルフェと生暖かく見守ったのは、一生忘れられない思い出だ。

ミューの魔力だけで動くローズヒップは部屋を埋め尽くすかと思う巨体だった。

「兄上のバカ！　兄上のバカ！　兄上のばかぁ‼」

プンプン怒るミューに同調してペンペンと蔦《つた》であちこち叩くローズヒップと、それを困ったようにキュウキュウ鳴きながらヒョイヒョイ避ける義兄上《あにうえ》のローズヒップ。俺達は気配を消しつつ激しく振動した。

流石《さすが》、騎士団副団長、ローズヒップの敏捷性《びんしょうせい》は素晴らしい。そして、流石《さすが》、ミュー、怒り心頭で魔力をたっぷり込めた巨体ローズヒップのペンペン攻撃は愛らしく……

そんなある日。

「――おい！　ハレムナィト王国の第十三王子が留学に来たらしいぞ！」

「は⁇　俺⁇」

日々詰め込まれるヒルトゥームの歴史、一般常識。単調で平和で……とても楽しい学園生活に、俺は油断していたんだろう。突然、懐かしい自分の身分を叫ばれて、思わず声をあげてしまった。

「ちょっ、兄さん……！」

キュルフェが俺を肘《ひじ》でつつき、慌てて口を塞《ふさ》ぐ。いや、もう遅いんだけどよ。

幸い誰も聞いてなかったな、という顔をミューとアゼルがしてる。

どうやら二人はバッチリ聞いたみたいだ。そして、ある程度は予測していたんだろう、二人ともピクリとも驚かなかった。テートが戻ってきて、どうかしたのか？　という顔でこっちを見ていたが、ぷるぷる♪　と首を横に振って、ミューとアゼルは食事を選びに行く。

二人は最近かなり仲が良い。今も、こそこそと先程の俺の失言に対して話し合っている。

どうやらミューがビクトールと婚約していた頃、婚約者以外と仲良くするのは良くないと父親に言われ、接触を控えていたのをかなり後悔しているようだった。

妙齢でもない子供達にその父親の言い分はかなり酷《ひど》い。きっと、本当は家同士の確執か何か他の理由があったんだろう。

だが、それに素直に従って、やっと婚約破棄と思ったら四年も家出、帰ってきたら既《すで》に俺達が、なんて、アゼルからしたら堪《たま》ったもんじゃないよな。

そんなわけで、アゼルは毎日俺らのいちゃつきを見る度にクリティカルなダメージを受けつつ親友ポジションに居座っている。

まぁ、ミューも信頼しているし、結構一途で、既成事実から落とそうみたいな発想はないようなので、俺もキュルフェもなんだかんだアゼルには甘くなってる。

だが、こういう時、結構なんとも言えない気持ちになるな。

まぁ、そもそも、俺達の正式な身分をまだミューに明かしてないのが悪いんだが。

はぁ。まぁ、まぁ、まぁ、言い訳ばっかりだな。

今日の夜にでも、ミューと話し合おう。


キュルフェと食事を取りに行こうとした時、その留学生の第十三王子と側近が食堂にやってきた。

施設の案内を受けているようだ。

第十三王子は、大分大きくなっていたが、見覚えのある奴だった。

側近のアイツは知っている。俺達の家と近しい大臣一家の末弟だ。

第十三王子の側近も俺らが誰か分かったようで今にも名前を叫びそうな顔をする。第十三王子は驚いているが、あれはバカだから大丈夫。

「すぐ戻る」

そう言って、側近をひっ掴んで黙らせ、人気のない所に連れ込んだ。バカ王子が慌ててついてくる姿は、昔を思い出して少し可愛かった。大きくなったじゃないか。

後ろでミューの魔力が動揺と逡巡《しゅんじゅん》を見せたが、気付かないふりして食堂を出る。

……すまないな、ミュー。

「久し振りだな、トークン。父上は息災か？」

中庭の隅に連れ込んで軽く結界を張ってから側近に声を掛けた。最後に見た時はまだガキ臭かったのに、コイツ、ミューと同い年だったんだな。髭《ひげ》を生やせば大臣そっくりだ。

「それと、お前は……確か……七十二……くらいじゃなかったか？」

トークンについてきた、そっちの王子も懐かしい。

コイツは、最後に見た時はまだお気に入りの人形を何処《どこ》に行くにも握りしめて離さない奴だったのに。名前は思い出せない。

「兄さん、それはコイツの兄だよ。コイツは多分、百十五だ。……あれ？　百五十五？　確か名前がア……アモイ？」

久し振りに聞くと、第百十五王子とか第百五十五王子って凄《すご》いよな。

四年前は何処《どこ》もこんなもんだろうと思っていたが、諸国を廻《まわ》って知ったが、本当にこんなのってハレムナィトだけなんだよな。

「そうですね、お二人に最後に会った時、俺百五十五でした。アモネイです！　ツーロン殿下、フルヘー殿下！」

うーーん。惜しい。まぁ、十年前だからな、最後に会ったの。

「……惜しいな、スーロンとキュルフェだ……。だが、あんなに小さかったのによくここまで大きくなったなぁ！」

「はい！　父上が産んだ子はもう俺が最後なので、お祖父様が必死で守ってくださいました‼」

アモネイはなんでも元気良く答えて可愛いな。これはさぞかしその祖父……誰だっけかイマイチ思い出せないが、爺さんも溺愛《できあい》しているだろう。

「……ほ、本当にお二人は……」

トークンが信じられない、といったふうに聞いてくるので、笑いながら名乗る。

「ん、ああ、間違いなく元十三王子、五十八番目の子スーロン・スーロフド・ハレムナィトと……」

「元二十七王子、七十九番目の子キュルフェ・スーロフド・ハレムナィトですよ」

それはともかく、一体、俺達は今、何番目なんだろう？

「それにしても、百五十五が十年で十三かぁ……。ねえトークン、第五王子は健在？」

キュルフェの言葉にトークンの眉が困ったように下がる。

「は、そのぉ……」

「第五王子は帰ってきた第九王子を旗頭にした一団に殺《や》られて二年前に死にましたよ。それで、取《と》り敢《あ》えず数が減るのが落ち着いたので、俺達上から番号を振り直されたんです。俺、五十二から一気に十三になりました。あ、でも、殿下達が健在だったなら正確には十五になるのかぁ」

トークンが言《い》い淀《よど》んだところをアモネイがペラペラと答える。

俺とキュルフェはその言葉に目が飛び出るほど驚いた。

「「はぁ？　第五王子が死んだ⁉　じゃぁ、カズーン将軍は⁉」」

キュルフェと俺の言葉が完全に重なる。それを聞いて、トークンは更に顔を曇らせた。

「矢張り、カズーン将軍が黒幕だったんですね。実は、第九王子を旗頭に第五王子を殺した一団の先頭に立つ者がカズーン将軍だったんです。ですが、後からカズーン将軍が第五王子を煽《あお》って他の王子達を殺させたとの証言があり、追及したところ逃亡、現在行方知らずとなっています。しかも、第九王子は四肢欠損のショックや痛みを和《やわ》らげるために強力な薬物を複数投与されており、正気を失ってる状態でして……」

トークンの言葉に、全員重い溜め息をつく。

「大方、傀儡《かいらい》の王を操る真の支配者になりたくて、第五王子を唆《そそのか》したんだろう。俺達を殺さずに奴隷にしてあちこちにばら蒔いたのは保険だ。案の定、第五王子が扱いにくいから、適当なのを御《み》輿《こし》にして殺したんだな。十歳までに継承権を放棄しなかった王子はどんな状態であれ、生きてさえいれば王子だからなぁ」

たとえ魔術陣や魔法陣、魔法道具などを使って脈を保っているだけで、全く意識がない状態でも、生きてさえいれば王にできる。

「ほんと、俺達とんでもない国の王子に生まれちまったよな……」

なんて俺が言っても、アモネイはキョトンとしていた。

そらそーか。俺達にとっちゃ、これが当たり前だったもんな。

なんだかんだ、俺の感覚も随分と変わっていたんだな。

それにしてもカズーン将軍が逃亡しているのはまずいな。ただ逃げるような奴じゃない。多分、新たに御輿《みこし》にする王子を捜しているのに違いない。

例えば俺達とか。

何せ、俺とキュルフェは、超特急で大砂漠を越え、鮮度ピッチピチの状態でポーションの国ヒルトゥームの奴隷市場に出荷されたんだ。

王子達のなかでも初代王の特徴を色濃く受け継いでいるとかで俺は人気だったから、御輿《みこし》としては申し分ない。本命として見つかりにくく生存率の高そうな所に送った可能性は高い。

キュルフェも、母親は俺の母の従者だが、高位の家の出だ。もし、俺が死んでても充分使える。やだなぁ、この国に潜伏とかしてなきゃ良いけどよ。もしいたら、アモネイだって目を付けられてもおかしくない。今や第十三で、留学できるくらい実家が金持ってるんだしな。

「ていうか、こんな時期に留学だなんて大分向こうの情勢は激化してるのか？」

「いえ、どちらかというと、アモネイ様の見識を高めようという……（亡命要請中です。情勢ではなく殿下の年齢的にそろそろ……）」

ああ、ある程度育つと王候補として本格的に狙われるものな。

俺とキュルフェは、トークンがアモネイに見えないように動かした指話に納得する。

「ああ、成る程。良いことだ。俺もこの四年で大分学んだ。お前も励めよ、アモネイ。（よっぽどじい様に溺愛《できあい》されてるんだな）」

うんうん、とトークンの言葉に頷《うなず》いて言う。にぱっとした笑みを浮かべてアモネイも嬉しそうに頷《うなず》いた。

トークンの指話が、（祖父様の亡き夫の若い頃に瓜《うり》二つだそうで……）と返ってくる。そうか、そら、なんとしてでも守りたいよな。

「それにしても、まさかハレムナィトの王子が留学してくるなんて、驚きました。こないだ国王にお会いしましたが何も言ってませんでしたから」

キュルフェの言葉にトークンも頷《うなず》く。

「我々も……まさかお二人がいるとは……！　あ、そういえば、驚くような出会いがあるかもとは言われました!!　その時は、実りある学園生活を願われる口振りだったので特に違和感を覚えませんでしたが、あれはこのことだったんですね……」

「んん？　……そういえば、俺達も……兄弟が仲良くできることを祈っとるで、とか言われたな。婚約者の兄上とのことかと思っていたが……」

トークンの言葉に俺達もハッとする。この国の王は随分と戯《たわむ》れが好きなんだな。まぁ、俺達の父王もお戯《たわむ》れが大好きだけどよ。

「…………この国の王がどのようなお人柄か少し分かった気がします……」

げんなりと言うトークンに、俺とキュルフェもしみじみ頷《うなず》いた。

その後も手短ながら話に花が咲く。アモネイは俺達が婚約していることに非常に興味を示した。

俺達の周囲には手を出すなとキツく釘を指しておく。

トークンは、ちらっと見たミュー達の容姿から、俺が色白ソバカスハーレムを作ろうとしているように思ったらしい。それも否定しておいた。

確かにテート、アゼル、ミューのソバカストリオは見ているとすごく可愛い。だが、俺の愛しの伴侶はミューだけだし、なんなら、婿二人のミューがハーレムの主だ。

そう言うと、更にアモネイが興味を示す。

駄目だからな、このハーレムにお前を入れる気はないからな。

別にミューが褐色肌《かっしょくはだ》ハーレムを作っているわけではないんだ、トークンよ。

他にも少し情報交換をしてから、俺達のことを洩《も》らさないようにしっかりとアモネイに言い聞かせ、俺とキュルフェはミューのもとに戻った。

……あ！　結局、俺達が今何番目なのか聞きそびれた！

三　ちょっと危険な瓜坊《うりぼう》令息と婚約者と学園イベント

さらり、と布団がずれた感触で目が覚める。

まだ夜中だ。両脇でスーロンとキュルフェが静かな寝息を立てていた。

「ふぎゃっ!!」

「あわ!?　いでででで!!」

なんだかもやもやして、思わず顔の近くにあった二人の手を取り、その親指をガリリと噛んでしまう。こんなことしちゃダメだって思うのに。ちゃんと言葉にしなきゃって。

この気持ちがなんなのか分からない。

「痛い……サミュ？　……泣いてるの？」

「いでで……ミュー？」

二人が親指を引き抜こうと手を引いたため、俺は魚釣りみたいに引っ張られて上体を起こした。そんな俺を、二人が驚いて声を掛けながら覗き込む。

「ああ、サミュ……ごめんね……。不安にさせちゃった？　何処《どこ》にも行きません。何処《どこ》にも行きませんから……」

「ミュー、大丈夫だから……な？」

二人が優しく抱き締めて、頭を撫《な》でたりキスを降らせてくれたりしたけど、俺のもやもやは全然晴れなくて。

………俺はちょっと、……かなり、二人に八つ当りした。

「おはよ……って、二人とも、その無数の歯形は何？　なんでそんな歯形だらけでニヨニヨしてる⁇　あと、サミリィは一体どうしたんだ⁇」

朝。アゼルが俺達を見て戸惑った声をあげるが、俺は今日はもう、眠いのと、二人に甘えたい気持ちが強すぎて、スーロンの背中にしがみついたまま顔すら上げなかった。

「昨日ちょっと……サミュの独占欲というか……私達に対する気持ちの重さを実感して♡　ああ、もう、全ての歯形をこのまま永遠に刻み込みたい」

「ええ、ドン引きだ。回復魔法掛けてやるよ……」

「やめろよ。勿体《もったい》ない」

キュルフェの言葉に、心底引いたアゼルの呟《つぶや》きが聞こえる。スーロンの静止も聞かず回復魔法を掛けようとするアゼルに、俺はバシッと魔力の塊《かたまり》を投げつけて魔法を潰し、そのままキュルフェに抱きついた。

猿が小猿を受け渡すように、スーロンからキュルフェへ俺が渡される。

その日はずっと、俺は二人に甘えまくり、二人はそれを受け入れ、骨が溶けるかと思うほど甘やかしてくれた。お陰で、次の日からは普通に元気になり、俺はいつも通りに過ごしつつ、もしもの時のための準備に勤《いそ》しんだ。

………ちょっとあれ以来、テートとアゼルが引き気味だったが。

結局、クラスが違うので留学生とは殆《ほとん》ど顔を合わせず、時々中庭やらカフェなんかでスッゴい大人びた雰囲気で令息達をメロメロにしているのを見かけるくらいだった。

「俺達の前とは別人みたいに態度が違う」

とスーロンが呆《あき》れてたが、一体、スーロン達の前ではどんな態度なんだろう。

そんな感じに過ごしているうちに季節が移ろい、十六歳以上の学園生全員参加の魔物狩り大会の日になった。

近くの森に放たれた魔物を個々人で狩って数を競うのだ。完全くじ引きでエリアが決められていて、残念ながら俺は一番端のFエリア、スーロンやキュルフェ、アゼル達とも離れた。

(ミカエルが一緒だったけど、ミカじゃなぁ。ちぇっ)

俺は開始の合図と共に身体強化で森を駆け、トレントにワイルドボアにファイアーボアにアングリーベアにワイヤーキャットにポイズンビートルに……と狩りまくる。

そこそこ狩ったかな、という頃、ふ、と気配がしたので振り返ると、見覚えのない青年がいた。

(なんだ、ミカかと思ったのに。てか、ミカの奴、何処《どこ》行ったんだ?)

「ねぇ、サミュエル・コートニー……! ビクトール様、ビクトール様見なかった??」

見覚えのない青年は切羽詰まった顔で、縋《すが》るように聞いてくる。

(え?? ビクトール!? ビクトールがどうしたって!?)

「えっ!? ビクトールって、ビクトール・ユトビアか?? Fエリアじゃなかったはずだぞ!?」

「え!? ここってFエリアなの!? 僕とビクトール様はEエリアだったんだ。でも途中ではぐれちゃって。何処《どこ》にもいないんだよ!」

青年がこっちに近づく。

木漏れ日が射し込み、青年が踏み込んだ際に、アンティークローズの瞳がキラリと煌《きら》めいた。

「あ、君は……」

ビクトールの……

「エンゼリヒト・パインドだよ。サミュエル・コートニー」

サクサクと枯れ葉を踏みしめて近づいてくるエンゼリヒトに、俺はゾクリと身震いした。

身長こそ似たり寄ったりなものの、俺とエンゼリヒトは全くタイプが違う。

可愛いって噂だったと思うんだけど、四年の月日のせいかな、何処《どこ》か危《あや》ういような、妖艶《ようえん》な雰囲気が彼にはある。まともに相対したのは初めてだ。

「向こうも君を捜してるんじゃないのか？　そんなに血相変えてどうしたんだよ。何かあるのか？」

だって、ビクトールは騎士見習いだ。はぐれたからって慌てて捜す意味が分からない。

「なんだか嫌な予感がするんだよ。直前まで一緒にいたんだ。なのに、ガサッ！　て音とちょっと驚いた声がして、振り向いたらもういなかったんだ」

足を滑らせたのかと思って斜面を下りてみたり、付近をくまなく捜したりしても見つからず、Fエリアに来てしまったらしい。俺もビクトールが心配になり、一緒に捜すことにした。

「Fエリアには来てないから、まずEエリアに。それで見つからなかったらCエリアに捜しに行こう」

そう言って踵《きびす》を返した途端、背中にビリッとした衝撃が走る。

「うっ……あ？」

（油断、したなぁ）

一応、身辺には気を付けていたつもりだけど、まさか、ビクトールの恋人にヤられるなんて。

……エンゼリヒトに化けた曲者《くせもの》でないのは魔力で分かった。魔力が幼いし特殊な訓練を受けている感じでもない。本人で間違いないハズだ。……ビクトールを心配しているのも本当だったし、切羽詰まっているのも本当だろう。

くそっ。何を読み間違えたんだ？

「……ふぅ。……ぅわ、ナニコレ。こんな重いの持てないよ……。枯れ葉でも掛けて隠しとこう。……こんなもんかな。……よいしょっと」

俺が取り落としたハンマーを適当に隠したエンゼリヒトが、俺を肩に担《かつ》いで運ぶ。

意識をなくした俺は、手がかりになる魔力の痕跡一つ残せず、ぐっすりと夢の中に沈んでいった。

三　瓜坊《うりぼう》令息を捜せ！

ザクザクと枯れ葉を踏みしめ、ミカエル・ハンソンは盛大に溜め息をついた。

「ハァ……もうサイアクー。超髪の毛ボサったんだけどー。坊っちゃーん？　ハーヤーイー！　もー。てか、聞いてくださいよぉ、何か変な魔物？　に突き飛ばされてぇ、アタシの髪の毛グッシャグシャの枯れ葉まみれになっちゃったんですけどぉー。……あれ？　坊っちゃん……？」

髪の毛に付いた枯れ葉を一生懸命取りながら、前方で元気良く狩りをしているであろうサミュエルに愚痴っていた彼は、学園のイベントとは思えない静寂に辺りが包まれていることに気付く。

「…………え？　嘘でしょ？」

ミカエルはすぐに近くの枯れ葉を手に取り、二枚合わせて魔力を込め空に放つ。

異常事態が発生したことを記した魔法の蝶《ちょう》は、ロレンツォ・コートニーやスーロン、キュルフェ、アゼル、教師達に向かって四方八方へ飛んでいった。


一方、その頃、スーロンとキュルフェも異変を感じていた。

「……ん？　あれ？　ミュー……？」

「……えっ」

「？　……スーロン殿下、キュルフェ殿下、如何《いかが》なさいましたか？」

ピタリと足を止めて脇腹を押さえるスーロンとキュルフェに、第十三王子アモネイの側近トークンが声を掛ける。

「ミューの気配が大会会場の範囲から消えた。おかしい。トークン、アモネイと共にすぐに教師と令息達を纏《まと》めて一ヶ所に集め、待機しておけ」

それを聞いたトークンはアモネイを担《かつ》いで森の入り口へ猛スピードで駆けていった。

「うわっ!?　え、え、えええエエーー……………」

アモネイの少し間の抜けた声がどんどん遠ざかっていくのを聞きながら、スーロンとキュルフェは、最後にサミュエルの気配を感じた辺りを目指し駆けた。

「……～～！　……～～～!!」

魔法の蝶《ちょう》はひらひらと目的の人物に届き、ミカエルの慌てた声を再生して枯れ葉に戻る。

それを受けたロレンツォ・コートニーは、父、フランク・コートニーと一緒に急いで馬を駆り、アゼル・トラフトは自分を雇っている人物の一人に事《こと》の次第を報告し、指示を仰《あお》いだ。

アゼルから報告を受けた人物は、少し思案してから彼に返信し、魔力ポーションを山ほど携《たずさ》えて呪文を次々と放った。

四　瓜坊《うりぼう》令息、捕まる

「ん……」

湿った空気が動いた感触で目が覚める。

「お目覚めかね？　ハレムナィトの王子二人から愛されしお姫様……」

目の前はゴツゴツした岩肌だった。後ろ手で拘束されている。

洞窟。湿っている。随分と魔力が充満した……ダンジョン？　薄暗い。

少しずつ、目に入るもの、感じるものから状況を把握していく。

(そうか、俺、確か……エンゼリヒトに後ろから……)

ゆっくりと振り向くと、転がされている俺から距離のある場所にローブ姿の男が一人立っていた。

フードを目深《まぶか》に被《かぶ》り、全身ゆったりとしたローブに包まれて、顔が分からない。

ただ、さっきの声と、自分で自分の台詞《せりふ》にくふくふと笑っている姿が、どうもおじさん臭い。

（いつまで笑ってんだろう。そんなに可笑《おか》しくもなかったし）

ローブ男の更に後ろ、暗がりのなかにうんざりとした表情のエンゼリヒトがいるのに気付く。

そっと辺りを窺《うかが》うと、どうやらここは洞窟の突き当たりのようで、小さいながらもドームになっていた。唯一の出入り口と俺の間にローブ男が立ち、脇にエンゼリヒトが控えている。

エンゼリヒトは気遣わしげにチラチラと俺の少し横辺りを見ていた。なんと、俺の後ろにビクトールが転がされている。

両手両足をぐるぐると植物の蔦《つた》で縛られていて、眠っているのか意識がない。

ローブ男は手にした大仰な杖に魔力を込めてぶつぶつ言ったり、またくふくふと一人で笑ったりしていて、そのよく分からない作業が終わるのを、エンゼリヒトは爪を噛みながら待っている。

（魔力は出せる。練ることも。けど、魔力を動かし、感覚や視力、筋力などを強化しようとすると妨害され、霧散《むさん》した魔力が体外に放出される）

そっと、一つずつできることとできないことを把握していく。

（つまり、無駄な足掻《あが》きを続ければ魔力切れで倒れますよってことだな）

後ろ手で拘束されている腕に魔法や身体強化を封じるものがくっ付けられているようだ。

「ふふふ、健《けな》げなことだ。一生懸命状況把握に努めていらっしゃる……どうです？　逃げ場がないことがお分かりになりましたか？　くふふふふ、お得意の魔法も封じられているというに、泣きもせず、気丈に振る舞って……流石《さすが》、王子が愛を捧《ささ》げるだけはありますね、可愛らしいお姫様……」

「誰だよ、お前——」

「なぁ！　もう良いだろ!?　約束通りサミュエル・コートニーを捕まえてきたんだ！　ビクトール様を返してよ!!」

待ちきれないといった様子で、エンゼリヒトが俺の言葉を遮《さえぎ》りヒステリックに叫んだ。

（成る程、エンゼリヒトが本物で、ビクトールを心配してるのも本当で、切羽詰まってるのも本当だったのに、こんなことになるわけだ……）

ふぅ――……

溜め息をつくと、一緒に吐き出された俺の魔力が、洞窟内に充満している大地の魔力を掻《か》き混《ま》ぜ、小さな渦を作ってからほわり、と溶け込んでいった。

早くビクトール様を返せと言《い》い募《つの》るエンゼリヒトを無視して、ローブ男はくふくふと笑っている。

ビクトールを眠らせているのは薬物か？　魔法か？　魔力を体外で操作しようと思うが、中々上手《うま》くいかない。少しビクトールのほうにふよぉ～と漂《ただよ》う程度だ。くそっもどかしい。

目視で状態を把握しようと頑張るが、外傷がない、程度しか分からない。すやすやと眠っているように見える。

「フフフ……留学という形で疎開させた第十三王子を取り込むつもりが、まさか、なくしたハズの第十三王子を見つけるなんて、思ってもいませんでした」

ローブ男は杖を肩にかけると袖からスッと短剣を取り出してエンゼリヒトの足許に放った。どうやら、隻腕だ。ハレムナィトって体を欠損している人が多いのかな。なんて、どうでも良いことを考える。

「まったくキャンキャンと五月蝿《うるさ》い……。君の命より大事なものを、そんな簡単に返すわけがないだろう？　痛めつけても良いのだよ？　愛しの君の顔に傷を付けて鼻を削《そ》いでも良いんだ……。さ、それが嫌なら黙って命じられたことに従うんだね……」

ローブ男の言葉に、エンゼリヒトがギリリと唇を噛む。

「本当なら私がやりたいんだが、この通り利き腕を斬られてしまったからね……。エンゼリヒト君、私の代わりにそこのお姫様の手首を一本切り取っておくれ♡」

ローブ男の言葉にエンゼリヒトが凍りつく。

（こいつは……もしかしてこいつは……!!）

俺がローブ男の正体を察して怒りに身を震わせている間に、ローブ男はビクトールを一瞥《いちべつ》する。

その視線の意味を理解したエンゼリヒトが弾かれるように短剣を掴み、俺に近付いてきた。

「エンゼリヒト、よせ」

俺はなるべく感情を抑えてゆっくりとエンゼリヒトに語りかける。

「五月蝿《うるさ》いよ、サミュエル・コートニー。ビクトール様の命は、アイツの呪文一つで消えちゃうんだ。従うしかないだろう？」

（呪文を詠唱しないといけないんだ……。でも、嘘の可能性もあるよな。でもでも、ビクトールを殺したらエンゼリヒトが従う理由はなくなる。そんな簡単には殺さないよな？）

俺がそんなことを考えてる間にも、エンゼリヒトは顔を強張らせてジリジリと近付いてくる。

「くそっ！　この卑怯者め!!」

ローブ男に悪態をつきながら、俺はジリジリと後退《あとずさ》る。

「エンゼリヒト！　こんなことして、それでビクトールが喜ぶとでも思ってるのか⁉　ビクトールは騎士だぞ⁉　いくらお前に惚《ほ》れてたって、こんなことしたらもう……！」

「五月蠅《うるさ》いな‼　……サミュエル・コートニーは馬鹿なの⁇　僕は今更ビクトール様と愛し合えるなんて、これっぽっちも思ってないよ‼　そんな資格、四年前から……とっくにないんだ‼　……僕はもう、ビクトール様が傷付くのだけが許せないんだ……大丈夫！　記憶をなくす魔法とか、あるんだろ⁇　僕のこともお前のことも忘れさせれば、ビクトール様は幸せになれる……そうだ、僕は今度こそビクトール様を幸せにするんだ……僕がビクトール様を守るんだ‼　だからサミュエふぎゅっ‼」

後ろで縛られた手で体を支え、フラフラと近付いてきたエンゼリヒトの頭を「エイヤッ！」と足で挟んで横に倒す。

彼は全く隙だらけで、俺の後方、ビクトールの横にべちゃっと叩きつけられて目を回した。

「ふん、軟弱者め！」

俺はそんな彼を一瞥《いちべつ》して鼻を鳴らすと、未だにくふくふ笑っているローブ男に向き直る。

「くふふ……くははは！　流石《さすが》、スーロン王子に愛されたお姫様だ！　この分だと秘伝の身体強化も教わっていそうだ。身体強化も封じる拘束術にしておいて良かった良かった♪」

小躍りせんばかりに一人ではしゃぐローブ男のフードが取れ、薄明かりに金髪と白い肌の好青年の顔が晒《さら》される。その爽《さわ》やかな容貌《ようぼう》に、狂気じみた笑みを浮かべていた彼は、見る間に褐色肌《かっしょくはだ》の傷だらけの中年顔になる。

「まぁ、エンゼリヒト君がノされたとて、〝恋人を人質〟に取って脅していたのが〝幼馴染《おさなな じ》みを人質〟に取って脅す、に代わるだけだ……。そうだろう？」

そう言って笑う男を俺は黙って睨《にら》む。……悔しいが、その通りだった。

俺にとってビクトールは幼馴染《おさなな じ》みだ。振られはしたが、それでも、ずっと一緒に育ってきた奴だ。

そして、その横で転がっている奴は、そんな幼馴染《おさなな じ》みが愛している奴だ……

「うふふ、本当に楽しいよ。何事も忍耐が肝心だ。良いかね？　お姫様。いきなり目的、スーロン王子に体当たりしても敵わない。だがね？　こうやって、とある青年に恋人が拐《かどわ》かされたと告げて誘《おび》き出《だ》して捕らえ、その命を助けたくば……と恋人を脅し、スーロン王子達のお姫様をこうやって捕らえれば……あら、不思議。私の言うことをなんでも聞く、素敵な王子様を手中に収めたも同然だ♪　ふふふ、二年もヒルトゥームに潜伏して捜した甲斐《かい》があったというものだ。ハレムナィトよ待っているが良い‼　今度こそ！　私の勝ちだ‼　クハハ！　ハハハハハハハ！」

「水を差すようで悪いが、俺はお姫様じゃないし、スーロン達だって、そう思い通りに動くとは思えないぞ？」

えらく興奮して一人で喚《わめ》き散《ち》らす男に、俺は静かに言った。

特にお姫様ってのが気に入らない。大体、囚われのお姫様なのはビクトールじゃないか！

俺はお姫様を人質に取られて悪の手先になった騎士に騙《だま》された騎士だろう⁉　どう考えたって！

なんて考えていたことが、男の言葉で吹っ飛ぶ。

「ハハハ……確かに、最近の王子達は幸せそうで、平和ボケしてますからね、変な気を起こすかもしれません。……だが、もう一度、大切なものが手首を切られ、足の腱を切られた姿を見れば、きっと平和ボケも治って素直で良い駒になってくれますよ♡」

「……あれは、お前がやったのか……」

俺の独白に気を良くした男が嬉しそうに語る。

曰《いわ》く、キュルフェを逃がしてくれと抵抗をやめたスーロンが如何《いか》に王の威厳に溢《あふ》れていたか。そんなスーロンに自分を見殺しにして戦えと言ったキュルフェが如何《いか》に凜々《りり》しかったか。

曰《いわ》く、キュルフェの目の前でスーロンを、その後、スーロンの目の前でキュルフェを傷つけて、これは慈悲だと囁《ささや》いた時、どんなに楽しかったか。

曰《いわ》く。曰《いわ》く……。

気が付くと、俺の目から燃えるような熱い涙がボロボロと溢《あふ》れていた。

怒りで震えが止まらない。

そんな俺を、男は嬉しそうに舌なめずりをして眺める。

(その顔に爪を立てて無茶苦茶に引き裂いてやりたい!!)

生まれて初めて、俺は人に殺意を抱いた。

四年前、スーロンは二十歳だった。

出会った頃は俺もまだ幼かったから大人びて見えていたが、今の俺と大して変わらない年齢だ。

それなのに、コイツは。

コイツだけは許さない。絶対に許さない。このままにしておくものか。コイツだけは絶対に……!!

俺は怒りに任せ、足で地面をガシガシと叩き、身を捩《よじ》って拘束を腕ごと「引き千切ってやる!」とばかりに手を引っ張った。

男はそれを嬉しそうに見つめ、俺はそのニヤついた顔をギリリと睨《にら》み付《つ》ける。

怒りで膨れ上がった俺の魔力が、フウフウと俺の吐息、鼻息から噴出し、全身から放出されて辺り一帯にじわじわと広がる。

心の中の獣性を解き放つように、怒りが魂《たましい》から暴れ出て体内を駆け巡るように、俺は何度も足で地面を踏み鳴らした。

無理やり引っ張った手首が痛み、その痛みで手負いの獣のような怒りが意識を支配する。

(俺は怒った! 俺は怒ったんだ!)

何度も心中で唱え、怒りを膨れ上がらせていく。

魔力がふしゅるーふしゅるーと噴出し、俺の周囲に立ち込めた。

「あはははは! 可哀想に! そんなに怒って暴れてもお姫様が痛い思いをするだけですよ??」

(それは、どうかな。やってみないと分からないじゃないか)

魔力を怒りと一緒に練り上げて膨らませ、吐き出す。

スーロンとキュルフェに正確に俺の位置を悟らせないように選んだであろうこの魔力溜まりの空間。

それと、俺の魔力量。この拘束術の、魔力を吐き出させる機能。

俺に勝算があるとしたらこの辺りだ。

(俺の魔力切れを楽しみにしてるようだが、何処《どこ》までできるか、やってみよーじゃないか!)

俺は大きく息と一緒に魔力を吸い込んで、フンモス——……ンと深く長く吐き出した。

まるで昔のことのようだが、思い返せば数ヶ月前、俺は他人とは思えない猪《ボア》と出会った。

ヤツと戦った時に得たスキル〝バーストモード〟。

天を衝《つ》くかと思うほどの怒りが膨れ上がって爆発し、魔力がキュワキュワと叫ぶ。ぶつかり合い、火花を散らさんばかりに体内を駆け巡る。

まるで獣になったかのような、火の玉になったかのような、力が漲《みなぎ》った状態になり、身体強化も魔法の威力も跳ね上がる。

心の獣性を解き放ち怒りに身を任せた俺は、正にこのバーストモードに突入しようとしていた。

だが、拘束術が膨れ上がった魔力が形を取ることを許さず、その全てを体外に噴出させていく。

そうして辺りに立ち込めた俺の魔力が、大地の魔力と混ざり合う。

俺はその充満した魔力を大きく吸い込んだ。

そして、体内に取り込んだ大地の魔力と自分の怒りにまみれた魔力を混ぜて勢い良く吐き出す。

(あの時、猪は大地の魔力を取り込んで自分の魔力と混ぜ込み、バーストモードを維持していた)

記憶の中の猪をお手本にして魔力を腹で混ぜる。

先に俺の魔力と混ざって親和性が高まっていたせいか、ぶっつけ本番の見よう見真似だが、なんとかできた。俺の体はどんどん大地の魔力と親和して、それを地中から吸い出せるようになる。

俺達がいるドーム空間の魔力の密度がどんどん高まっていった。

だがローブ男の濁った目には、お姫様が身を捩《よじ》って恐怖と怒りに泣き叫んでいるようにしか見えないらしい。実に楽しそうに笑い、ハレムナィトへの恨《うら》み辛《つら》みを叫んでいる。

「……おい、何をしている？」

俺が足を踏み鳴らし、体全体で空間の魔力を渦を巻くように大きく混ぜ始めたところで、ようやく異変に気付いたらしい。ローブ男が慌てて近付いてきた。殴って止めようと考えたのだろう。

（だが遅い）

俺の座っている付近からぽこぽこぴょこぴょこと、マッシュルームみたいな小さなダンジョン茸《きのこ》が飛び出して、「オレハオコッタオレハオコッタ」と囁《ささや》きながらローブ男に向かっていく。

「くっ！　なんだコイツらは‼　この！　どけっ‼」

男が手で払い、踏みつけるが、その度に「ぼふっ！」と胞子と魔力が噴出する。

その間も俺は大地の魔力を吸出して混ぜ、魔力の渦を大きくするように吐き出した。

ぴょこぴょこもこもこ……ぽこぽこ……

どんどん飛び出して男に向かっていくダンジョン茸《きのこ》が大きくなる。それらは男を阻《はば》み、魔力の渦はどんどん濃密に、大きくなっていった。

やがて大地と俺の魔力が混ざり、溶け合って一つになる。ローブ男に対しての怒り一色に染まった魔力だ。

「くそ！　そんなことが……！　あり得ない!!　人体に、人体にダンジョンコアだなんて……!!」

慌てて男が魔法でダンジョン茸《きのこ》を焼き払い、俺を攻撃しようとする。

だが、むくむくと背後からせりだした岩肌と、その岩肌から生えたダンジョン茸《きのこ》とおぼしき菌糸が、俺を中に取り込み、俺の体内から直接魔力を吸い取る。

最早、この空間全体が俺だった。

オレハオコッタ　オレハオコッタ！　オレハオコッタ!!　オレハオコッタ——!!

俺の魔力が、ダンジョン茸《きのこ》が、きゅわきゅわと怒りの声をあげて渦巻く。

魔力の渦は圧縮、収縮し、中心に小さな魔力の核ができつつあった。

それはバキ、パキンと音を立てて俺を岩肌に取り込み、空間を振動させてローブ男を威圧する。

「くそ！　くそ!!　くそ!!　そんな、あり得ない!!　あり得……グァァアアア——!!」

俺を完全に取り込んだ岩肌はメリメリと盛り上がり、巨大な拳《こぶし》となってローブ男に襲いかかる。

(ざまあみろってんだ)

薄れゆく意識のなか、俺は呟《つぶや》いた。

Θ　Θ　Θ

丁度その頃、魔物狩り大会の森の外れ。

俺を必死に捜してくれているスーロン、キュルフェに兄上、父上が合流していた。

「くそ！　ダンジョンができているのか⁉　魔力が歪《ゆが》んで、サーミを探知できない‼　おい！　お前らの隷属は何か役に立たないのか⁉」

こめかみに青筋を立てて喚《わめ》いている兄上を感じる。スーロンとキュルフェも脇腹を押さえながらあちこち歩いて反応を探るも結果は芳《かんば》しくないようで。

こんなに近くに来てくれていると分かっていたら、俺は違う方法を選んだかもしれない。

でも、そんなことをちっとも知らなかった俺は大地の魔力を取り込み、融合し、魔力溜まりを無理やりダンジョンに進化させた。俺の魔力と大地の魔力をコアにした、正にサミュエルダンジョンだ。

ウオオオォォォ……ォォォォオオ……オオヲヲヲヲ……オオオ……

風のうねりのような、獣の遠吠えのような、ダンジョンの産声が辺りに響く。

「なんだ……この音……」

「あっちから……聞こえます……。あの、斜面の中……？」

不安げに呟《つぶや》く兄上の声に、キュルフェが不安を押し殺すように囁《ささや》いた。

「あれが何かは分からないが、この状況で何かが起きたとしたら、それはきっとミューが関わってる！　くそ！　入り口は何処《どこ》だ⁉」

焦《あせ》って、いっそ土魔法で斜面にトンネルでも掘ろうと構えるスーロンを、父上が制した。

「たぶん洞窟があるんだ。掘るのは危険だ、裏側に回ろう。きっと裏側から入って最奥に囚われてる。不届き者のセオリーだよ」

四人は洞窟の入り口を求めて斜面を駆け登る。

一方、魔力を全て注ぎ込んで小さなダンジョンコアを発生させた俺は、きゅわきゅわとした魔力の中で力尽き、波間を漂《ただよ》うランタンクラゲのような心地で眠っていた。

五　紅髪婚約者は瓜坊《うりぼう》令息の反応をロストする

ミューの気配が消えてすぐ、俺はキュルフェと一緒に最後にサミュエルの気配を感じた辺りを目指した。

気配を感じられなくなって、俺とキュルフェは吐き気を催《もよお》すほどの不安に苛《さいな》まれている。なんとか足を動かし、身体強化で一気に目的地まで駆けた。

だが、着いた先で、更に不安になる。

「サミュのミスリルスレッジハンマー……」

明らかに誰かに雑に隠されたスレッジハンマーは、ミューに何かあったと如実《にょじつ》に物語っていた。

「ミューはスレッジハンマーを手放したりしないだろうから、意識を奪われたと考えて良い」

問題は何処《どこ》へ行ったか、だ。

キュルフェがスレッジハンマーを持ち、そっと口付けしてから握り締める。

「駄目です。発動しない」

本来なら、スレッジハンマーがミューのいる方向を指すのだが、ピクリとも動かない。

「仕方ない、隷属紋に魔力を通しながら走り回るしかない」

俺の言葉にキュルフェも頷《うなず》き、俺達は脇腹の紋を押さえながら辺りを走り回る。

この近くだろう程度まで絞り込み、そうこうしているうちにミューのお父上と兄上が合流した。

グループが同じだったのでお目付け役を頼んでいたミカエルが意図的に引き離されたらしいと聞き、その計画性に更に胃が冷たく重くなる。

「くそ！　ダンジョンができているのか⁉　魔力が歪《ゆが》んで、サーミを探知できない‼　おい！　お前らの隷属は何か役に立たないのか⁉」

こめかみに青筋を立てて喚《わめ》く義兄上《あにうえ》。

と、その時。

ウオオオォォォ……ォォォォォオオ……オオヲヲヲヲ……オオオ……

風のうねりのような、不安を煽《あお》る音が辺りに響く。

「なんだ……この音……」

「あっちから……聞こえます……。あの、斜面の中……？」

義兄上《あにうえ》の声に、キュルフェが囁《ささや》く。

「あれが何かは分からないが、この状況で何かが起きたとしたら、それはきっとミューが関わってる！　くそ！　入り口は何処《どこ》だ⁉」

焦《あせ》って、土魔法で斜面にトンネルを掘ろうとした俺をお義父上《ちちうえ》が止める。

落ち着きたまえ、と穏やかなダルブルーの瞳に見つめられ、少しだけ冷静さを取り戻す。

「たぶん洞窟があるんだ。掘るのは危険だ、裏側に回ろう。きっと裏側から入って最奥に囚われてる。不届き者のセオリーだよ」

そう言われてみればこの斜面、小山になっていて、ちょっとした洞窟くらいはありそうな気がする。

お義父上《ちちうえ》に従い、俺達は小山の斜面を駆け上がった。

斜面を駆け上がると、小山はお義父上《ちちうえ》の言った通り中に洞窟が入っているのか、奥行きのある台形をしていることが分かる。

斜面の向こうが洞窟の最奥、というのも当たってそうだ。

あのままトンネルを掘っていたら、敵に俺達の来訪を報《しら》せつつ、時間だけを浪費していたかもしれない。

(お義父上《ちちうえ》は不届き者のセオリーと言ったが、確かに、嫌らしい戦法だ)

反対側に着くと、お義父上《ちちうえ》の予測通り洞窟の入り口らしきものがあった。

白薔薇《しろばら》のローズヒップがとことこ歩いていて、義兄上《あにうえ》が驚きの声をあげる。

「なっ!?　あいつ!　今度はサーミを……!?」

しかし、ローズヒップを見かけた途端、お義父上《ちちうえ》は警戒することすらせずにズカズカと近付いた。

俺達もあとに続く。ローズヒップはとことこと洞窟の中に消える。

「サミュの兄上、大分遠隔地から操作してるみたいです。犯人ではなさそうですよ」

背後で気が立った猫みたいになっている義兄上《あにうえ》をキュルフェが宥《なだ》める。

(義兄上《あにうえ》は意外と線の細い性格をしているな。義父上《ちちうえ》もそうだけど)

ミューのおおらかさは母方似なのかもしれない。

ローズヒップのあとに続いていくと、洞窟内にポツポツと白薔薇《しろばら》が目印のように落ちていた。お義父上《ちちうえ》と一緒にそれを辿《たど》って駆ける。

どうやらローズヒップは遠隔すぎて、濃い魔力溜まりにあてられては白薔薇《しろばら》になり、残った魔力で次の薔薇《ばら》が少し先に進む……という繰り返しでここまで来ていたようだ。

「もういい。ありがとう」

お義父上《ちちうえ》がローズヒップを下がらせる。

俺はミューの魔力をひしひしと感じていたので、そのまま先頭きって駆け続けた。

膨れ上がったミューの魔力が俺達に居場所を知らせてくれる。

だから、きっとミューは無事だと思っていた。

「ここが最奥だ……!」

「サーミ……!」

だが、最奥らしきドーム状の空間に着いた俺達を迎えたのは、天井から生えた大きな握《にぎ》り拳《こぶし》と、ミューの変わり果てた姿だった。

「ミュー……?」

足から力が抜け、ふらつきながら近寄る。

岩壁からにょっきりと上半身を付き出したミューは、髪の毛一本一本まで岩でできており、肩をいからせ、力を振り絞るような、何かを叫ぶような表情をしていた。

まるで、神殿に奉《まつ》られている像みたいに、俺達の前に佇《たたず》む岩のミューは……、信じたくないけれど、ミューそのもので……

(嘘だろ……ミュー……)

背後で白薔薇《しろばら》のローズヒップが大きな握《にぎ》り拳《こぶし》が叩き潰した何かを気にしていたが、俺達四人はそんなことなどまるで目に入らず、ミューに釘付けだ。

「……ぁ……そんな、……サーミ？　……嘘だろ……？」

義兄上《あにうえ》がよろよろと近付き、そっとその冷たい岩の頬に触れようとする。

途端、ぼろり、と岩が崩れた。

俺達の目の前で、岩のミューがぼろぼろと崩れていく。

まるで全ての力を使い果たしたように崩れ落ちた岩は、灰みたいに柔らかく地面に積もる。

それが、ただの岩の彫刻ではないと俺達に教えて……

「いやだ、やめてくれ……！　サーミ!!　いやだ!!」

義兄上《あにうえ》だけが動き、必死で地面に崩れ落ちた灰を掻《か》き集《あつ》めようと足掻《あが》く。

俺はそれすらもできず、ただ、立ち尽くしていた。

動かなければ、呼吸すらしなければ、崩れないいんじゃないかって……

そんな俺達の願いも虚《むな》しく、岩のミューはぼろぼろと崩れていく。

「サーミ……」

……さら……さらさら……ぼろり……さらさら……ぼろり。

何もできないまま、鳩尾《みぞおち》の辺りまで崩れ、ぼろり、と一際大きく岩が剥《は》がれる。

ピョコン！

中から白い艶々《つやつや》の毛先が飛び出してきて。

「「「!!!!!!!!」」」

再び驚きで心臓が止まった俺達の衝撃をよそに、ぼろり、ぼろり、と岩が落ちる。

真っ白な毛がピョコピョコしている頭が現れ……

首。肩……

かくん、と首が前に傾き、岩から解放されたミューがゆっくりと倒れてきた。

「「「……!!」」」

それを慌てて八本の腕が受ける。

ふわりと俺達の腕の中に落ちてきたミュー。ほかほかしていて、傷もない。

受け止めた掌《てのひら》越しに、柔らかな胸の奥でとくとくと心臓が脈打っているのが感じられる。

（良かった……！　ミュー!!）

何があったのかは分からない。

腕に巻き付いていたぼろぼろの縄に血らしきものが滲《にじ》んでいた。

無傷で済んだわけではないのだろう。その事実が申し訳なくて、悔しくて。

そっと縄に触ると、ぼろぼろと灰に変わる。

もしや⁉　と思ったが服は無事に服のままだった。

震える義兄上《あにうえ》の指先とヒヤリと冷たいキュルフェの腕が俺の腕を掠《かす》り、ギュッと抱き締めたいのを堪《こら》える。

「おおおぅうう……ぅわゎうわうわぉぉぉ……」

急にミューが睫《まつげ》毛を震わせ、眉をしかめて苦しそうに魘《うな》された。

どうやらお義父上《ちちうえ》が、怪我していないか魔力を流して確認したようだ。

そういえば以前ミューが、父上の魔力は暗くて冷たくてひたひたと這《は》い寄《よ》る感じがちょっと怖いんだと言っていた。加減しているとしても、そんなのが体の中を這《は》い回《まわ》れば……

「大丈夫だ。何処《どこ》にも怪我はないし衰弱もしてない、呪いにもかかってない。魔力切れで寝ているようだ」

その言葉に心底ホッとする。

俺はそっと魔力を掌《てのひら》に込めてミューの頬を撫《な》でた。

隣でキュルフェも同じように魔力を流す。

効いたのだろう。ほわっとミューの表情が和《やわ》らぎ、そっとスカイブルーの目が開く。

「………ロン……キ……フェ……」

ふわりと嬉しそうに微笑《ほほえ》み、掠《かす》れた声で、微《かす》かに俺達の名前を呼んでくれたミュー。

すぐにスカイブルーの瞳が眠そうに蕩《とろ》け、再び眠ってしまったが……ぷひー……と深く可愛い寝息が、俺達の気力を抜き取る。

その安らかな音を聞いた俺達は、ミューを受け止めるために膝をついていたのだが、そのままへたり込んでしまった。

(可愛いミュー……。助けが間に合わなかったのに、あの笑顔。俺達が助けられた気分だ)

「良かった……ん？　おい、これ……」

義兄上《あにうえ》がやれやれ、と首を緩く振り、ふと横を見上げる。

俺達が岩壁だと思っていたものが、カーテンを開くみたいにぼろぼろと開く。なんと、中から制服姿の、意識を失った令息が二人出てきた。

「あぁ、サミュったら……二人を守りながら戦ったんですね……。私の小さくて可愛い子豚くん。……可愛い王子様」

感嘆の声をあげるキュルフェに同意する。

本当に、小さくて可愛いクセに、まるで物語に出てくる王子様だ……

(意識を失った二人を背に隠し、全力で対峙したかと思うと……)

ちらり、と大きな岩の握《にぎ》り拳《こぶし》を見る。

だが、多分、その下にいるであろう今回の犯人は、ローズヒップの茨《いばら》で覆われ、生死を確認できなかった。

(この人質をどんどん取っていくスタイル……多分、カズーンじゃないかと思うんだが……)

きゅわ！　きゅわ！

試しに近寄ってみる。何処《どこ》から現れたのか、ダンジョン茸《きのこ》までやってきて必死に俺を遠ざけようとした。

というか、このダンジョン茸《きのこ》、ミューの魔力を思い出す可愛さなんだが??　え??　ローズヒップ、茸《きのこ》に寄生された??　今蔦《つた》から茸《きのこ》生えたな??

「取《と》り敢《あ》えず、ここは空気が悪い。我が天使サーミをいつまでもこんなところで寝かしてはおけない。出よう」

お義父上《ちちうえ》の言葉に従い、握《にぎ》り拳《こぶし》岩から離れる。先程までミューを抱き締めていた義兄上《あにうえ》が、落ち着いたのか、ミューをキュルフェに預けて二人の令息のもとに向かった。

「チッ……ビクトールとエンゼリヒト・パインドだ……」

忌々《いまいま》しげに呟《つぶや》いて、二人を肩に担《かつ》ぐ。

（……あれが、ミューの婚約者をタラシこんだ男爵令息か……。っていうか、先日見た時とビクトールがなんだか違うんだが??）

薄暗くて少し見づらいが、どうも……などと思いながらも俺達は洞窟を出た。

「コートニー侯爵!!　遅れてすみません!!」

ハァハァと息を切らせて二人の騎士と一人の令息が走ってくる。

洞窟から出た俺達は、お義父上《ちちうえ》に倣《なら》ってその騎士達に軽く会釈《えしゃく》した。誰だろう。

「これはこれは……。王子、ありがとうございます。だが、どうやら見つけた時には既《すで》に我が天使が全て終わらせていたようで……」

「はい、父上から聞いています。取《と》り敢《あ》えず、我らが天使が心配です！　馬車を用意しましたのでお使いください。残りの調査は全て私どもにお任せください！」

お義父上《ちちうえ》の言葉に快活に答える騎士と令息。だが、俺とキュルフェはその会話に目が点になった。

（え⁇　今、王子って言ったか⁇　この国って王子の扱い低いのか⁇　俺達ハレムナィトの王子達だって、命はすごく軽かったけど、一応貴族達は皆、跪《ひざまず》いて挨拶《あいさつ》してきたぞ……？）

俺とキュルフェが混乱する中、キュルフェの腕の中でミューがもぞり、と動いた。

六　ダンジョンになった瓜坊《うりぼう》令息は茸《きのこ》の夢を見る

ふわふわと暖かい場所を漂《ただよ》う夢を見た。溶けちゃいそうな。

どっから何処《どこ》までが俺なのか、境界が曖昧《あいまい》で。まるで全てが俺になったみたいな世界だ。

俺の背中を一生懸命、スーロンとキュルフェが駆け上って、俺の腕を父上と兄上が滑り下りて。

その度に俺は擽《くすぐ》ったくてクスクス笑った。そうしたら、茸達《きのこたち》がきゅわきゅわと笑う。

可愛い。お前達は俺が作ったのかぁ。

茸達《きのこたち》の言っていることが分かる。俺はゆらゆらする世界で茸達《きのこたち》とピョンピョン跳ねて遊んだ。

「ねぇ、聞いてくれる？」

「きゅわ！」と俺の言葉に茸《きのこ》が敬礼して待機する。

「俺、スーロンとキュルフェを守りたいんだ」

「きゅわわ！」と皆が賛同する。そうだよね！　大好きだもんね！

エンゼリヒトとビクトールが寝ている。

エンゼリヒトは好きになれないけど、でも、ビクトールを傷つけたくないって気持ちは分かる。

俺もスーロンとキュルフェ達にこれ以上傷ついてほしくない。

「だから、茸達《きのこたち》、守ってあげてね。……そこの覗いてる人もだよ♪」

俺は一生懸命、俺の中に入ろうとしている白薔薇使《しろばらづか》いさんの細い魔力の糸を掴むとギュッと魔力を込めてお願いを伝えた。

「んぎょわ！」と叫び声がして、俺の中に白薔薇《しろばら》がポロンと一輪増える。ま、すぐ戻ってくるでしょ。

俺はふわふわと天井を歩いて、じめじめした鍾乳石《しょうにゅうせき》を齧《かじ》ってみたり、大きくなろうとしている精霊輝石をツンツンしたりしながら、茸達《きのこたち》と計画を考えた。

なんでも、茸達《きのこたち》がこの世界を作っていく方針みたいなのが要《い》るんだそうだ。ふ――ん。

取《と》り敢《あ》えず、悪いことができないようにアイツを見張っていてもらおう。俺は絶対アイツを許さないんだ。

茸達《きのこたち》が「キュワ！」と一際気合を入れて返事をする。

それから……そうだな、じめじめした洞窟じゃぁつまんないよね。お花とか咲いたら良いよ。

薬草とか生えたら喜ぶんじゃない？

俺の言葉に茸《きのこ》がきゅわきゅわと震えて了解の意を示す。

そうこうしているうちに、スーロンとキュルフェ、父上と兄上が血相を変えて俺の中に入ってきて、繋がりが乱れた俺はプツンと茸達《きのこたち》と途切れてしまった。


「ん。…………ふわぁ……」

いつの間にか眠っていたのか……ちょっと変な夢を見た気がするし、何かすごくぞわぞわした気もするし、スーロンとキュルフェに優しく抱っこされたような気も……

そう思いながらぐ――んと伸びをする。

（ん？　キュルフェに抱っこされてる？）

少し華やかなキュルフェの香りが嬉しくて、俺はすりりとその肩に頬擦りした。

「「「天使くん！　起きたんか!!」」」

人懐こい犬みたいな勢いで声を掛けられ、ぐいっと脇の下に手を入れられて高い高いされる。慌てて寝《ね》ぼけ眼《まなこ》を擦ってよくよく見ると、愉快な王様の息子三兄弟だった。

プラチナブロンドのチリチリヘアに菫色《すみれいろ》の瞳の第一王子バロックィート（二十九）。運命のような恋がしたい独身、我が国の副将軍様。

プラチナブロンドのツンツンヘアに薄荷色《はっかいろ》の瞳の第二王子コンクィート（二十八）。運命のような恋がしたい独身、王宮騎士団〝玄翼《げんよく》〟団長。

薔薇《ばら》みたいに真っ赤なツンツンヘアに藍色《あいいろ》の瞳の第三王子タンスィート（十八）。運命のような恋がしたい独身、王立学園生徒会長様。

何故《なぜ》、三人がここにいるのかは分からなかったが、寝ぼけ頭をわちゃわちゃと高速で撫《な》でまくられ、俺はきゃっきゃと喜んだ。

「にぃにぃズ！　久し振りー！　アハハ、擽《くすぐ》ったいよぉ」

「「「天使くん！　めっちゃ心配したんよー！」」」

「タンタンが言ってたけど、痩《や》せたってほんまやってんや！」

「めっちゃ可愛い!!　なんで天使くんは俺らの弟なん??　やっぱ婚約したかったな～」

「馬鹿！　そんなん俺もや！　婚約したかったし！」

「は??　俺もやし！　俺もやし！　婚約したかったし！」

「アホか退《ど》け！　お前このカスコンク！」

「痛《い》っった!!　足踏むなや！　バローのバーロー！」

「離さへん！　俺は天使くんをナデナデしてるこの手を離さへんよ!?　いぎぎぃぃぃ……!!」

「ちょっ……にぃにぃズ……！　アハハ……ハハハハハ！　もう……ヒェッ！」

三人似た声でベラベラ喋《しゃべ》りながら、わちゃわちゃとハグしてくれる。

しっちゃかめっちゃかにされつつ、ふっと気が付くと、後ろでキュルフェと兄上がすんごい顔になっていた。

俺、知ってる……般若《はんにゃ》の顔って言うんだろ……

慌てててキュルフェに抱き着いて宥《なだ》めつつ、スーロンとキュルフェを三人に紹介する。

「スーロン、キュルフェ！　紹介するね！　この国の王子様三兄弟、中央のチリチリがバロにぃ、左のツンツンがコンにぃ、右の赤いのがタンタンだよ。タンタンは俺と同い年でアモネイ殿下と同じ特進クラスの生徒会長だよ♪　三人とも滅多に会えないけど、会うとこんな感じでわちゃわちゃしてくる俺のお兄ちゃん達なんだ！　にぃにぃズ！　紹介するね♪　俺の婚約者のスーロンとキュルフェだよ！」

「第一王子のバロックィートだ、よろしくスーロン！　キュルフェ！　ほな、俺ちょっと現場検証行ってくるな！　へばった父上の代わりにバチコリお仕事してくるわー！」

「第二王子のコンクィートや！　元王子なんやろ⁇　しゃーねーから婚約認めたるけど、天使くんをあんまイジめんなよ〜？　……あんれ、もしかしてそっちはマダやった？　ははぁ、まぁ……邪魔は多そうやもんな……。ま、頑張りー。ほな、俺も現場軽く見てくるな♪」

「第三王子のタンスィートだよーん♪　よろしく、アモネイの兄ちゃんズ！　アモネイって素は意外とおもろ可愛いなぁ！　あーあ、ぱりやんから天使くんと人前で絡むなって言われてなきゃ皆で毎日一緒に学園生活楽しむのになー。ほなら、俺もチラッと現場見てダッシュで帰ってくるから！あ、ビクビクとエンゼルンルンはちょっと拘束して見張らせとくけど、天使くん、気に病《や》まないよーに！」

王子三人《にいにいズ》はそう言うとあっという間に洞窟に飛び込んでいった。

（あのスピードでちゃんと検証できるのかな⁇）

「ちょっ……と、王子の概念が覆《くつがえ》る軽さでしたが……。私達はあんなにフランクに接されて大丈夫なのですか……？　挨拶《あいさつ》など、跪《ひざまず》いたりしなくて良かったのでしょうか……」

ただの騎士だと思って軽い会釈《えしゃく》で済ませてしまいました……とキュルフェが呆然と言う。

うん、まぁ、嵐が去った感じがするよね。

「俺達はコートニー家だからな。公式な謁見とかじゃなきゃ特に王家だからとへりくだる必要はない。……それより……サーミはいつから王子達とあんなに仲良く？」

兄上がひやぁ〜〜とした魔力を駄々洩《だだも》れにする。

いつからって言われても困るなぁ。物心つく頃には、にぃにぃ達あんな感じだったしな。最初に会ったのっていつだろう??

「いつから……かは分かんないけど、王様が俺のことを息子同然！　って言ってたから、なら、俺らの弟やんけ！　ってなったって。初めて会った頃からあんな感じだよ」

にぃにぃズは兄上のことも兄弟だと思っているって言ってたけど、「弄《いじ》り甲斐《がい》があるねん」とか言っていたし、その辺は割愛しよう。

「パールめ……」

苦々しく父上が呟《つぶや》く。本当父上と王様って関係が壊滅的だよな。

「サーミの兄は私だけだろう？　なんだ、にぃにぃって。バロにぃにコンにぃだと……!?」

「だって、そう呼んでって言われたし、タンタンだってそう呼んでるし……。兄上がロルにぃって呼んでって言うならそう呼ぶし……？」

信じられない……とぷるぷるしながら言う兄上。何故《なぜ》かスーロンとキュルフェが考え込み出した。ていうか、実の兄上は兄上だけだけど、お兄さん的存在やお父さん的存在、オネーサン的存在なら結構いるんだよね、俺。

でも、何か今言っちゃいけない雰囲気だなぁ。

「「天使くーーん！　お待たせーー!!」」

その時、洞窟からにぃにぃズが猛ダッシュで戻ってきた。

正直ホッとする。けど、五分くらいで戻ってきたよな?? 現場検証とは……

「すげぇな！　ぱりやんの言ってた通り人為的なダンジョンになってるやん！　コアちっさ!!　茸《きのこ》めっちゃ可愛いから一匹連れて帰るねん!!」

「取《と》り敢《あ》えずダンジョン化してるから封鎖しとくわ！　後のことはバチコリ☆　バロー様に任しといてぇ！」

「え!?　犯人!?　あー……そんなことよりロレンツォ、お前早《は》よ仕事場戻れや！　団長がおるから副団長はいらんし帰ってー」

ピチピチもがく茸《きのこ》を抱き締めたり小脇に抱えたりして戻ってきたにぃにぃズは口々に言う。

(もー！　声が似てるからいっぺんに喋《しゃべ》ると誰が何言ったか、分っかんないんだってば！)

混乱する俺にハグしながらコンにぃが囁《ささや》いた。

「天使くん、……あいつ、ぱりやんがキチッと息の根止めといたから、もう大丈夫やで。俺ら、ぱりやんから、ちゃんと息の根止まってるか確認してきてって頼まれてん。あの二人に見せたくないんやろ?」

そっか、それでにぃにぃズが来たんだ。……良かった。スーロンとキュルフェは怒るかもだけど、どうしてもアイツを二人の視界に入れたくなかったんだ。

アイツの口から出る下卑《げび》た笑い、毒まみれの言葉を聞かせたくなかった。

これは俺のエゴだ。我《わ》が儘《まま》だ。ごめんね。スーロン、キュルフェ。

「あ、せや。ぱりやんが腰砕けたー！ 言ってたけどあれはなんでなん??」

え、それは心当たりないなぁ。俺はぷるぷると首を振って分からないと言った。

「ふーん。ま、ええか。ほな、現場検証終わったし聞き取り調査しよかー」

コンにぃの言葉にバロにぃとタンタンが頷《うなず》き、父上と兄上に話を聞き始めた。

コンにぃもスーロンとキュルフェから事情を聞き、それから、結界を張って周りから隠して俺の話を聞いてくれた。

俺は、魔物狩り大会でエンゼリヒトに声を掛けられたところから全部話す。

エンゼリヒトがビクトールを心配しているのは本当だったから信用してしまったことも、捕まった後のビクトールの様子、エンゼリヒトの様子、あの不届き野郎の様子と会話も、覚えている限り全て伝えた。

俺が何かを黙っていると、本当の黒幕を取り逃がすこともある。だからできるだけ正確に、覚えていること全部を伝えるのが大事。家庭教師にも散々言われたし、父上やバーマン、王様、辺境伯のおじさんとかにも言われた。学園の貴族の心得の授業でも習ってテストにも出た。

……でも、やっぱり、エンゼリヒトのことを言う時は胸がチクチクするもんだな。

ビクトールのこと本当に好きなのは伝わってきたし。

間違ったやり方だと分かっていても、好きな人の幸せのためにそれをなそうとする。

名前も知らないアイツをスーロンとキュルフェの前から隠した俺と同じ思考回路だから、共感したのかもしれない。

「よっしゃ、大体は分かったわ」

コンにぃが俺の頭を撫《な》でる。

アイツはカズーンとかいうらしい。アモネイの側近の話によると、スーロンとキュルフェを含む沢山《たくさん》の王子を害した後、唆《そそのか》していた王子を裏切ったものの、生き残りの王子の証言から失脚し、逃亡していたんだそうだ。

アモネイが来るって決まってから、にぃにぃズは警戒していたらしい。

だが、どうやら、先にヒルトゥームに潜伏していて、なんらかの手段でハレムナィト側の共犯者達に指示を出し、アモネイをこの国に亡命させ隙をついて傀儡《かいらい》にしようという計画だったようだ。

(もしかしたら、スーロンとキュルフェを捜してヒルトゥームに潜伏したのかもな)

そして、エンゼリヒトやビクトール、俺、元気なスーロンとキュルフェを見つけたんだろう。

ビクトールをおさえられたエンゼリヒトが形振《なりふ》り構わず従ったように、俺をおさえられたらスーロンとキュルフェは彼に従ったかもしれない。

(もっと強くなろう。そんなことにならないように)

コンにぃがポンポンと俺の頭を軽く叩いて励まし、もういいよ、と結界を解いて送り出す。とぽとぽといろんなことを考えながらスーロン達のところに戻ったせいか、彼らは俺に気付くことなく話し込んでいた。

「……キュルフェ、お前は……ミューが望むなら、カズーンへの恨みを忘れられるか？」

「……勿論《もちろん》だよ、兄さん。もとより俺達は復讐よりサミュを選んだ身じゃないか」

「……そうか。……そうだったな……」

二人の会話を聞いてしまい、思わず涙がこぼれる。

「なんだ……バレちゃってたのか……」

隠さなきゃって思っていたのに。二人が知ったら怒るかな、嫌われるかな、って。

「ミュー！」

「おや、サミュ！　……これは、……バレてるのがバレてしまいましたね♪」

そんな俺の名前を、スーロンが愛情いっぱい心配いっぱいの声で呼んでくれる。

キュルフェの明るい声に、心が軽くなった。

俺は二人に抱き着いて泣きながら謝る。

「ゴメン！　俺、カズーンをどうしても二人に会わせたくなかったんだ‼　スーロンもキュルフェも、アイツに言いたいこととか、やり返したいこととか、あったろうに。俺、俺、アイツが許せなくて……‼」

「サミュ、気にしないで……。復讐は何も生みませんし、虚《むな》しいって聞きますからね。見ましたよ、あのサミュダンジョン。魔力溜まりだったとはいえ、人の身でダンジョン創ってまで私達にアイツを会わせたくなかったんでしょう？　愛しい人にそこまでされたら、喜びのほうが勝ります。カズーンがもう私達に関わらないなら良し！　です。……それより、拐《さら》われたほうを謝ってください！　もう、もう、どんだけ心配したか……!!」

「そうだぞ！　ミューの反応が分からなくなってどんだけ心配したか……!!　しかも、岩になってるわ崩れるわ……てか、今考えたら隷属紋が消えないんだから、生きてるのは確実だったんだよな……」

「え、何が岩になってたの？」

「なんでもありませんよ、サミュ！　……そう言われれば、そうですね。隷属紋が消えてなかったのに、気が動転して全然気が付かなかった」

俺達もまだまだ未熟だなぁ、と呟《つぶや》くスーロンとキュルフェ。いつの間にか俺の涙は止まっていた。

助けに行くのが遅くなってごめんなさい、だとか、拐《さら》われてごめんなさい、だとか、無事で良かった、とか、暫《しばら》く言い合っていると、コンにぃとバロにぃが何処《どこ》かから戻ってきた。

バレてたー、と報告すると、まぁ、あれはバレバレやろなーと返ってくる。

どうせバレたのなら、と犯人がカズーンだったこと、王様がキチッと処理したことなんかをスーロンとキュルフェに淡々と告げる。

最後にビクトールとエンゼリヒトを起こして話を聞こうということになり、俺達はタンタンのもとへ向かった。

「ビクトール様!! 良かった!!」

どうやら二人は目が覚めたみたいだ。ビクトールの胸にエンゼリヒトがしがみついて無事を喜んでいる。

好きな人が無事だった喜びは俺も分かるし、勝手にエンゼリヒトにシンパシーを感じる。

(それにしても、ビクトールは相変わらず格好良くて、本当に憧れるなぁ。俺もこんなふうに格好良くなりたかったな。……だが今回、捕まりはしたが敵を倒せた俺は、見た目では負けても中身の男っぷりでは勝てた気がするぞ♪)

なんて、勝手に勝敗を決めてスーロンとキュルフェを仰《あお》ぎ見《み》ると、蕩《とろ》ける笑顔が返ってきた。

(いや、見た目でも中身でもスーロンとキュルフェがダントツ一位だ!! 悔しい! 嬉しい!!)

先に事情聴取をしていた騎士達がにぃにぃズに報告している間に、俺は二人に声をかける。

「目が覚めたんだな、良かった」

「サミュエル……すまない。俺が捕まったばっかりに……」

「ビクトール様のせいじゃないよ! サミュエル・コートニーの婚約者が狙いだったんだろ!? ビクトール様も僕も、サミュエルのせいでとばっちり受けたんだ! 被害者だよ! 迷惑だよ! お前なんか大っ嫌い!!」

エンゼリヒトって、なんかスッゴい喧嘩売ってくるんだな……

「いや、別にお前に嫌われてたってそれがどうしたって感じだし、お前も俺を騙《だま》して捕まえたから、俺も謝らないでおく。けど、ビクトールには謝るよ。巻き込んでごめんなさい。無事で良かったよ」

「サミュエルすまない。話は聞いたよ……助けてくれてありがとう。エンゼリヒト！　そんな言い方ないだろう！　いくら俺のためとはいえサミュエルを騙《だま》して、しかも、犯人の言いなりになって傷付けようとするなんて‼　なんで誰かに俺が拐《さら》われたって言わなかったんだ⁉　動いてくれる信頼できる人達はいくらでもいたはずだ‼」

「こんな世界に信頼できる人だなんて……そんなの……ビクトール様以外いないもん！」

泣きながらイヤイヤするエンゼリヒトにキュルフェがイライラしている。

いや、俺もちょっとイライラしたけど。

「どうしてそんな周りに対して信頼がないんだよ。アイツがどういう形で潜伏してたって、教師ではなかったはずだ、教師に報告するか、教師が信頼できなかったら……ビクトールは騎士見習いなんだから、上司である俺の兄上に報告すれば良かったじゃないか」

「ビクトール様……‼」

(わ、無視だ！　こいつめ！　いっそ清々《すがすが》しいな！)

「エンゼリヒト……愛してるよ。でも、いくら俺のためでも犯罪の片棒担《かつ》いだのはエンゼリヒトだ。サミュエルの言う通り、教師かロレンツォ様に助けを求めるべきだった。それを、犯人の言いなりになったことは、サミュエル達に謝罪するべきだし、罪はちゃんと償《つぐな》ってほしい」

ビクトールが悲しそうな顔でエンゼリヒトにそう言う。エンゼリヒトは呆然とそれを見つめた。

ちょっとだけ、今のエンゼリヒトの気持ちが分かったような気がして、俺も俯《うつむ》く。

ビクトールは愛しているエンゼリヒトが自分のために罪を犯したことに傷付いて、悲しんでいるんだ。

そして、それはエンゼリヒトが一番させたくなかった表情で……

愛しているがために相手が望まないだろうと思っても強行したエゴ。

今回、俺がカズーンを隠したのと、エンゼリヒトがカズーンの言いなりになったのは同じだ。

そして、許された俺と許されなかったエンゼリヒト……

(スーロンとキュルフェに、あの表情をさせるところだったんだな)

「スーロン、キュルフェ……本当に、ごめんね」

ふわりと二人に抱き締められる。

「気にするな。確かに、俺達の助けを待っててほしかったが、それで死んだら元も子もない。……それに、立場が逆なら俺も同じことをしたさ」

「私もです……。颯爽《さっそう》と助けたかったけど、ちょっとそれには精進《しょうじん》が足りませんでしたね。立場が逆なら私も同じです。同じことをしました。……それに、時々見せるサミュのそういうところ、結構好きです♡ ……………今夜からは、少し先に進みましょうね……♡」

エエエエーーーー!?

もう、俺は、キュルフェの爆弾発言でなんにも考えられなくなってしまう。うわぁぁぉ。

「フフフ……ちょろい……♡」

キュルフェがポソリと呟《つぶや》いた言葉はアワアワしている俺の頭上を素通りし、全く耳に入らない。

「さてと、あのイライラするエンゼルンルンめを――」

「あーー⁉　ビクビク、顔めっちゃ美青年‼　すんごいな！　そんなイケメンやったん⁉」

「は⁉　ほんまやん⁉　どないした？　どないした？」

「なんやなんやどーした！　お！　すんごいな！　しかも怯《おび》えた顔がそそる！」

キュルフェがエンゼリヒトに何かを言いかけたが、すごい勢いでにぃにぃズがビクトールに群がり、その声は掻《か》き消《き》えた。

「あぁ、多分、ダンジョンでミューの怪我が治ってる形跡があったから、その余波じゃないか？　ミューは復学初日に魔法を掛けられて以来、ビクトールの顔が傷一つない美青年顔に見えてたから、その通りに治したんだと思うぞ」

「成る程成る程！　ビクトール、ええやん！　閨《ねや》はどんくらい経験あんの？　後ろは処女？　鞭《むち》とか縄とかどう思う？　あ、あとローソクとか♡」

「あー！　縄とか似合いそう！　ビクビクめっちゃビクビクしてるやん！　ヤバイ♡　苛《いじ》め甲斐《がい》ある感じする‼」

「ぱりやん、ロレンツォは手を出してもアブノーマル禁止！　とか天使くんは弟やからダメ！　とか言うけど、ビクトールはダメ出しされてないもんな♪　なぁビクトール♡　４Ｐは好き？　もっと人数増えるのは⁇」

「おぉおお⁇　なんだ⁇　耳がごしょごしょする‼」

スーロンが俺が魔法に掛かっているって言った気がして聞き返そうとする。けれど、突然耳がごしょごしょして、俺はそれをなんとかしようと躍起《やっき》になって耳をほじったり擦ったりした。

「フフフ……お耳がごしょごしょして気になるでしょう？　お子ちゃまに聞かせたくないお話の時なんかに使うハレムナイトの魔法ですよ。すこーし、お耳で遊んでてね、サミュ♡」

なんだかにぃにぃズは楽しそうにしているし、ビクトールは顔が引きつっている。

だからビクトールをフォローしようと思うんだが、すごく耳が気になる。耳の中に蛾《が》がつまっているようなイメージなんだけど、耳穴には何もない。

（けど、気になるんだよぉぉーー!!）

ぴょんぴょんしたり頭を振ったり、夢中で耳をガシガシ擦り、俺は悶《もだ》えまくった。

「コンク、ビクトールを近衛に移せよ、王城でじっくりオトそうぜ！」

「おお、それえーな！　ロレンツォにしごかれて騎士として結構、様《さま》になってきてるし、そろそろ騎士にしてもえーやろ！　何から始めよ？　めっちゃ楽しみ♡」

「は??　やめてや！　卒業までは学園に通わせてや??　俺が口説《くど》かれへん！　な、な、お願いやでバロにぃ、コンにぃ！　何かする時はちゃんと俺も交ぜて！」

「えーー??　まぁ、しゃぁないな、可愛いタンタンのお願いやし」

「せやなぁ。まぁ、タンタンのお願いなら聞いたろか。そんかわりちゃんと学業も励めよー」

「ヤターー☆」

「ちょっとそこの狼王子ども、サミュの前で不用意に大人の会話しないでください！　楽しみが減る!!」

「え……俺、顔……治ったの……か⁇」

「王子達は中々ハードな戯《たわむ》れが好きなんだな……ところでキュルフェ、ミューは中々耳が弱いんだな♡　悶《もだ》えちまって。可愛いなぁ……♪」

そんな会話がされていたんだが、俺は兎《と》に角《かく》、耳が大変で、一人、蚊帳《かや》の外でぴょんぴょんの舞だ。

誰かヘルプミ。あ、キュルフェが来てくれた。

キュルフェが何かをしたら、耳がごしょごしょしなくなった。不思議。

ほっとしたのも束の間、エンゼリヒトのお馬鹿な発言に俺は凍りつく。

「え……第三王子は王様の子じゃないのに、どうしてそんなに仲良くできるの？　護衛騎士と王妃の子でしょ？」

本当に悪気なく、ポツリと洩《も》らした感じだった。スッゴい不思議なものを見た顔をして。

もしかしたら、エンゼリヒト自身が庶子を理由に兄から冷たくされ、それが普通と思っていたのかもしれない。

でも、どうして。どうして、王族の目の前で、そーいうこと言うのさ——‼

「は？　なにこいつ、むかつくなぁ。タンタン、ちゃんと王子ですけど」

「なんなん、むかつく。ちゃんとタンタン王子やっちゅーの」

「は？　俺ちゃんと王子ですけど。こいつむかつく」

凍《い》てつくような冷たいものになっても相変わらず誰が誰だか分からない似た声の三人は、口々に不快感を表し、スッと魔力を尖らせた。

（危ない！）

咄嗟《とっさ》に動こうとした俺をキュルフェがギュッと抱き締めて動きを封じる。

仕方がないので俺はビクトールとエンゼリヒトがいる辺りに範囲回復魔法の特級を掛けられるだけ掛けた。首が飛んでも三秒以内にくっつけたら瀕死くらいにはできる！

ギィインン!!

耳障《みみざわ》りな音が響く。

ギュッッと瞑《つむ》っていた目を恐る恐る開けると、スッゴク怖い顔をしたバロにぃとコンにぃの、蒼《あお》白《じろ》い光を放つ剣を、兄上の玄《くろ》い剣とスーロンの魔力の手甲が受け止めていた。

その後ろで、ビクトールが蒼白《そうはく》な顔でエンゼリヒトを背に庇《かば》っている。

死を覚悟していたらしいビクトールはそぉっと目を開き、スーロンと兄上を見てへなへなと座り込んだ。

「落ち着け。バロー、コンク。ションベン臭いガキの戯言《ざれごと》に、何ムキになってる」

「悪いな、ヒルトゥームの王子達よ。我が婚約者が怯《おび》えることは控えてもらいたい」

ほわぁぁぁぁ……良かった!!　いくらエンゼリヒトがムカついても、首跳ねられちゃうのはちょっと……ぁぁぁ……良かったぁぁぁ!!

「ぁあ兄上ぇぇ～～愛してるぅ!!　流石《さすが》、兄上ぇ～～!!　流石《さすが》、スーロン～～!!　超かっこいい！　超愛してるよぉ!!」

気が抜けてその場に崩れ落ちながら言うと、にぃにぃズが「ガ――ン！」とショックを受ける。

俺はそれに気付くことなくキュルフェの腕の中でゆっくり深呼吸した。

「フフン、感情に任せてサミュの怖がるようなことするから、兄上愛してる、とか目の前で言われるんですよ、おにぃ様方♪　さ、早くその剣を納めて納めて。やるならサミュに知られないようにして！」

ふぅ、と一息吐いて、へにょへにょから復帰した俺は、キュルフェの腕にしがみつきながら上体を起こし、ニコニコする彼に支えてもらいながら立ち上がる。へへへ、キュルフェ大好き♡

にぃにぃズを見ると、まだ剣が兄上の剣とスーロンの魔力の手甲をカチカチと押していて……

「ひぇっ……にぃに〜〜!!」

俺は慌ててタンタンに抱き着いた。

この場の最終決定権を握ってるのはタンタンだ。多分、兄上はそれを知らないんだろう。タンタンが許さなきゃ絶対にバロにぃもコンにぃも王も許すことはない。

「にぃに……エンゼリヒトは庶子だ。きっと自分の境遇と比べたんだ。……なぁ、他人がなんて言おうと、にぃにはパパの息子だろ？　俺にそう言ったのはにぃにだぞ？　……頼むよ……ビクトールは俺の幼馴染《おさななじ》みなんだ……」

タンタンの耳元でこしょこしょと囁《ささや》くと、彼のトゲトゲの魔力がすーっと凪《な》いでいく。ごめんな、タンタン。本当はあんなこと言った奴は全員ぶっ殺なのに。

「ずっこいよなぁ。エルエル、俺のことにぃにって呼んでくれるの、キッツいおねだりの時だけやん……」

そう言って俺を見るタンタンの顔は、しょうがないなって感じの笑みで。俺はホッとして彼の肩に顎《あご》を乗せて甘えた。

「同い年だから、にぃにって恥ずかしいじゃん？」

俺がへへっと笑うと、タンタンもへへっと笑って、バロにぃとコンにぃにスッと手で合図した。

それに合わせて二人が剣を納める。兄上もそれを受けて剣を納め、スーロンも身体強化諸々を解除した。

「ご不敬、誠に申し訳ありませんでした……王子殿下……」

ほ――……っと息を吐きながらビクトールが掠《かす》れた声で謝罪と感謝を述べる。

まるっと収まった、そんな気がしていたのに、奴がまた口を開く。もー知らんぞ、俺は。死にたがりめ!!

「だって、王と血が繋がってないんでしょ？　それなのに……」

だが、エンゼリヒトの口から出た言葉に違和感を覚える。

「血が繋がってるとか、古風な言い方するな……。大体、この世に血が繋がってる人型種族なんていないじゃないか。お前この国生まれのこの国育ちだろ？　王族が絶対のこの国で生まれ育ってるのになんで王族の言葉に反論できるんだ？　コートニー家ならまだしも、お前は平民から男爵家に入ったんだろ⁇」

普通、王族に何か言われたら反論しない。特に下位貴族や平民は。平民は王族を前にしたら平伏して顔も上げない奴が大半だ。

（一体、誰がどんな教育をしたらこうなる？）

とはいえ、奴の言葉や態度にそうおかしな点はないようにも思えた。態度だって、あんなふうに目の前でわちゃわちゃしていたら王族だってこと忘れる、とか。

それでも根本的というか、常識とか、生きている理《ことわり》みたいなものが俺達と違っているような異質さを、エンゼリヒトから感じる。ビクトールや兄上も怪訝《けげん》な顔だ。

そして、エンゼリヒトは意外なところに食い付いた。

「血が繋がってる人型種族がいないってどういう……いみ？」

え？　そこ⁇　正直、俺は面食らった。

「えっ？　だって、俺達、皆、腹の中で混ざった魔力が核になったものを神殿で取り出して孕《はら》みの木の実に植え付けて肉体を得るだろう？　血なんか繋がってないじゃないか。その魔力の繋がりが血の繋がりなら、魔力の少ない平民達が核を作るのに足らない分を補うために、神殿に寄付された貴族の魔力は？　世の中庶子だらけじゃないか」

「な、何それ……。いつから……」

今初めて知ったとばかりに呆然とするエンゼリヒトに、俺は言いようのない異質さを感じて思わずぶるり、と身震いした。

「え、何それって、お前、今までどうやって暮らしてきたんだ？　神殿で赤子を受け取る人を見たことないのか？　いつからなんて、遥《はる》か昔からだろ。どうして不思議なことみたいな顔してる……？

お前一体、どうやって生まれてきたんだよ……」

エンゼリヒトがどんどん人の皮を被《かぶ》った別の生き物に見えてきて、俺はそっとキュルフェとスーロンの腕を引き寄せた。

「えっ……僕……？　だって普通にお母さんのお腹《なか》から……。お腹《なか》が膨らんで……お腹《なか》痛めて産んだんでしょ……？　おっぱいだってお母さんから貰《もら》ったって……」

「おお⁉　なんでまた耳が⁉　うわぁぁぁ‼」

エンゼリヒトの話を聞いていると、また耳が‼　今度はムズムズする‼　ぁぁぁぁぁぁぁ……‼

「いや、お前、お腹《なか》が膨らんだって、そりゃ奥の奥に子種を沢山《たくさん》注いだって意味だろ？　今でもそーゆーのを孕《はら》ませたって言うしな。閨《ねや》の言葉だから、子供を前に使う言葉じゃないが……。お前の母が古風な表現を好むのは分かったけど、何故《なぜ》それでそんな、まるでメスの腹から生まれたような顔してるんだ？　人はメスのいる犬猫や家畜とは違うんだ。母とか叔母とか言うのはこの国独特の、子の核を宿した人に対する称号なんだよ。人型のメスは絶滅した。人型種族はもうそんなふうには殖えられないんだ……。分かるか？」

スーロンが俺の頭を撫《な》でながら何かしら言っている。途中で、耳が治った。

あれ？　これもしかして魔法か⁇　人は犬猫とは違うって、いきなり性教育が始まってる⁇

俺がスーロンを見上げると、今度はキュルフェが口を開く。

「貴方のお母上は、子犬か子猫の生まれる様子を見て勘違いした貴方が可愛くて正せなかったのでは？　我々人型種族はお腹《なか》を痛めることはありません。子になる核を宿した者は、核を神殿で抜き出した際に喪失感があるので、毎日神殿に我が子の世話をしに行くのです。痛むのは胸、もしくは心です。おっぱいだって、お母上が毎日神殿に通って、乳の実を貰《もら》って貴方に与えてたという意味でしょう。オスは乳が出ないいんです。ドリアードを見たことは？　人型のメスはあんな乳や股をしているそうですよ？」

キュルフェが諭《さと》すように言う。その口調は優しくて、そういうことか、と俺は納得した。

十四歳で庶子として学園に入学したエンゼリヒトだが、学園での性教育は十三際の頃にちょろっと習うだけだ。そもそも、皆もっと前に知っているから。

でもきっと、エンゼリヒトはそれを習う前にお母上と離れたのかも。それで、勘違いしたまま、誰にも訂正されなかったんだな。

俺はエンゼリヒトに異質さを感じたのを申し訳なく思いながら、ホッと息を吐く。

だが、今度はエンゼリヒトが俺達を、まるで異質なナニカを見るような目で見た。

(うーん……。まぁ、その年までそう信じてたら、すぐに納得するのは難しいのかな？)

今度はタンタンが俺の頭を撫《な》でる。

いつの間にか、俺やスーロン、キュルフェ、兄上、にぃにぃズ、皆寄り集まってなんとなく団子になっていた。

ビクトールはそっと自分の腕をさすったり、エンゼリヒトの背をさすったり、彼を気遣わしげに見つめたりしている。それはまるで、異分子として今にもこの世界の外に放り出されそうなエンゼリヒトを、ビクトールだけが必死に繋ぎ止めているようだ。

「なんだか……色々変な奴だな……」

ボソッとコンにぃが呟《つぶや》く。

確かに。でも、そのお陰で、エンゼリヒトの首が繋がった気はする。

取《と》り敢《あ》えず、俺はそのことだけを喜んだ。

……さっきまでの剣呑《けんのん》な雰囲気は何処《どこ》へやら。俺達はすっかり毒気を抜かれて佇《たたず》んでいた。

皆、口に出さないけど、エンゼリヒトはちょっとあり得ないくらいに世間知らずだ。

(普通、こーゆーのって上位貴族の坊っちゃんがなるもんだと思ってたけど、違うんだな)

………すごく気まずい。

俺達は薄気味悪い気持ちでエンゼリヒトを見つめた。

一方、彼は気持ち悪そうに俺達を見つめ、ショックを受けた表情をしている。ビクトールは困っていた。

(タンタンが失言を許したから、この場の最終決定権はバロにぃにある。どうするんだろう)

その時、タンタンが口を開いた。

「俺はもう二度とソイツの顔は見たないわ……」

(あ、まだ決定権はタンタンだったか)

ビクトールが項垂《うなだ》れる。でも、流石《さすが》に俺もこれ以上は庇《かば》う気になれない。

エンゼリヒトはビクトールの姿を見てきょとんとしつつも、不穏なものは感じているようだ。

「ソースゥかショッツツールーの修道院やな」

ふぅ、と息を吐いて髪を掻《か》き上《あ》げてからバロにぃが言った。

ビクトールの顔が蒼白《そうはく》になる。それを見て、俺は視線で兄上とにぃにぃズに説明を求めた。

「バロー、どちらもヒルトゥーム北部の治安が悪い地区で、修道士達がごろつきどもに食い散らかされるって有名な所じゃないか」

嘆息交じりの兄上の言葉に俺は飛び上がったが、バロにぃとコンにぃはイヤイヤ、と否定した。

「ちゃうって。あっこは性悪が送られすぎて、ごろつきどもとラブラブになってまうねん。ワルいもん同士相性がいいのよ」

「そうそう。一遍《いっぺん》、見に行ってみいや、あっちこっちでラブラブやから。あ、勿論《もちろん》、そっちの意味でやで」

そっちって、どっちだろう。ちらりと後方を確認した隙に、コンにぃが兄上の拳骨を喰らった。

痛そう。兄上の顔が赤い。何故《なぜ》だ。あ、タンタンとバロにぃもゴンゴンしてる。痛そう。

それを見ていても仕方ないので、俺は蒼白《そうはく》なビクトールに声を掛ける。

さりげなく要望を聞くと、ユトビア領の修道院にできないか、とのことだ。それを伝えてみたが、却下された。

「ユトビアは王都に近すぎる。視界にうっかり入りそうや」

そっかぁ。すると、バロにぃとコンにぃがニヤリと笑って補足した。

「騎士団と違って近衛は基本、出張がなくシフト制やん？　修道院に定期的に面会に行きたいのなら、断然近衛に異動したほうがいいやろなぁ」

「せやなぁ、ビクトール……。どうしてもって言うんなら、近衛に移動さしたってもええで？」

「マジか！　ビクビク！　近衛に異動したらめっちゃ可愛がったんで♡」

俺は耳がまたおかしくなりそうだったので、慌てて飛び退《との》いた。

キュルフェが小さく舌打ちをする。

(やっぱり！　あれは魔法だったんだな!!　ヒドイやヒドイや！　そんでもって、今回はちゃんと会話が聞けた！)

にぃにぃズがワル～い顔をしているし、ビクトールに良くない方向になる気がした俺は、兄上にヘルプの視線を送る。

「はぁ、好きにしたら良い。可愛がるなら可愛がってやれ。ただ、俺の目の届く所で不届きなことをしてみろ、……許さないからな」

兄上はあんまり協力的ではなかった。そりゃそうか。

でも、何かあったら兄上の傍《そば》に逃げ込めば安全だから！　頑張れビクトール！

俺の無言のエールに、ビクトールは微《かす》かに笑ってから、エンゼリヒトに向き直った。

「エンゼリヒト……愛してるよ。休みが取れたら会いに行くから、待っててくれ。いつか、必ず迎えに行く……」

ビクトールがそう言うと、にぃにぃズが揃って〝それはどうかな……〟って顔をする。

何するつもりか分かんないけど、にぃにぃズは悪ノリするからなぁ。

ビクトールが名残惜《なごりお》しそうにエンゼリヒトの頬を撫《な》でてから離れ、にぃにぃズの前に跪《ひざまず》く。

俺は悲しくなって、スーロンとキュルフェの腕をぎゅっと抱き締めた。

エンゼリヒトは訳分かんない顔をしたまんま離れたビクトールを見つめている。それがすごく可哀想だ。

騎士に何か指示してにぃにぃズが踵《きびす》を返し、兄上と父上が城に戻ると言って去る。

エンゼリヒトの背後に逃亡防止の騎士一人が張り付き、もう一人が護送の手配をしに行った。

「え、……どういうこと？　……ビクトール様……？」

未だに跪《ひざまず》いたままのビクトールに代わってキュルフェが口を開く。

「エンゼリヒト。貴方は今から修道院に護送されるんです。良かったですね、本当ならさっき首を跳ねられて死ぬところだったのに、ビクトールが庇《かば》ったんです。そんなビクトールのためにサミュが王子達に請願したから、この程度で収まったんですよ。王子達、庇《かば》い立《だ》てするビクトール諸《もろ》共《とも》、貴方の首を跳ねる気満々でしたからね。貴方ビクトールを殺しかけたんですよ？　分かってますか？　サミュがビクトールを庇《かば》おうとしなきゃスーロンも義兄上《あにうえ》も動いてないですからね？　そこまでのことしたんです。もう誰もこれ以上は庇《かば》えないでしょう。何故《なぜ》ビクトールが貴方を庇《かば》ったのか、拾った命でよく考えて、次からは気を付けて行動、発言してくださいね。貴方の常識はかなり歪《ゆが》んでます。今までは子供だったのでなんとかなったのかもしれませんが、もう成人ですからね……。気を付けてください。身分制度が絶対な国では、王族以外でも目上の人に不敬と取られる発言をした場合、その場で殺される時もままあるんです」

キュルフェが優しく言い聞かせる。最後のはちょっと大袈裟《おおげさ》だが、このくらい言っとくほうが良い気がしたので黙っていた。

エンゼリヒトはやっと状況が呑み込めたのか、ボロボロ涙をこぼしてイヤイヤをし始める。

俺はそれがすごく腹立たしくて、思わず怒鳴ってしまった。

「泣くなよ！　最後の最後まで状況を悪くしたクセに！　ビクトールが好きで傷付けたくなくて、そのためになんだってするってんなら、お前がどうにかなったらビクトールが悲しむってことも計算に入れとけ馬鹿野郎！　ばか！　ばか！　エンゼリヒトのばか！　正直、俺はお前が好きじゃないしどうでも良いけど、ビクトールはお前を愛してるんだ！　お前が悪いことしたら苦しむし、傷付けば悲しいんだよ！」

エンゼリヒトは俺に怒鳴られてビックリしていたが、俯《うつむ》いて噛み締めるように涙を流すだけになった。

うっかり俺まで泣いてしまい、慌てたスーロンとキュルフェにヨシヨシと宥《なだ》められる。お陰で少し落ち着いた俺は、ポケットから軟膏《なんこう》を出してエンゼリヒトに握らせた。

「今、これしか持ってないから！　毒から傷からなんでも治す万能軟膏《なんこう》だ。使わなくても売ればそこそこになるし、何かの時の役に立つだろ……。いいか、にぃにぃズはビクトールを気に入ったみたいだし、記憶力抜群だし、お前のことはもう大っ嫌いだからな。もし次、にぃにぃズの前に顔を出したら、問答無用で首をはねられると思えよ」

そこまで言って、そっとエンゼリヒトにだけ聞こえるように囁《ささや》く。

「……まぁ、その、ビクトールは多分尻《しり》を狙われてるから……」

「多分じゃなく狙われてますね。でも、エンゼリヒトとくっつくより、王子達に絆《ほだ》されて可愛がられるほうが幸せになれるかもしれませんよ？」

こそっと言ったつもりが、バッチリ聞いていたらしいキュルフェのツンとした一言に、エンゼリヒトがビクリ、と肩を揺らす。彼はギュッと軟膏《なんこう》を握り締めた。

俺は、ビクトールが尻《しり》を追い掛けられて逃げるのに忙しくてエンゼリヒトのサポートを疎《おろそ》かにするかもと思って、餞別《せんべつ》代わりに渡したのだが、キュルフェはビクトールの尻《しり》に塗ってやれ、と取った気がする。そして、エンゼリヒトは脱修道院の資金にする気のような……

けど、まぁ、その顔を見たら、そうなっても良いかな、なんて。

もう彼はフワフワしていなかった。あの妙な異質さもない。

「サミュエル・コートニー、……色々ありがとう。何度も酷《ひど》いことしてごめんね。……僕、今更、何が現実なのかを知った気がする」

エンゼリヒトがぐしゅぐしゅと洟《はな》を啜《すす》りながら言う。その顔は何処《どこ》かスッキリしていた。

「なんだよ、お前。ずっと目を開けたまんま夢でも見てたのか？」

急に謝罪と礼を言われた俺は照れ臭くなり、へへっと笑いながら返す。

「うん。そうみたい。起こしてくれてありがとう」

泣きながら笑うエンゼリヒトはなんだか可愛くて、うっかり俺は赤面してしまったらしい。うわぁ、キュルフェが怖い。

やがて護送の手配を済ませた騎士がやってきて、エンゼリヒトを促す。

「ッ……エンゼリヒト……！」

やっぱり耐えれなかったのか、悲しそうに駆け寄るビクトールの手を取って、エンゼリヒトは笑顔で囁《ささや》いた。

「ビクトール様、折角《せっかく》、練兵合宿所から帰ってきて一緒にいられたのに、避けたりしてごめんなさい。僕、ビクトール様が愛してくれてるのに、ビクトール様の気持ちを全然考えてなかったよね。本当にごめんなさい……。それでも、愛してるんです。ビクトール様、僕を待っててとも、僕を忘れてとも言いません。好きに生きて、恋だってするならして、友人を沢山《たくさん》作って沢山《たくさん》遊んでください。人生を楽しんで♪　僕以外の誰かを愛したって良いです。旅に出ても良いです。いつか僕は必ず貴方の前に現れるから。その時は猛アタックします。逃がしません♡　あ、勿論《もちろん》、僕を好きな限りは手紙を書いて、お休みには会いに来てくださいね？　待ってますから♪」

「……エンゼリヒト……。手紙沢山《たくさん》書くよ。できる限り会いに行くから……！」

「泣いてるビクトール様も綺麗で美しいですね♡　僕のために泣いてくれるビクトール様に喜んじゃうなんて、僕は何処《どこ》までいってもイイコにはなれないみたいです」

努めて明るく言うと、エンゼリヒトは手を振って弾むように騎士についていった。

彼のことは殆《ほとん》ど知らないけど、今、彼の魔力が悲しみでぐちゃぐちゃで散り散りになっているのはよく分かる。

ビクトールは少しだけ泣いた。俺達三人は彼が落ち着くまで待ってから、一緒に学園に戻る。泣くビクトールに、悔しいかな、身長的に胸は貸せなかったので肩を貸す。キュルフェは何も言わず、後でそっと肩の辺りについた涙と鼻水を浄化でキレイにしてくれた。

なんだか、すごいいっぱい出来事があって、学園が久し振りに感じる。けれど、朝出掛けて夕方帰ってきただけなんだよな。

ミカエルとアゼルが俺達を心配していたけど、テートは事件を知らなくて、普通に帰ってきたんだと思ったみたい。

その日。学園に復学して初めて、俺はビクトールと一緒に食事をした。

ミカエルもアゼルも、ビクトールが嫌いみたいだったけど、嫌味の一つも言わず、どうでも良いことばかり話す。途中からタンタンとアモネイも加わり、すぐ近くのテーブルにアンリとジェインが座る。

誰もエンゼリヒトのことは話題に出さなかったけど、アンリもジェインも、アゼルもミカエルもアモネイも、事情を知っているようだった。

俺はそこで、ビクトールの美貌《びぼう》が騎士団のしごきでちょっと損なわれていたことを知る。髪も短髪で、あちこち顔も傷だらけで……。あの俺がサプライズだと思っていた顔が本当だったらしい。「サプライズ！」って言った先生に幻術を掛けられていたとか。

それでカズーンって奴と戦った後、ダンジョンコアとリンクした俺が無意識に自分達の傷の治療を行い、俺の認識と違うビクトールの顔を怪我と判断して骨やら皮膚やらの修正、治療を行ったんだろうってことだった。

俺に幻術を掛けた先生がすぐにやってきて、泣きながらビクトールに元のイケメン傭兵風フェイスに見える幻術を掛けたので、それほど騒ぎにはならなくて済む。

なんでも、先生の婚約者が美少年ビクトールにベタ惚《ぼ》れして、婚約解消にまで及んだことがあったらしい。でも、騎士団のしごきで美貌《びぼう》が損なわれた辺りで熱が醒め、再び婚約したとか。

うむむ……先生の婚約者、結構酷《ひど》くない？

でも、先生はその人がすごく好きなんだそうで、ビクトールの顔が美青年に戻ったら困ると、俺が前回ビクトールの顔の傷を治そうとしたのを幻術で防いだということだ。完璧逆恨み……

でも、そのお陰でダンジョンコアだった俺が無意識にビクトールの顔を治したんだから、世の中不思議だよね。普通に魔法で治した程度じゃ精々傷が消える程度で、骨の変形までは治せないもの。

ということで、婚約者がビクトールに靡《なび》いたら大変と、先生は再びビクトールに幻術を掛けたわけだけど……。今度はビクトールが幻術を掛けてくれてありがとうって言うんだから、本当に世の中不思議だよねぇ。

因《ちな》みに今回の幻術は持続性をメインで掛けたので、魔力の強い俺やスーロン、キュルフェ、アモネイ、にぃにぃズ、アゼルには効かない。ミカエルは気合を入れたらイケメンに見えるようだ。アンリとジェインとテートはいつもの顔に見えるって。

目に魔力を込めて見る方法の訓練になるから丁度良いね、なんて言って笑いながら、夕食を取り、俺は皆と別れて寮室に戻った。

七　思考する瓜坊《うりぼう》令息と思考を奪う婚約者×2とキスと泡風呂と

部屋に戻った途端、どっと色々な感情が溢《あふ》れてふらついた俺を、スーロンとキュルフェが後ろから抱き締めてくれた。

エンゼリヒトとビクトールの別れが頭の中で何度も繰り返される。あの洞窟で俺は、ビクトールのためならなんでもすると言ったエンゼリヒトに自分を重ねていた。

俺達はどちらも自分のエゴを貫《つらぬ》いた。

だから、二人が別れたのなら、俺達もそうなるんじゃないかって……

「ミュー……こっちを見ろ。俺を見るんだ……」

スーロンがそう言って、俯《うつむ》いた俺の顔を上向かせて唇を重ねる。

啄《ついば》むように唇が唇を挟み、撫《な》で、その弾力のある柔らかい感触に少しずつ体の力が抜けていく。

スーロンの唇が俺の唇を離れ、顎《あご》を通って首筋に滑り落ちた。

その滑らかな快楽に思わず身震いをする。

そんな俺の頬をそっとキュルフェが手で導き、唇を重ねる。ふよふよ、すべすべと自分の唇の上を滑る滑らかな唇の感触に俺はうっとりと目を閉じた。

……キュルフェの滑らかな指先、スーロンのゴツゴツしているけど優しい触り方の指先。二十本の指が俺の体の上を滑り、撫《な》で、時々肌の下の筋肉の感触を味わうように軽く食い込み、まるで俺の体を溶かすかのように、服を脱がせていった。

ん、とかふっとかいう、息と衣擦れの音だけが薄暗い室内に響く。

スーロンとキュルフェが交互に俺の唇を奪い合い、舐《な》めたり、軽く噛んで引っ張ったりしながら、乱暴に服を脱ぎ捨てて……

その中心で、とっくに裸に剥《む》かれた俺は、スーロンの熱くて硬い腹に体を預けたり、キュルフェの熱くて滑らかな肌に背中を預けたりしながら、夢心地で唇と指の感触を味わった。

不意に風呂場で水音がして、我に返る。キュルフェが風呂の準備をしていた。

スーロンが俺をお姫様抱っこし、唇に、鼻に、目蓋《まぶた》に、頬にと、顔から頭からチュッチュとキスの雨を降らせながら風呂場へ行く。

モコモコの泡風呂を準備していたキュルフェとスーロンが、ゆっくりと俺をバスタブに沈めた。

その、泡のしょわっと肌に当たったり弾けて消えたりする感触がなんだか腹のナカでムズムズする。俺は軽く身を捩《よじ》った。

「あわ……」

泡だけに。……ってそうじゃない。そうじゃないんだ。別に駄洒落《だじゃれ》を言ったつもりじゃないんだ。

一人恥ずかしさに身悶《みもだ》えする。

今まで泡風呂をしたことは何度かあったけれど、ここまで泡がモコモコなのは初めてで。

泡のせいで二人の手どころか、肩も見えない。

そんな中で不用意にツルツルと洗われるモノだから、俺は久々にナニが反応してしまった。

だって、キスは雨霰《あめあられ》と降ってくるし、二人とも手付きがいつもと違ってエロいし、仕方ないじゃないか。……………うう、余計なこと！　余計なことを考えるんだ!!

アゼル！　そうだ、アゼルはこういう時、何を考えるんだろう。素数を数える派？　それとも一から延々《えんえん》と倍にしていく派？　因《ちな》みに俺は後者だ。一、二、四、八、十六、三十二、六十四、百二十八、二百五十六、五百十二、千二十四、二千四十八……

………ふぅ……なんとか収まった。

キュルフェに洗髪洗顔マッサージをされながら、俺はホッと胸を撫《な》で下《お》ろす。

風呂を乗り切った俺は、いつよりピカピカになる。三人で風呂から上がって体を拭いて髪を乾かしたりお手入れをしたりした後、ベッドに優しく運ばれた。

俺達は殆《ほとん》ど喋《しゃべ》らなかった。口ってのはキスするためにあるとばかりにスーロンとキュルフェが俺の全身にキスを降らせ唇を重ねたので、喋《しゃべ》る暇がなかったのだ。

(なんだかドキドキする)

ぎしり……

ベッドが軋《きし》み、両脇からスーロンとキュルフェが俺に覆《おお》い被《かぶ》さるようにベッドに上がり込む。

その姿は静かに獲物に忍び寄る肉食獣みたいで……

俺は縋《すが》るように、キュルフェが編んでくれた長い三つ編みを握り締めた。

気恥ずかしくて軽く身を捩《よじ》る。肌に当たる滑らかなベッドリネンは冷たく、まるで皿の上に饗《きょう》された豚の丸焼きにでもなった気分だ。裸でベッドに運ばれ、身を隠すものは自身の三つ編みしかない俺がモジモジするのを、スーロンとキュルフェがとても愉《たの》しそうに見ている。

「意地悪め……」

俺がそう呟《つぶや》くと二人は苦笑して、漸《ようや》く、動き出してくれた。

ベッドの上に足を投げ出して座る俺の足先にそっとキュルフェの中指が触れる。そのまま、指がつつーーっと足の甲、足首、脛《すね》を滑り、膝をくるくると撫《な》でた。

そして、太腿を通り腰骨の辺りをくるくると……

耐えきれなくなって膝を引き寄せた俺を、スーロンが唇を重ねて押し倒す。

「ミュー……無事で良かった……」

キスの雨を降らせながら囁《ささや》く。

っ……はぁ……

俺の太腿を撫《な》で、肌の下の筋肉を味わうように優しく内腿を揉《も》むキュルフェが、腰骨にキスを落とし、舐《な》め、少しずつ登ってくる。……自分の吐息がヤケに耳についた。

キスを下に移動させるスーロンの代わりに、キュルフェの唇が俺の唇を塞《ふさ》ぐ。

「サミュを失うかと思った時、本当に怖かった」

「キュルフェ……スーロン、心配かけてごめんね……」

くしゃりと顔を歪《ゆが》めて涙を堪《こら》えながら言うキュルフェに、俺は申し訳なくなって、彼の頬を撫《な》でながら二人に謝った。

左手で胸元のスーロンの頭を抱き締める。

「私のお姫様にして王子様……。私の心の王様……愛しいサミュエル。……唇を開いて。……そう。今日からは、大人のキスをしましょう」

そっと顎《あご》を掴まれされるままに開くと、キュルフェがにこり、と妖艶《ようえん》に微笑《ほほえ》む。

開いた唇とキュルフェの唇が重なり、彼の舌が俺の唇を味わうように舐《な》め、そろりと口の中に侵入してくる。

初めての大人のキスは、熱くて……蕩《とろ》けるようだった。

キュルフェの舌が俺の舌をなぞり、歯の裏や表をなぞり、上顎《うわあご》を擽《くすぐ》り……緩やかに、だが、確実に、思考を溶かしていく。

っ、はぁ……

やっとの思いで吐息を洩《も》らすと、すぐにスーロンが俺の唇を塞《ふさ》いできて。

朱《あか》みがかった金の瞳がとろりと蕩《とろ》けて、嬉しそうに俺の舌を吸い、食《は》んで、甘噛みする。

そしてまたキュルフェが唇を奪い、俺の呼吸まで貪《むさぼ》り、舌であちこちをノックした。

今度はスーロンが俺の唇を奪い、呼吸を奪う。その間も二人の指と掌《てのひら》が俺の体中を這《は》い、肌の滑らかさを味わっていた。

「……あっ……スー……ロン……キュ、ルフェ……」

潤《うる》む瞳で二人を見つめ、名を呼ぶ。思ったよりも掠《かす》れた甘えた声が出た。

……ドクドクドクドクと鼓動が速い。

体に力が入らなくて、俺はへにゃへにゃになる。それをなんとかシャッキリしているように見せるため、必死に酸素を取り入れた。ベッドに横たわった俺は少しも動いていないはずなのに、くらくらふらふらだ。

世界がくるくると回転している。

「ふふ、サミュ……可愛い……すっかりトロトロですね」

「ぁっ……」

キュルフェが俺の腹をとす、とす、とゆっくり指でつつく。

その感触は擽《くすぐ》ったいような、ピリピリした快楽が臍《へそ》の下に溜まっていくようなもので、つつかれる度に、俺はピクピクと体を跳ねさせた。

「ぁあっ！」

ツツーーーッと腰骨に沿って柔らかい肌を指で押しながら滑られる。思わず体を仰《の》け反《ぞ》らせて声をあげた。驚いて宙を掻《か》くように手を上げると、スーロンが掴んでそっと指にキスしてくれる。彼の手は燃えるみたいに熱い。

(俺知ってるぞ……。これは恋人繫ぎってヤツだ)

その言葉の響きは擽《くすぐ》ったい。だが、さっきからキュルフェの指で擽《くすぐ》られていたので、結局、俺はずっとモジモジするだけだった。

「そろそろ、良いかな？　……可愛い瓜坊《うりぼう》くん、そのまま力を抜いていてね♡」

キュルフェがそう言って体を起こし、きれいな小瓶からとろりとした液体を手に垂らす。

ふわりと薫る花の匂い。イランイランと、なんだろう……

色っぽいなぁ、なんて、ぽわぽわした気持ちで眺めているうちにソッと足を拡《ひろ》げられる。スーロンの手が気持ち良い。これから何をするんだろう。

「ぅうわ!?」

〝つぷ〟ととんでもない所にとんでもない感触が襲い、俺は文字通り飛び上がった！

何するんだ!? なんてコトするんだ!?

「ななな……なにゅ、ど!? 待へ！ 待て!! キュルフェ待っぺ!!」

慌ててキュルフェの手を掴んで押さえ、俺のお尻《しり》の穴から遠ざける。

(なんだこれ！ ぬるぬるしてる!! どうして!?)

「わ!? どうしました?? サミュ。痛かった??」

俺が急に暴れたから色っぽいムードが吹き飛んで、キュルフェは目を丸くしている。

スーロンが落ち着け、と優しく肩を撫《な》でてくれた。

「そこはお尻《しり》の穴だ！」

(でもでもだってだって……)

「そうです。可愛いサミュの可愛いお尻《しり》の穴です♡」

え………

キュルフェは可愛こぶりっこな感じで肯定した。そうですけど、どうかしました？ とでも言わんばかりだ。

（え、何それ、俺がおかしいの⁉）

「……どうしてお尻《しり》の穴なんか触るの⁇」

「どうしてって、そりゃぁ…………えっ？　もしかして⁇」

彼は「キャ♡」と恥じらいながら言った後、ふと、嫌なことに気付いたように動きを止め、視線でスーロンに合図した。

「うぅ〜ん……ヒルトゥームは性教育の重要さを認識するべきだと思うなぁ……」

スーロンが腕を組み、難しい顔で呟《つぶや》く。

……こうして、本日二回目の性教育の時間となった。


「…………え⁉　じゃぁ、その、えっち……って、お尻《しり》の穴でするの⁉？」

俺は衝撃でぁわぁわしながらキュルフェとスーロンに聞き返した。

「そうだよ。ミューはどうすると思ってたんだ？」

とっても不思議そうに聞くスーロンの顔がまともに見られない。俺は俯《うつむ》いてポソポソと言い訳する。

世間知らずは箱入り坊っちゃんがなるもんだと思っていたけど、どうやら、俺がまさにそれらしいな。

「学園の閨教育《ねやきょういく》の時に見たのが、横から見た絵だったんだ。……だから、この辺に魔法か何かで穴が開くんだと思ってたんだよ。兄上から聞いてた子作りは、手を握って一緒に寝たらいいって話だったから……」

俺はそっと自分の臍《へそ》の少し下と尾てい骨を示す。

スーロンとキュルフェがなんとも言えない顔して笑うので、俺は全身真っ赤になった。

「サミュったら……フフフ……ごめんなさい、笑うつもりは……フフフ……」

「……まぁ、受け入れる側は何も知らないほうが、可愛くて良いって奴もいるからなぁ。ハレムナイトでは攻め入る側として皆に教えるから、なんだか新鮮だ」

ポンポンと頭を撫《な》でてくれる二人に申し訳なくなる。ムードを台なしにしてしまった。

「……それにしても、義兄上《あにうえ》はプラトニック推奨だったんですね……。こんなに可愛い子を目の前にしてプラトニックにさせようなんて……」

「学園生活に感謝だな……今のうちに関係を進めておこう……」

「フフフ……兄さんも悪いね……」

ここそこと二人で話すスーロンとキュルフェの手を、俺は掴んで引く。

「二人とも……幻滅したか?」

その言葉にスーロンもキュルフェも目を丸くして、とろりと微笑《ほほえ》んだ。その笑顔にホッとする。

「まさか……ちょっと驚きましたが、幻滅はしませんよ。楽しいサプライズでした。さ、続きをしましょう♡」

ニコニコ顔のキュルフェはそう言うと、俺の唇に軽くキスをして、さっさと指を穴に宛がう。

慌てて止めようとしたが、間に合わず、つぷっと異物が侵入してくる感触再び、だ。

「ぁあっ、ちょ、待って待って待って……！　ひっ！」

「サミュ……大丈夫だから、落ち着いて？」

やっぱり無理だよ！　そこは違う！　そんな所、ダメだって……!!

思わずジタバタと暴れた。と、スーロンがガブリと噛みつくように俺の唇を奪う。

舌が入り込み、俺の口内を蹂躙《じゅうりん》する。

呼吸を奪い、舌を吸い、食《は》み、歯列をなぞって俺の思考を溶かす。

スーロンの舌が熱くて、頬を撫《な》でる指が気持ち良くて、……キスのことだけで頭がいっぱいになる。

「……ふ、……ん。…………ん、んん！　〜〜〜!!」

その瞬間を待っていたとばかりにキュルフェの指がつぷつぷと侵入した。

根本まで入って、ぬるぬるしたのを中に塗り込むように指を軽く回され、ビクビクと俺の体が跳ねる。

(スッゴい違和感だよ！　なんだこれ！　なんだこれ――――!!)

入ってきちゃいけない所に入ってきた感覚に翻弄《ほんろう》されるも、スーロンが容赦なくキスの快楽を注ぎ込んできて。

俺は上と下の潮流に溺《おぼ》れそうで、スーロンの硬くて太い腕に必死にしがみついた。

ぬるるるっとキュルフェの指が抜けて、その感覚に背筋がぶるぶると震える。

また、侵入《はい》ってきた！

「んはっ……待っ……そなとこ、ぁあっ！　汚いよぉ……！」

　ぁぁぁ、何これ、指が動いてるのがすごく鮮烈に思考に刺さって、翻弄《ほんろう》される。

「ぁぁ、そうか。サミュはなんにも知らないんでしたね♪　大丈夫ですよ♪　このためにナカを綺麗にする魔法があるんですよ。お風呂で掛けたの気付かなかった？　……フフ、指を動かす度にピクピク体が跳ねて……。可愛い♡」

　そう言いながらキュルフェが指を、ナカを掻《か》き混《ま》ぜるように動かし、香油なのかな？　それをたっぷり塗り込めていく。う〜〜。尻《しり》がぬるぬるするよぉ。

「ぁぁぁっ！　やっ！　うひゃひゃ！　ぅ、……ひぃん！」

　スーロンが俺の首や肩をキスしたり舐《な》めたりしながら指で耳のナカを擽《くすぐ》る。それが耐えれなくて慌てて手を掴んで離そうとするのに、流石《さすが》、師匠、硬い腕はびくともしない。その間にキュルフェは遠慮なく掻《か》き回《まわ》し続《つづ》けた。ぅぁ〜〜！

「ぅぁっ、……はぁっ……ぁぁぁ……も、きゅる、ふぇ……んぅ！　アッ⁉」

　一際刺激的な感覚がして、大きく体が跳ねる。……そして、見てしまった。

　俺のちんちんが大きくなっている……！

　それがすごく恥ずかしい。いや、一回だけあるけどさ！　見られるの初めてじゃないけどさ！　それだけじゃなかったけどさ！　恥ずかしいよぉ！　そんでもって今のはなんだ⁇　ひどく刺激的だったぞ！

「フフフ……サミュのイイトコロ見つけちゃった♡　こっちも気持ち良くしてあげますね♪」

「あっ！　な、何⁉　それ、ぁあぅ！　……ひぇっ⁉　……ぁう……」

トン、トン、とキュルフェが刺激的な所を軽くつく。その度に俺の思考が弾けた。

なんだと聞いたものの、キュルフェの回答を理解する余地もなく、俺は翻弄《ほんろう》され続ける。

キュルフェは前をパクリと咥《くわ》えて……！　それはダメだって‼　もう、ムリムリ‼　あわわ！

ムリィ‼

「ッッ――‼」

あっけなく果てた俺を、彼は嬉しそうに見つめる。

コンにぃから、口でされるのがキモチイイって聞いたことはあった。でも、こんなだとは……

すぐイっちゃうのって恥ずかしいんだろ？　うう、恥ずかしいなぁ。

「フフッ……サミュの魔力の味がします。シュワシュワパチパチしてて、欠損を治してくれた時を思い出しますね♪」

そんな俺に追い討ちをかけるように、キュルフェが恥ずかしいことを言う。

俺は今まで味わったことのない恥ずかしさの連続攻撃に、元々真っ赤な顔を最大限赤くした。

「あ、キュルフェ！　指は太さがあるから仕方ないけど、初フェラまで……‼」

「やだな、人が気持ち良くしたサミュをうっとり見つめるのに忙しくてボケッとしてたスーロンが悪いんですよ。それより、交代です♪　次は私がキスの番♡」

はぁはぁと荒い息を整えながら、二人のやり取りを眺める。

ふぅ。少し、落ち着いたかな。そう思って上体を起こしかけたのを、キュルフェに押し留められた。

自分の口に浄化をかけたキュルフェがキスをしてきて、その柔らかい舌が巧《たく》みに俺の思考を蕩《とろ》けさせていく。と、スーロンの太い指が下に侵入してきた。

「おい、キュルフェ、口を塞《ふさ》ぐなよ。可愛い声が聞こえないだろ？」

スーロンの不満げな声がして割と経ってからキュルフェは口を離し、名残惜《なごりお》しそうに俺の唇を指で拭《ぬぐ》った。

「はぁ……あっ！　ぁ、ぁ、ぁぁ、んぅっ！　は、はぁ……」

それを待っていたかのようにスーロンが俺のナカを掻《か》き回《まわ》す。

キュルフェより太くて硬くてゴツゴツした指が俺のナカを擦って、俺はその刺激で頭がいっぱいになる。

「フフッ、サーミュ？　気持ち良い？　スッゴく可愛いお顔……♡」

そう言って俺の頬を掌《てのひら》で挟んで見つめるキュルフェも上気した顔をしていて、俺はその色っぽい顔を眺めながらボーッと考えた。

（ああ、そうか、これは気持ちいいのか……）

……ちょっとあんまりにも刺激的すぎたので、気持ちいいと思う暇もなかったんだ。

「ん……キモチ、イ……」

俺が掠《かす》れた声で呟《つぶや》くと、キュルフェがぱあっと嬉しそうな顔をして、スーロンは不満の声をあげた。

「おい、俺がしてるのに、なんでお前が言うんだよ……」

「五月蝿《うるさ》いなぁ。無駄口叩く暇あったら、お口でもサミュを気持ち良くしてあげなよ、兄さん」

キュルフェの悪態に、スーロンがへーへーと軽く返事をして、俺の太腿をさらりと髪の毛が擽《くすぐ》る。

「あ！」っと思う間もなく、パクリと咥《くわ》えられた！

「ぁあっ！　スーロン……ゃ、ダメダメダメダメ……ああっ！」

ナカの一番刺激が強い所をトントンしながらスーロンの舌が俺の裏筋をなぞる。

刺激に弱い俺にはそれだけで充分で。……予想外なタイミングで発射されたスーロンが「んんっ⁉」と慌てた声を出した。もう、それが恥ずかしくて……

「ご、ごめん。スーロ……ぁっ！」

ちゅぱっという音が響いて、俺の羞恥《しゅうち》は限界の更に向こうを突き破る。

（す、吸われちゃった……。ヒエェ……）

ていうか、俺の出したヤツはさっきから何処《どこ》へ⁇　浄化で消えたんだよな⁇

「ああ、本当だ……。懐かしいな、このしゅわしゅわ。確かに、杖代わりにされた時よりポーションの時の魔力に似てる……」

そんなことを言いながらペロリと唇を舐《な》めるスーロンは、いつになくエッチというか妖艶《ようえん》というか……俺は顔を熱くした。スーロンが口を浄化しながらそんな俺にゆっくりと近付き、キスをする。

「ミュー、俺の指は気持ち良かったか？」

なんて、そんなの、聞くなよ……

俺はもう、口がきけなくて、無言でコクコクと頷《うなず》いた。

顔を隠そうとする俺の手を優しくスーロンが封じ、舌で口内を貪《むさぼ》り、思考を溶かす。……キュルフェがまた、俺のナカに指を入れてきて……

二人は何度もそうやって交代で攻め、俺は何度も果てた。

八　一夜明けた瓜坊《うりぼう》令息と潰《つい》えていく可能性

「おーーい？　サミリィ？　大丈夫か??」

いや、大丈夫じゃないよ。

俺は心配そうに覗き込むアゼルをぽんやり見返した。朝起きてからずっと頭がぽわぽわする。昨晩は最終的にどれだけ何をしたのか朧《おぼろ》げだ。気が付くと寝ていて、目が覚めた。

体もベッドも綺麗だったが、三人とも裸で、俺は朝から顔が熱くなる。

そして、スーロンとキュルフェが起きるのを待ち、おはようのキスをして着替えて食堂まで来たんだ。おはようのキスも昨日までとは違って大人のキスだったせいで、俺は朝からなんだかぽわぽわムズムズする……！　のぉぉぉ。思い出しても恥ずかしくて顔が燃えそう！

「サミュエルン、今日はルンルンじゃないな……サミュポワ、サミュポワだ……！」

「いや、呼び方はどーでもいいよ、バカテート！　お熱？　……はないな。何処《どこ》か異常は……」

「……んっ……」

「『ひぇっ!?』」

さわさわと額《ひたい》やら首筋やらを触るアゼルの指が耳を掠《かす》め、思わずピクリ、と体が反応した。

そんな俺を見てテートとアゼルが真っ赤になる。

「おい、アゼル、これは……!!」

「ひぇっ……サミリィ、ごめん！　俺はそんなつもりじゃ……！　ぁわわ……」

「や、アゼル、こっちこそごめん……！」

変な反応をしてアゼル達を慌てさせてしまった俺は、恥ずかしさで顔を火照《ほて》らせた。

「おや、アゼル、テート。……サミュまで。どうしました？　揃ってお顔が真っ赤っ赤ですよ??」

「おー、本当だ。ソバカストリオが赤面トリオに……。中々の眼福だな。どーした？」

朝食のプレートを持って戻ってきたキュルフェとスーロンを見て、昨晩のアレコレを思い出した俺は、更に熱を持つ。それを見て確信したアゼルが「ボフッ！」と更に真っ赤になった。

テートは「アチー」と手でパタパタ自分を扇《あお》いでいる。

もう俺はどうして良いか分からず、目の前のジュースを必死でイッキ飲みした。

「ちょっ……！　スーロン、キュルフェ！　顔貸せ!!　話がある!!」

アゼルが二人を引き摺《ひず》って何処《どこ》かに行ったので、正直ホッとする。

今は、恥ずかしくて二人が傍《そば》にいるだけでドキドキするんだよ……

「やだ、何。どーかしたのか？」

「サミュエル、おはよー♪」

アンリが同じテーブルに座り、ジェインも隣に「ピョン！」と腰掛ける。

「お、おはよう、アンリ、ジェイン」

〝こーゆーこと〟に関して二人ならなんでも知っている気がして、俺はアンリとジェインに昨日のことを話した。けど、二人とも真っ赤になって、食べていたヨーグルトサラダを危《あや》うく詰まらせそうになる。申し訳ない。

「うわぁ、サミュエル、うわぁ……！」

ジェインは口がきけなくなったようだ。

「そ、それで……？　キモチ、良かった⁇　アタ……俺らもいつかは可愛い男の子にそーゆーことしなきゃなんだよな……。その、何処《どこ》が気持ち良かったって……⁇」

アンリは真っ赤になりながらも前のめりで聞いてくる。

俺は恥ずかしくてゴニョゴニョと小声になり、アンリにだけに聞こえるように答えた。

「やだ！　破廉恥《はれんち》！　サミュエルの破廉恥《はれんち》‼」

「酷《ひど》いや！　アンリ！　声がデカい‼」

「キャー！　破廉恥《はれんち》だなんて、サミュエル何を言ったんだよぉ！」

「ジェインまで！　酷《ひど》いや！」

「お、落ち着けって、サミュエルン、アンリ、ジェイン、落ち着け～……」

キーキーキャイキャイと言い合っているところに、のそり、と影が降ってきた。

「早く食べないと授業に遅れちゃうわよ？　可愛いミドル身長同盟さん達♡」

（キ――――！　なんだよぉ！　自分がおっきいからってバカにしてー！）

「ぎゃぁ！　ミカエルが出たー！」

アンリとジェインが慌てて逃げていく。ミカエルに怒ったお陰か、アゼルとスーロンとキュルフェが帰ってくる頃には、俺はすっかり元の調子を取り戻していた。

ちょっぱやでご飯を食べ、良かった良かったと胸を撫《な》で下《お》ろすテートに見送られて俺達は授業に急ぐ。そうして一日乗りきった俺は、夕方にはすっかり昨晩のことなど頭から抜け落ちていた。

だが、今日一日上機嫌だったスーロンとキュルフェは違ったらしい。

夕飯を食べ終えて満足しながら寮室に戻り扉が閉まった途端、飢《う》えた魔物が獲物に飛び付くみたいに抱かれて唇を奪われる。油断していた俺は心臓が口から出るかと思った。

ビックリした。若干怖かった。

比喩《ひゆ》じゃなく、食べられるかと思った。

俺達はそのまま風呂に雪崩《なだれ》込《こ》み、今日は泡風呂ではなかったけど、たっぷり泡立てた石鹸《せっけん》で洗い合った。二人の手付きがいやらしくて、俺は変な声をいっぱい出してしまう。

そして今日も裸でベッドに運ばれた。

「さぁ、サミュ♡　今日もいっぱい気持ち良くなってね♪」

「ちょ、ちょっと待て、キュルフェ、スーロン！　何故《なぜ》、当然のように俺の尻《しり》を弄《いじ》るんだ⁇」

俺は慌てて尻《しり》を手で隠して二人に言った。

「……何故《なぜ》って、お尻《しり》を柔らかくしないと痛いし血が出ますからね……」

ヒエッ。なんだそれ、怖い。

「そうそう、それに、ある程度、指でキモチイイトコを増やしておいたら、ミューがとってもキモチ良くなれるからな。やっぱり、可愛いミューに沢山《たくさん》キモチ良くなってほしいじゃないか」

スーロンの言葉にキュルフェがウンウンと頷《うなず》く。

「そ、そうじゃなくて、何故《なぜ》、俺が当然のように受け入れる側なんだ？　俺だって……攻め入ってみたい……」

最後のほうは声が大分小さくなったが、なんとか俺は二人に主張を伝えられた。

「おや、サミュは攻め入りたいんですか？　分かりました。また今度、サミュが攻め入ってくださいね♪（まぁ、そんな日は来ないけど）でも、攻め入るのは、ある程度経験がないと相手が痛い思いをするので、暫《しばら》くは私達が攻め入りますね♡」

「そうだな、いつか（ミューが強くなって下克上すれば）攻め入れさせてやろうな♪（まぁ、そんな日は来ないが）」

二人の言葉に納得した俺は、おずおずと手をどかし、スーロンの硬くて熱い舌を受け入れた。

「可愛いサミュ……今日も指一本から始めましょうね♡」

そう言って微笑《ほほえ》むキュルフェはすごく妖艶《ようえん》で、見せつけてくる中指の動きに、俺は腹の中がキュッとなった。……昨日、キュルフェに散々弄《いじ》られたイイトコロとやらが……

「ふふっ……まだ何もしてないのに」

何もまだされていないのに緩く立ち上がった俺のちんちんを、キュルフェがつんと軽くつついてから、指を尻《しり》の穴に宛がう。

「……ぁ、ぁあっ……！」

つぷつぷと香油を纏《まと》った指が侵入《はい》ってきて、中で蠢《うごめ》く。まだ慣れない感覚に身を固くする俺を、スーロンが優しくほぐすように体中にキスを落とし、舐《な》め、掌《てのひら》で優しく撫《な》でた。

今日も目眩《めくるめ》く淫《みだ》らな時間が始まるのか、と思う俺の期待に応えるように、キュルフェがイイトコロをつく。俺は仰《の》け反《ぞ》って嬌声《きょうせい》をあげた。

「はっ……ぁ、もう、ぁ、ぁ、ぁあっ……も、あぅ、だぇ……」

静かな寮室に、言葉にならない俺の声とくちゅくちゅという水っぽい音が響く。

頭が、体が、沸騰《ふっとう》したように熱くて、俺は身を捩《よじ》って与えられる快楽から逃げようとした。

だが、スーロンとキュルフェにガッチリと押さえられた足は大きく開いたまま閉じられず、スーロンの左手に易々《やすやす》と封じられた両手はぴくともしない。

元々、スーロンに力では敵わないが、今はもう体にまともに力が入らず、ますます抵抗できない。

「あぁアアッ！　や、やめ……きゅ、るふへ……も、それヤ……だ……ヒィッ！　……す、ろん……あぁ……」

俺のナカにスーロンとキュルフェの中指が一本ずつ入って、矢鱈目鱈《やたらめたら》に動き、イイトコロを突く。その度に体に電気が走って、頭がどうにかなりそうになった。キュルフェの左手が俺のちんちんを覆い、ちょっと腰が動くと先っぽが当たるんだ。

キュルフェはイジワルだから、触れるか触れないかの所に手を添えて、さっきからちっとも動かさない。俺が二人の指の動きに腰を跳ねさせ身を捩《よじ》るのを実に愉《たの》しそうな顔で見ている。

それなのに、俺は……

「あっ、ぁあ、ヤ、もぅ、も、ぁあ、ひぃっ、だ……めっっ——!!」

「サミュ可愛い♡　私の手に先っぽ擦り付けながらイクなんて……」

キュルフェが俺の左乳首を苛《いじ》めていた口を離して、ペロリ、と掌《てのひら》の白濁を舐《な》めとり、見せつける。

俺はそのイジワルな言葉と行動に、顔を背《そむ》けた。

俺のこぼした涙を、スーロンが舐《な》めとる。

「愛しいミュー……。そんなに恥じらうな。イきやすいのは、受け入れる側なら美点だから、な?」

スーロンのばかぁ！　全然フォローになってないやい！

「そうですよ、サミュ。あと、イク時はイクって言えるようになりましょうね♡」

「ひっ、ぁ、ぁ、また……あっ！　あぁっ……！」

イったばっかなのに、ナカの二人の指は俺を休ませるつもりはないらしい。突いたり捏《こ》ねたり擦ったりと、俺を苛《さいな》む。

更にスーロンが白濁にまみれた俺のちんちんをパクリと咥《くわ》えて、舐《な》めたり吸ったりした。あっという間に俺を寸前まで追い詰める。

「イヤ、ヤだ……も、ダメダメダメ……！　ぁあっ！　ダメ！」

「サミュ、イクって言わなきゃ♡」

「ひぃいっ、ぁぁあっ！」

スーロンに咥《くわ》えられて我慢していると、その根元をキュルフェがキュッと掴んでイけなくさせた。

俺はその刺激で一際高い声をあげて悶《もだ》える。スーロンは気にせず裏筋や先端を舌で擽《くすぐ》り、吸い付く。……もう、脳が焼き切れそうだ。

「ほら、サーミュ♡　イきそう？　イかせてほしい？」

ひどいイジワルだと思う。だけど、従うしかなくて。

「ぁ、イ、イク！　イかせてっ！　キュルフェ！　ス……ロン！　あっぁぁ!!　イ、ッツ――!!」

叫ぶように言うと、了解とばかりにちんちんを口でしごかれ、ナカの指が激しく蠢《うごめ》いた。

その行き場のない刺激で全身が爆発しそうになった後、キュルフェの指が俺を解放する。

そんなの、耐えられるワケなくて……。俺はたっぷりと、もう大分薄くなってしまった白濁を放ち、ベッドの中に吸い込まれるように意識を手放す。

「……よくできました♡」

キュルフェが満足げに呟《つぶや》いた声が遠くで聞こえた。

九　唐紅髪婚約者は果てた瓜坊《うりぼう》令息を眺めて余韻に浸る

ぷぅ、ぷぅ、と淫《みだ》らさとは無縁の寝息を立てる可愛い婚約者の髪をさらさらと撫《な》でて、我が異母兄と一緒にうっとり余韻を楽しむ。

くったりと疲れて気絶するように眠ってしまった愛しの君は、少々つついてもむにむにしても、頭上でそこそこ会話が交わされても、起きる気配がない。昨日に引き続き、私とスーロンは取り留めなく会話を交わした。

「全部絞り取って空イキを覚えさせようと思いましたが、その前に気絶しちゃいましたね……」

「あれは、イジメすぎじゃないか……？　カワイソウに……」

あどけない寝顔を見つめながら呟《つぶや》くと、スーロンが苦笑気味に返してくる。

何がカワイソウ、だ。そのカワイソウな泣き顔や身を捩《よじ》って懇願する様《さま》を喰い入るように見つめて大興奮していたクセに。

「なんです？　何か文句でも？　可愛かったでしょう？　はぁ……、サミュの魔力でほろ酔いです。しゅわしゅわパチパチ弾けて、ちょっと火照《ほて》る。シードル酒みたいな魔力ですよね……」

空《あ》いている左手でじんわり温かい胃をさすり、体内をきゅわきゅわと走り回る魔力を愛《め》でる。まだ、まだ消えないでほしい……

「……まぁ、可愛かったよ。すごく可愛かった。くそっ……二人とも悪い婚約者だなぁ……。ああ……俺も少し酔ったかも。確かに酒みたいだな。多幸感もある。……そう考えると、お義父上《ちちうえ》や義兄上《あにうえ》のお相手はどんな気分なんだろうな……」

うっとりとサミュの魔力を可愛がっていたのに、スーロンの一言でお二方の魔力を思い出し、サッと肝が冷える。

「やだ、スーロン……。怖いこと想像させないで……。肝冷えましたよ……」

ハハハ……と乾いた笑いがどちらともなく洩《も》れ、また、ぷぅ、ぷぅ、と寝息を立てている可愛い婚約者を眺める。

可愛い。幾《いく》つになっても出会った頃の初心《うぶ》でよちよちした子豚のまんま。

なのに、強気だったりヤンチャだったり、オネーサンな奴らに頬を赤らめたりと男の子らしいところもあって。それが、私の指一本であんなに乱れて、感じて。なのに、昼間はまた、ヤンチャな男の子に戻っちゃって……。本当に可愛い。無垢《むく》で健全な体に淫《みだ》らな躾《しつけ》を沢山《たくさん》仕込みたくなる♡

「俺も攻め入りたいんですって……スーロン、可愛いと思いません？」

艶々《つやつや》サラサラの短い白髪を指でくるくる弄《もてあそ》びながらスーロンに言う。

「ハハッ……不憫《ふびん》だが、俺達に捕まったのが運の尽きと思って諦めてもらうしかないな……」

ニヤリと悪い笑顔が返ってきた。ああ、なんてカワイソーで可愛い私の子豚君。

(攻め入りたいなんて思えないくらいに受け入れる側の快楽を叩き込んであげるから許してね♡)

ふと、可愛い寝顔から視線を外すと、スーロンが何かを決めかねているような顔をしていた。

「どうしました？　スーロン」

声を掛けると口を開きかけるものの、言葉を探す。それだけで、なんの話か分かってしまった。

「悩んでる時こそ、私に言うべきだよ、兄さん」

促すと、ポリポリと頭を掻《か》きながら重い口を開く。

「その、このままじゃ……窮屈《きゅうくつ》だな、と思ってよ」

「窮屈《きゅうくつ》……？」

予想していた切り出し方と違ったので、思わず、問い返す。

「ほら、俺達、今は王子扱いだが、結婚したら、こっちの貴族として扱うでって、王に言われただろ？　あの時はそれで良いって思ったけどよ……。学園卒業して、結婚して、こっちの貴族になってさ。ハレムナィトから変な奴が来たら、王やコートニー家に保護してもらってよ……」

養子になった際に王に言われたことだ。

今は特別にまだハレムナィトの王子として扱われているが、結婚すれば、爵位を持ったサミュの伴侶扱いになる。サミュには個人的に目をかけているので、王家とコートニー家は全力でハレムナィトから私達を守ってやろう、という話だ。

……スーロンはまだ話し続ける。

「なんか、それって窮屈《きゅうくつ》だなって……。ほら、冒険者してた時は何にも縛られず、俺達は自由だったろ？　それに、アモネイ側に俺達がここにいるって知られちまった。アモネイは可愛いが、奴の爺さんは、孫を守るためなら喜んで俺らを王位継承争いの渦中に戻すだろう」

それは、この間、白薔薇《しろばら》のローズヒップがくれた報告だ。

カズーンは始末されたが、ハレムナィトの悪徳貴族は奴だけじゃない。最近また争いが苛烈《かれつ》になっているとか。

「かといって、王が言うみたいに、ハレムナィトがあの王に侵略されるのも、なんかな……」

あの王はハレムナィトのハーレム制度が欲しいらしい。娶《めと》りたいのは一人だけのクセに。それにしても――

「何が言いたいんです？」

モゴモゴと回りくどいことを言うスーロンを、私は再度促した。

「……ミューに、婚約指輪を贈ったけどよ、あれは俺達が土魔法で作った品で、素材の良さと魔力の籠《こも》り具合には自信があるが、歴史がない。……もっと、歴史もあるものをプレゼントしたくないか？」

「……例えば？」

私の問いに、スーロンがすっと、私の目を見て言う。

「ミューのこの形の良い頭と艶《つや》やかな白髪って、ハレムナィトの王冠がよく似合うと思わないか？」

「…………呆《あき》れた」

一瞬、何を言ったのか分からなくて固まり、その後、ポツリと呟《つぶや》く。

呆《あき》れた……。呆《あき》れたよ、兄さん。……そう言いながらも、顔が笑みを浮かべるのを止められない。

スーロンがそんな私を見て苦笑した。

十　三日目の瓜坊《うりぼう》令息と指二本と一人だった目覚めの時

「……あっ……もぅ、ぁぁぁ、きゅるふぇっっッ～～――!!」

「ふふ、……サミュ、スーロンの指はキモチイー？　体がビクビク跳ねて、とってもキモチ良さそうですね……」

スーロンが俺の中に指を二本入れて掻《か》き混《ま》ぜた。キュルフェがその手を掴んでずぷずぷと抜き差しを始め、俺は仰《の》け反《ぞ》って嬌声《きょうせい》をあげる。

一昨日から、こういうことをするようになって、それが嬉しいのか、今日は朝からスーロンとキュルフェのくっつき度が半端ない。俺もそれが嬉しくて、今日はずっと三人で引っ付いていた気がする。でも、まさか夜まで激しくなるなんて……

「ぁ、ぁぁ、も、ぅう、ッヒィ!?　や、やめてぇ!!　きゅるふぇぇっっあっぁあ～～!!アァ――ッ!!」

もう出ちゃうと思った瞬間、キュルフェがキュッと根元を掴んでイけなくする。俺はその衝撃で腰が浮くほど仰《の》け反《ぞ》り、シーツを掴んで叫んだ。

全身に力が入ったり、伸びたり縮んだり、俺の意思を全く反映せず勝手に体が暴れる。まるで、ナカに沢山《たくさん》の触っちゃいけないスイッチがあって、それを出鱈目《でたらめ》に押しまくられているようだ。

「アハハ……サーミュ♡　ちゃんとイクって言わずにイこうとするから、お仕置きです♡」

「そ、そなっ……ぁぁあっ！　そん、な……ぁ、アァ！　ひぃぃ……!!　や、やめ……！　ゆすら、な……でぇ！　ひぃん！　ッッ――!!」

根元を押さえた俺のちんちんをキュルフェが咥《くわ》えようとして、スーロンと頭をぶつけ、小競合《こぜりあ》いが起きた。

その反動で俺のナカの指と根元の指が左右に揺れ、頭が真っ白になる。

幸い、キュルフェが指をずらしてくれたのでイけたが、押さえられたままだったらどうなったんだろう。ちんちんが爆発するんじゃ……？

はぁはぁと荒い息を吐く俺を眺めながら、スーロンが手で受け止めた俺の白濁を舐《な》めとる。キュルフェは休憩は許さないとばかりにスーロンの指が抜けた俺の穴に自身の指を差し込んできた。

「ひいっ、つ、つめた……！　あぁぁ！」

キュルフェの指はちょっと冷たくて、的確に俺のイイトコロを苛《さいな》んでくる。

「さぁ、サミュ？　今度はちゃんとイクって言ってね？」

そう言うと、彼は俺のちんちんの根元を押さえつつ、パクリと咥《くわ》えた。

……そうして今日も、幾度《いくど》となくスーロンとキュルフェに攻められる。

昨日までと違って、時々軽く肌を撫《な》でながら俺の息が整うのを待ってくれるせいか、今日は昨日までよりずっと長く二人と絡み合っている。

だが、それでもヘトヘトで、思わず回復魔法を掛けようとした時に、スーロンが唇を奪い、キュルフェがちんちんの先をグリグリした。それに違和感を覚える。

（なんだろう……？　回復魔法、使っちゃいけなかったのかな？）

頭の片隅で少し疑問に思ったものの、俺は経験も知識もないから、何か理由があるのかもしれないと思い、素直に快楽に身を委《ゆだ》ねた。明日にでもゆっくり理由を聞いたらいいかな、なんて。

だけど、聞かなくても次の日、俺はその理由を知ることになる。

起きると、いつの間にかコートニー家の王都の邸の俺の部屋だった。

俺は幾《いく》つもキスマークをつけた体にパジャマを着込んでいて、一人で目覚める。

………スーロンも、キュルフェも、何処《どこ》にもいない。

それを把握した瞬間、心にストン、と一つの答えが落ちてきた。

なぜ、あの時回復魔法を阻《はば》んだのか。その答え。

「俺を限界まで疲れさせて、時間稼ぎしたんだな……」

この部屋を三人で使ったのなんてほんの短い期間なのに、随分と部屋が広く、高く、閑散《かんさん》とし、寒々しく感じる。……二人の温かい魔力が恋しかった。

二人の思惑通り俺は疲れ果ててぐっすり眠ったらしく、もう、昼下がりだ。

今から行っても追い付けないくらい引き離されているんだろう。

「酷《ひど》いや……」

俺はベッドの上で膝を抱え、メソメソ泣いた。

「……サーミ……起きたのか」

暫《しばら》くして兄上が部屋に入ってきた。

兄上が言うには、案の定、二人は俺を置いてハレムナィトに向かったらしい。

ちょっと用があって出掛けただけで、すぐ帰ってくるんだそうだ。

こないだのカズーンの時にダンジョンコアを創るという離れ業をしたんだし、暫《しばら》く休養しなさいと言って、兄上は俺に軽食と果物を出す。でも、俺はメソメソ泣いたまま顔を上げず、返事もせず、食事にも手を着けず、ほとほと兄上を困らせた。

ごめんね、兄上。

でも、二人が兄上には事情を話して、俺には何も言わなかったことがまだ腹立たしいんだ。

俺から武器を取り上げて、追い掛けられないように結界を張りまくった部屋に閉じ込めて見張っている兄上も、ちょっと腹が立つ……。俺を思ってのことなんだろうけどさ。

「うー！　うーうー！　う――!!」

俺は悔しくって淋しくって、枕をバシバシ叩く。

何がちょっと用事だよ！　またカズーンみたいなのが来ないように、方を付けてくるんだろう？　王家から除籍するって言ったって、納得しない奴が沢山《たくさん》いるんだろ。

ポーションは持ったのかな??　他の魔法薬は？

ばか！　ばかばかばかばか!!　スーロンのばか！　キュルフェのばか！

置いてくなよ！　心配だよ！　淋しいよ！　逢《あ》いたいよ!!

俺のエゴでカズーンを隠そうとしたように、二人も俺が怒るって分かっていても俺を置いていったんだ。だから、本当は俺に怒る資格はない。

それでも淋しくて、足手まといって言われたみたいで悔しくて、恋しくて、心配で、俺はメソメソ泣いたり怒ったりして一日を過ごした。

……結局、その日は出されたご飯を食べず、兄上とも父上とも、バーマンやアマンダ、他の様子を見に来た使用人の誰とも口を聞かず、目も合わさず過ごした。

「……サミリィ？　……入るぜ？」

次の日。メソもそしながら過ごしていると、人の気配がした。

慌てて布団を被《かぶ》って寝た振りをしたところに、コンコンとノックされて、アゼルが入ってくる。

(アゼルも知ってた感じだな??)

俺はその事実にムッカリして、布団から顔すら出さなかった。

「ふへへ……昔のサミリィじゃ、考えられない姿だな……。怒って誰とも口きかなくなるなんてさ」

笑って言うアゼルに俺はつられそうになる。

確かに、昔はこんなふうに怒って人を困らせちゃいけないって思っていたし、喜んだり笑ったりも、穏やかな範囲に抑えなきゃいけない気がしていたな。どうしてだろう？

あ、違うや。それが貴族ですって習ったんだった。

そーか。冒険者していた間に俺って結構変わったんだなぁ……

キシリ。

アゼルがベッドに腰掛けたらしく、マットが軋《きし》む。

「それにしても、やるじゃないかサミリィ……。ロレンツォ様をあんなに困らせるなんて。ププッ……。ほとほと困ってたぞ？　どうしてよいか分からなくて、俺に連絡してくるくらいだからな」

ぷぷぷ……くくくくっ……

アゼルが笑いを堪《こら》えきれずに震え、俺はそっと布団から顔を出した。

「アゼルはスーロンとキュルフェのこと、いつ知ったの⁇」

「俺は昨日ロレンツォ様から聞いた。ロレンツォ様や侯爵、王様達には、一昨日《おととい》連絡してたみたいだ」

そうなんだ……。一昨日、いつもよりペタペタと磁石みたいに引っ付いてきてた二人を思い出して、俺は不貞腐《ふてくさ》れる。

「フフッ……サミリィ、ほっぺを膨らますなよ、布団に籠《こも》ってて赤いから林檎《りんご》みたいだ。……な、サミリィが好きそうな焼き菓子を作る店が新しくできたんだよ。食べよーぜ。ほら、あーん♡」

アゼルが胸ポケットから上等そうな箱を出し、中から一粒のポルボローネらしき白い玉を取る。拒否する前に左手でぷるっと俺の下唇をつまみ、開いた隙間にキュッとそれを押し付けた。

丁度、唇でポルボローネを咥《くわ》える形になる。

歯は閉じているが、一日何も食べていない身に、微《かす》かに香る粉砂糖とバターがやけに突き刺さった。

「サミリィ、食べろよ。美味《おい》しいから」

ここで食べたら負けた気がするんだよね。

「サミリィが食べないなら、……俺が貰《もら》っちゃうよ？」

まるでキスでもするかのように、不意にアゼルの唇が俺の唇に迫ってきたので、俺は慌ててポルボローネを口の中にしまい込んだ。

しゅわっ……と粉砂糖が舌の上で溶け、甘い風味が広がる。

鼻と鼻がくっつきそうな距離まで来ていたアゼルの顔が、ニヤーリと悪い顔して笑った。

(くぅっ……負けた)

体が、魔力が、みるみる飢《う》えを思い出して騒ぐ。

ゴゴゴぉぉおるぉるぉゴォオぎゅぎゅギュルゴォォォるるきゅるきゅる〜〜〜……きゅっ♡

「ヘヘヘッ……任せろサミリィ！　いっぱい持ってきたから♡」

ガパッと開いたアゼルの鞄の中には、目眩《めくるめ》く甘味の世界が広がっていた。

ふわぁ〜〜〜〜ぉ♡

「ほら、あーん♡」

「あーん♡」

それから暫《しばら》く。俺はすっかりアゼルが持ってきた甘味に屈服していた。旨《うま》い。

お菓子だけだと栄養が……と一番下から出してきた野菜と豆と挽肉が詰まったパイも美味《おい》しかった。あまりの旨《うま》さに、アゼルには一口しかあげられなかったほどだ。

その後、エクレアだとかシュークリームだとか、よく潰さずに持ってこられたと思うお菓子を食べて、更に何処《どこ》からともなく出てきた紅茶を飲み、今は白薔薇のジャムの一口タルトを食べさせてもらっている。

「んー♡　苦めの紅茶と白薔薇《しろばら》のジャムって合うよねぇ♪」

「……へへ、王宮の味がするだろ？」

アゼルの言葉に俺はコクコクと頷《うなず》いた。それにしても、兄上に頼まれて来たのに白薔薇《しろばら》だなんて……アゼルってワルで大人な感じがして格好良いな！

「……なぁ、サミリィは、さ……そんなにアイツらのこと、……………好きなの……？」

ポツリとアゼルが呟《つぶや》く。なんだろう、俺、いつの間にか惚気《のろけ》ちゃった??

「や。そんなしょげしょげになってもさ、素直にここに閉《と》じ籠《こも》ってんの、アイツらの望みだからだろ……？」

彼の言葉に、そのことか、と再び頷《うなず》いた。

「俺もこの間の魔物狩りの時、二人の気持ちより自分のエゴを優先したからな……」

おあいこだ、と苦笑いすると、彼も苦笑した。

「恋仲とか伴侶ってのはさ、一回我《わ》が儘《まま》きいてもらったから一回向こうのもきこう、なんて関係じゃ、ないんじゃないか？　……お互い、ぶつかる想いやエゴ、主張があるだろうよ……。それを、ぶつけて、擦り合わせて、……そうやってお互いの関係を作っていくんだろう？」

取引じゃないんだからさ、と笑うアゼルに、俺はそうだね、と曖昧《あいまい》に笑って返した。

アゼルの言葉は衝撃的で、じわじわと俺の中で広がっていく。

「あーあ……最初に婚約したのがビクトールじゃなくて俺だったらなぁ……。俺なら絶対、サミリィを離したりしなかったのに。そんで無茶苦茶愛して、絶対幸せにしたのにな」

「確かに、アゼルはそーゆー感じするな！」

俺はふっ、と笑う。

アゼルに愛される人はきっと幸せになれるだろうな。スーロンやキュルフェ並みに完璧超人だもん。

「だろー？　サミリィ、アイツらに愛想つかしたらいつでも俺の所に来いよ！　幸せにしてやるぜー？」

胸を張ってウィンクしながら言う彼に、俺はケラケラと笑った。

アゼルも笑って、それが余計に楽しくなり、暫《しばら》く俺達は笑い合う。

……その後、俺が来ないからテートが悄気《しょげ》ているとか、アモネイとタンタンが最近ビクトールを連れ回して楽しそうにしているとか、学校のことを幾《いく》つか聞く。何をするにしてもご飯はしっかり食べて、と言い残してアゼルは帰っていった。

……俺は、ちょっとだけ考え事をした。


アゼルと少し話して落ち着いた俺は、風呂に入ることにした。

脱衣所、浴室、バスタブ。何処《どこ》もかしこもスーロンとキュルフェとの思い出だらけだ。

妙に引《ひ》っ掻《か》き回《まわ》される心に、俺も大人になったんだなと思いながら湯船に浸かり、物思いに耽《ふけ》る。

ザバッ……!!

「よし！」

ゆらゆら揺らぐ湯船をぶち破って勢い良くバスタブから飛び出た俺は、もう迷いも、メソも、していなかった。

新しいパジャマに着替えて布団に潜り込む。

部屋の外には何人張り付いてるのかな？　こっそり窓の外を見てみたけど、特に誰かが見張っている様子はない。

(でも、この結界を破ったら流石《さすが》にバレるよね)

兄上、父上、バーマン、アマンダ、庭師のテリーラン。……戦闘スキルが高いのはこの五人くらいだ。

ただ、数で来られたら……。結構、末端までコートニー家の使用人は統率が取れているからな……

護衛騎士とか、門番とかをしてくれている戦闘職の皆も出し抜かないとかぁ。

やっぱり、そうなると、動くのは夜中かな??　でも、兄上や父上がいない昼間のほうが戦力が劣る気もする。

俺は枕の端っこのツルツルした角を指で弄《もてあそ》びながら思考した。

相棒のミスリルスレッジハンマーがあれば大分違うんだけどな。

(そうだ、ポーション用にゴッソリ貯めてた魔力！)

机の抽斗《ひきだし》を確認すると、空《から》の魔石に溜め込んだ俺の魔力がじゃらじゃら入っていた。やったぜ！

全部革袋に入っているのを確かめ、俺はそのまま抽斗《ひきだし》を閉めてベッドに戻る。

取《と》り敢《あ》えず、夜中に向けて睡眠を取ろう。

——かたり、カチャカチャと、食器が微《かす》かに触れる音が聞こえる。

そっと、様子を窺《うかが》うと、バーマンが食事の用意をしていた。

「おはようございます、坊っちゃん。お夕食ですよ……」

慈愛に満ちたバーマンの声は最後のほうで立ち消える。

アゼルが食べさせてくれた甘味で腹が膨れたのだろう。どうやら昼を抜かして眠りこけたらしい。

（心配かけちゃったな……）

もそり、とベッドから出ると、ホッとしたようにバーマンが微笑《ほほえ》む。

彼が教えてくれた情報によると、父上は今、領地に戻っていて、数日帰ってこないらしい。

俺が食事を取ると知って、兄上がやってきた。

兄上は今まで見たことないくらいに悄《しょ》気《げ》ていたが、この結界を解く気はないようだ。

久し振りの、兄上と俺との二人だけの食事。

簡単なコカトリスのグリルと、野菜沢山《たくさん》のスープ、温かく柔らかい焼き立てパン。

お互い探り探りの会話は、表面上、和《なご》やかに進む。

（……俺は家出して四年帰ってこなかった前科があるからな……）

分かったのは、スーロンとキュルフェから兄上が俺の保護を依頼されたこと、バーマンも兄上も俺をすごく心配していること、現状、脱出するにはちょっと手こずりそうってこと、だ。

ちょくちょく黙り込む俺に苦笑しながら、兄上は俺の額《ひたい》にお休みのキスをして自室に戻っていった。

……今日は脱出は無理そうだったので、俺は素直に眠りにつく。


夜中にふと、目が覚めた。……まぁ、昼間たっぷり寝たしな。

忍び足で窓に近付き外を確認する。視認できる見張りはいないが、結界のせいで気配が読めない。見えない所にどれだけいるか分からないな。

次に、そっとドアに近付いてみた。耳を当てると結界に触れてしまう。詰んだなぁ……

と、ドアが少しだけ開いた。

「坊っちゃん、今日は無理ですからお休みなさい。また明日」

バーマンがこしょっと囁《ささや》く。

中からは分からないのに、外からは気配が分かるのか！　俺が思っていたより高度な結界だったらしい。兄上も腕を上げたなぁ！

とろりと甘い花の香りが部屋に充満して、慌てて俺は息を止める。が、ちくりと首元に刺激を感じた後、呆気《あっけ》なく意識を手放した。

（ガスとまち針の二段攻撃かぁ……ウムムムムム……）


起きたら朝だった。アマンダに優しく頬を撫《な》でられ、目を覚ます。

「おはようございます、坊っちゃん。坊っちゃん？　このくらいでへこたれてはダメですよ……。

アマンダは坊っちゃんをそんなヤワに育てた覚えはありません。さぁ、シャンとしてちょうだいな、アマンダの可愛い王子様♡　どんな時も、王子様《プリンス》の気概を忘れちゃダメですよ！」

まだ眠いと愚図る俺をアマンダが優しく髪を撫《な》でながら説《と》く。

王子様……ああ、そうだ……。昔、俺はとびっきりの格好いい王子様を目指していたんだっけ。どんな困難にも立ち向かい、どんな場所にも駆けつけるんだ。強くて、魔法が上手で……、伴侶のために……。ビクトールと婚約して、彼が俺をお姫様みたいに扱うから、いつの間にか王子様ごっこは憚《はばか》られ……

そういや、王様とアマンダは最後まで王子様扱いしてくれていたっけ……。懐かしいな……

それにしても、眠い……。どうしてこんなに眠いのかな……。そんなことを考え、体の中に違和感があることに気付く。そうだった。昨日ガスとまち針の二段攻撃で撃沈したんだった。……くぅっ……俺もまだまだだな……

体内浄化を唱えて待つ。俺の魔力達が中心から順に目覚めてきゅわきゅわと活発になっていった。

「……おはよう、アマンダ」

体の様子を確かめつつアマンダに返事をすると、とびっきりの笑顔が返ってくる。

「さ、腹が減ってはなんとやら、ですよ、坊っちゃん。ご飯をしっかり食べて元気出して！」

アマンダの言葉に俺は「オー！」と元気良く応えて、朝の支度に取り掛かった。

(ありがとう、アマンダ。俺はへこたれないよ！)

「もうすぐ、アゼル様がいらっしゃいますから、こちらのテーブルに朝食を置いておきますね」

身嗜《みだしな》みを整えた俺に、ちょっと赤面しながらアマンダが言う。

なんでも、大人になった俺のボディの刺激が強くて、着替えを手伝うだけで恥じらっちゃうんだって。なんだか照れるな♪　スーロン達からみたらまだまだだけど、やっぱり俺、イイカラダなんだ！　俺はそっと力瘤《ちからこぶ》を作って撫《な》でた。ウンウン。

上機嫌で席に着いたタイミングで、アゼルが部屋に入ってくる。アマンダが二人分の紅茶を注いで退室した。

「おはよう、サミリィ♪　大分顔色が良くなったな」

「おはよう、アゼル。昨日はありがとう！　俺、アゼルのお陰で決心がついたよ！」

にこやかに言ってテーブルに着くアゼルを歓迎し、俺は朝食をもりもり食べながら現状を話した。

「そっか。……王様は、いつでもサミリィの味方だってさ。脱出するんなら、今日の夜、未明くらいがお奨めだって。夜中に差し掛かる頃に、北で魔物が出たって誤報でロレンツォ様は急遽、遠征に行くらしい」

「わぁ、何から何までありがとうアゼル！　出れたら王様にもお礼言わなきゃだ♪」

ニコニコ言う俺に、彼が気まずそうに小瓶を出す。

「それと、これは……睡眠薬。食後に飲んでって。……王様曰《いわ》く、嘘つかれへん子はバレへんように決行の時まで眠ってて。だってさ……。正直、そう言って、それが嘘の可能性もあると思うんだけど……」

どうやら、アゼルは王様が信用できないみたいだった。まぁ、目的のためには手段は選ばへん！

騙《だま》されるほうが悪いやん！　って言う人だもんなぁ。

俺は食後、デザートとお喋《しゃべ》りを楽しんだ後、最後のお茶に睡眠薬を全部混ぜて飲み干した。

睡眠薬は白薔薇《しろばら》の香りが付けてあって、俺はすぐに目がとろとろになる。

アゼルは眠りにつくまで傍《そば》で俺の髪を撫《な》でてくれた。この後、俺がしっかり眠ったのを確認して兄上に報告し、油断させるんだそうだ。

ベッドに意識が沈み込む瞬間、微《かす》かに、額《ひたい》に柔らかい感触を感じた気がした。


キィ……っと音がして、ふと目が覚める。もそっと枕から顔を上げると、アマンダだ。

いつもの優しいものとは違う、肉食獣の凶暴さを孕《はら》んだ笑顔で俺を見つめている。

その手には、俺の相棒、ミスリルスレッジハンマーが握られていた。

「坊っちゃん♡　よく眠れましたか？」

いつもと違う雰囲気なのに、声だけはいつものままなアマンダに、俺はドキリとする。

「あ……アマンダ、なんだかカッコイイ！　凄《すご》いや！」

コショコショ声で話したつもりが少し大きくなっちゃって、アマンダに「シィ――！」と叱《しか》られた。ゴメン……！

「さぁ、ウジウジ引《ひ》き籠《こも》るだけのお時間は終わりです。ガツンと坊っちゃんの気持ちを見せつけてやりましょう♡」

太くて逞《たくま》しい腕を腕捲《うでまく》りしてウィンクするアマンダはとっても素敵で頼もしくて、俺もつい、

「ふもー！」っと鼻息が荒くなった。俺もいつか、アマンダみたいに頼れる人になりたいな！

懐かしのタンクトップとツナギに着替えてハンマーを受け取り、机の抽斗《ひきだし》から俺の魔力の塊《かたまり》がじゃらじゃら入った袋をひっつかむ。そうして俺はアマンダに従って部屋を出た。

部屋の外では護衛をしていたらしき使用人と騎士が眠りこけている。

俺とアマンダは彼らの足の間を縫って歩く。夜中の廊下は、ドキドキした。

……万事恙《つつが》なく屋敷を出て、中庭を突っ切っていると、前方にバーマンが現れる。

「坊っちゃん、アマンダ、止まってください。手荒な真似はしたくありませんので……」

腕をクロスさせた構えのバーマンの指先には無数のまち針が煌《きら》めいていた。

警戒してスピードを緩めかけた俺をアマンダが叱咤《しった》する。

「坊っちゃん、あれは幻《まぼろし》だと思って全速で駆け抜けますよ!!」

（いやいや、あれは紛《まご》うことなき実体を持ったバーマンですよ）

そう思ったが、きっとアマンダにはちゃんと策があるんだ。俺は減速せずに突っ込む。

バーマンの体が、ぐぐっと力を溜めるように撓《たわ》んだ。

「アマンダ、悪い子ですね……」

次の瞬間、ギラリと無数のまち針が飛び出してきたが、俺達に届く前に太い茨《いばら》に阻《はば》まれる。

「……なんと！　……くっ、しくじりましたね」

中庭の植え込みから無数の白薔薇《しろばら》のローズヒップが出てきてバーマンを阻《はば》み、茨《いばら》の鞭《むち》で拘束したのだ。俺達はその横を駆け抜け、茨《いばら》がバーマンを俺達の進路から排除した。

すれ違う時、バーマンが縋《すが》るような目で見てきたが、俺の決心は変わらない。

「ごめん、バーマン。いつも心配かけて……。でも、俺、行くね」

「坊っちゃん！　……なりません！」

後ろで茨《いばら》を引き千切り、バーマンが俺達を留めようと攻撃態勢に入る気配がした。

でも、アマンダは止まらない。俺も止まらない。

不意に、俺達の前に月明かりに照らされた人影が浮かびあがる。

サラリとした銀髪、アマンダより少し低い長身の、逞《たくま》しくもスラッとした体。ラフな麻のシャツとシンプルなズボン、足もとはよく使い込まれた長靴だ。

（庭師のテリーラン！）

俺は少し……いや、かなり驚いた。

普段は麦わら帽子の下の髪を緩く三つ編みにして、ツナギと手袋と長靴、首に必ずタオルを掛けているので、分からなかった。私服だとイケメンなんだな……

場違いな感想を抱く俺をよそに、テリーランはここは任せろ、とばかりにクイッと親指で後方を指し示し、「パチン！」とアマンダとハイタッチして、バーマンと対峙する。

（なんか格好いい！）

俺とアマンダは邸の塀をひょいと乗り越え、そこに停まっていた馬車目掛けて跳んだ。

アマンダがドシリ、と馬車の屋根に張り付き、俺は馬車から飛び出した腕に抱き留められて中に引《ひ》き摺《ず》り込《こ》まれる。王家の紋章付の豪華絢爛《ごうかけんらん》な馬車が勢い良く駆け出す。

俺を抱き締める逞《たくま》しい腕と胸板、白薔薇《しろばら》の香り、バチバチと火花や閃光《せんこう》のように弾ける魔力。

懐かしさに包まれて、俺はちょっとだけ休息を取った。

十一　コートニー家執事長と坊っちゃん過激派VS．坊っちゃん穏健派

月明かりの中、コートニー家の色とりどりの薔薇《ばら》が風に揺れ、香りを放つ。

その中心で、コートニー家執事長バーマンは歯噛みしていた。

「私があと三十年若ければ、このような庭師の小細工などにしてやられることはなかったのですがね……」

小さく賢《さか》しそうな無数のローズヒップがゆらりゆらりと花に溶け込みつつ周りをゆっくり回っている。

（魔力の少なさを、王のローズヒップの残滓《ざんし》でカバーして作ったのですか……。お陰でテリーランの合理性と王の狡猾《こうかつ》で粘着質な性質を持った、非常に厄介《やっかい》なローズヒップになったようです……）

「バーマン様！」

坊っちゃんの脱走に気付いたらしき使用人達が助っ人に来たのかと、ホッとしたのも束の間、既《すで》に戦闘の跡が窺《うかが》える彼らに、バーマンは眉をひそめた。次の瞬間には、テリーラン側に数名加わり、彼は心底ウンザリする。

副料理長に厩番《うまやばん》、門番の一人、侍従チーフのうちの二人……

「まぁ、なんと……。老骨に鞭打《むちう》つ悪ガキどもの多いことか……」

だが、こうしている間にも坊っちゃんは危険に晒《さら》されているのだ。

バーマンは軽く背後に合図してから、月明かりを受けて煌《きら》めく無数のまち針を放った。それに合わせて、背後の使用人達が四方八方に飛び、テリーラン側のメンバーも各々《おのおの》相手を定めて飛ぶ。

ギィイン！　ガン！　ガンドン！　ギャリギャリギャリギャリ……!!

包丁とシルバートレイが月明かりを反射しつつぶつかり合い、耳障《みみざわ》りな音を立てて火花を散らす。

茨《いばら》の鞭《むち》と包丁を避けた使用人が一人、アイロンサックの重い一撃を喰らってダウン。バーマンは踵《かかと》に仕込んだナイフと石畳をチーズケーキのようにカットできるペーパーナイフで応戦するも、一人、また一人と味方が石畳に沈んでいく。

「何故《なぜ》です……！　何故《なぜ》、過激派と呼ばれたお前達が邪魔をするのですっ！」

普段、温厚なバーマンが珍しく感情を乱して問う。庭師テリーランはサラリと涼しい藍色《あいいろ》の瞳で見返した。

「過激派、というのはそっちが付けた名だ。俺達はいつだって……坊っちゃんの幸せを望んでいるにすぎない……」

「……くっ！　……」

一瞬動きを止めた隙に、薔薇《ばら》の蔦《つた》がバーマンの足首に巻き付く。それを切り離す間に胴に、腕にと巻き付き、あっという間にバーマンは指先一つ動かせないほど拘束されてしまった。

「バーマン様、坊っちゃんがダンジョンに吸収されかかったと聞いて不安になられるのは分かります。ですが……」

侍従チーフが沈痛な面持《おもも》ちで言う。

「ですが、四年前……、坊っちゃんを守るために、坊っちゃんを領地に軟禁しようと考えた我々を諫《いさ》めた、あの頃のお気持ちを思い出してください」

その言葉の後を副料理長が継ぐ。

「そして、今一度、己の行為が坊っちゃんの幸せに繋がるか、考えてみていただきたい」

最後にテリーランがそう呟《つぶや》き、沈黙が訪れた。

（……坊っちゃんの幸せ……。ああ、そうか……。いつの間にか私は……）

「いつの間にか私は……、自分の不安を解消させるために、坊っちゃんを保護しようとしていたようですね……」

フッ、と静かに自嘲《じちょう》したバーマンは抵抗をやめ、テリーランのローズヒップが放つとろりと甘い花の香りを胸一杯吸い込んだ。……昨日、自分が坊っちゃんに嗅《か》がせたのと同じ眠りガスを……

第四章　十八歳は無鉄砲戦士《フールハーディー》

一　夜明けの瓜坊《うりぼう》令息と泡沫《うたかた》の夢と

デデデデデデデデ…………

大きな白薔薇《しろばら》のローズヒップが二頭、夜明けの街道を疾走《はし》る。

俺とアマンダは今、王様が用意してくれたローズヒップに乗って一路ハレムナイトを目指していた。

少しでも体力と魔力を温存しろと王様がくれた、たっぷり魔力を詰め込まれたローズヒップは経験したことのない速さで爆走している。

「ウハハハハハハ……！　俺様は剛胆なる閃光の斬撃《スラッシュ・ゴータン》を放つ者！　サミュエル様だぁ――!!　ウハハハハ……ぃでっ!!」

「坊っちゃん、お静かに……。まだ追っ手が来ないとは限らないんだから」

ローズヒップの爆走が懐かしくて全知全能だった頃のようにはしゃいでいると、舌を噛んだ上にアマンダに叱《しか》られた。

ローズヒップは魔力の限り進んでくれる。なので、やることがない。

俺はローズヒップの背中にごろりと寝転んで微睡《まどろ》むことにした。アマンダが魔導武器を手入れする音がカチャカチャと聞こえる。……スーロンとキュルフェは何処《どこ》にいるんだろう……

（ごめんね。スーロン、キュルフェ……。俺、大人しくお留守番できない性分だったみたい）

デデデデデデデデデデデデデデデ………

走るローズヒップのかさついた花弁に頬擦りする。そんな俺の気持ちを肯定するように優しい白《しろ》薔薇《ばら》の香りが漂《ただよ》う。

……そして、夢を見た。

スーロンとキュルフェが街道をひた走り、時々短い休憩を入れてまた走る。

二人の体内にはまだ俺の魔力が残っているみたいで、休憩の度にそれを愛《め》で、指輪に口付けしていた。

（ズルいなぁ）

二人とも、俺には何も残してくれなかったのに、自分達は俺の魔力をたっぷり持っていて、寂しくなさそうだ。俺にも少し二人の魔力を残しておいてくれれば、こんなに寂しくなかったのに。

二人は砂漠に突入し、向かいくる砂嵐にも、熱砂の吹き付けにもスピードを緩めることなく走り続けた。途中に、オアシスで長めの休息を取る。魔力体力を全快させて、ハレムナイトに行くつもりらしい。

（しっかり休めますように……）

そう願った途端、何かが途切れて二人の姿が揺らぎ、離れていく。

二人は腹を押さえて驚いたように辺りを見回している。

(あ、そっか。そっちに使うからこっちは切れるのか。成る程ね……)

「……坊っちゃん、そろそろ国境です。起きて……」

アマンダに起こされて、俺は夢から覚める。

(うぅ……もう少し二人の傍《そば》に……あれ？　……どんな……夢見てたっけ？)

二　耽溺《たんでき》するハーレム王と彼ができる唯一のこと

仄暗《ほのぐら》く、噎《む》せ返《かえ》るような麝香《じゃこう》と花の薫りがたちこめる室内、ハレムナィト王国の国王、ラヘマー・スルトゥム・ハレムナィトは腰を動かし続けていた。

組み敷いた男の愛らしい嬌声《きょうせい》と、腰元から齎《もたら》される甘い快楽だけが、彼の退屈を紛《まぎ》らわせてくれる。

いつからかは知らないが、何代も前からこの国の王のやることはほぼ子作りしかない。退屈だが、身の安全は保証されるので、王子達は皆、必死で王を目指す。ラヘマーもそうやって唯一人生き残り、王になった。そして、その瞬間から息子達の父や側近が、それぞれの大事な王子のために功績を求め、お互いに毒を盛り合い、殺し合いながら、ラヘマーの仕事を奪っていったのだ。

王になり初めて訪れた安全な日々、熟睡できる日々を喜びつつも心の何処《どこ》かが死んでいく。

そして、自分を置いて死んでいく息子や寵夫達を忘れるために、快楽にのめり込むようなった。

とうに味覚を失った舌に寵夫達の肌だけが甘く、いつの間にかその甘さに溺《おぼ》れ、ひたすら後宮へ閉じ込めてはその甘露《かんろ》を貪《むさぼ》った。

なるべく夫も息子も名前を覚えず、魔力を振り絞って次から次に孕《はら》ませ、次から次へと新しい夫も増やした。

……増やし続ければ、減ったことに気付かずに済むから。

「あっ……もぅ、……王よ……！　ぁあっ!!」

かつて、我が君、とラヘマーを呼ぶ者がいた。

かつて、愛しい人、とラヘマーを呼ぶ者がいた。

かつて、ラヘム、と呼ぶ者が。

ラム、と呼ぶ者が。

我が王、と呼ぶ者が。

私の王子、と呼ぶ者が。

一つ、また一つと思い出になり、いつからか、誰にも名を呼ばせないようになった。

ただ王と呼ばせ、全ての寵夫を夫《つま》と呼び、全ての息子を王子と呼んだ。

この国に個は存在しない。王が在《あ》り、夫と王子が在《あ》り、臣下と民が在《あ》る。

連綿《れんめん》と続く、王や王子という役割の、新陳代謝する細胞の一つだという考えは、ラヘマーの心を麻痺《まひ》させてくれた。

喘《あえ》ぎ疲れてくったりとする可愛い寵夫の唇を食《は》み、腰を押し付け、奥の奥へ自身の切っ先を差し入れる。

すぎる快楽に体を痙攣《けいれん》させて涙をこぼす寵夫の悲鳴を呑み込んで、王はうっそりと笑った。

そろそろ、王の新陳代謝が近い。

ラヘマーは生来、臆病だ。死にたくない一心で逃げ惑い、ラヘマー以外の全ての王子を殺した兄を、死にたくない一心で殺し、気が付けば唯一の王子になっていた。先王は、唯一の王子となったラヘマーに自身の安全を誓約させて、王位を継承させる。だが、王位を継承して間もなく、先王は呆気《あっけ》なく死んだ。

王位継承の仕方は王しか知らない。それが、王が絶対に安全な理由だ。

つまり、用済みとなった王は、王子に安全を誓約させても、誰かしらに殺される。

また全てに怯《おび》えて暮らす日々がやってくる。そう恐怖しながらも、ラヘマーはとっとと解放してくれと、その瞬間を待ち望んでもいた。

彼は寵夫の奥の奥に何度も切っ先を打ち付ける。

「王……！　うぐっ！　ぁぁあ！　や、ひぃぃぃ!!」

ドガッ!!

「キャアアッ!?　……あっ、あぁ……！」

「ッッ……!!」

勢い良く寝所の扉がぶっ飛ぶ。驚いた寵夫が悲鳴を上げてナカを締め付けたせいで、ラヘマーは驚く間もなく果ててしまった。

Θ　Θ　Θ

「やっほー！　久しぶりだな、我が父王よ！　玉座から引《ひ》き摺《ず》り下《お》ろしに来たぞ！」

「ハイ♡　お元気そうで何よりです、王」

蹴り飛ばした扉の残骸《ざんがい》を踏みつけ、ズカズカと寝所に入ってきたのは、数年前に一気にいなくなった王子の内の二人だった。マゼンタの髪の王子が、逃げ出そうとした寵夫に手刀を入れて眠らせる。

あの時いなくなった王子達の中で帰ってきた者は皆、ひどく傷つき、心をなくした者もいたのに、二人は五体満足で最後に見た時より溌剌《はつらつ》としていた。

「王よ、どんな拷問をしても死なないように、たっぷりポーションと魔法薬を持ってきたぞ♪」

「しっかり結界も張りましたから、助けを期待しても無理ですよ♡」

紅色の髪の王子がぎっしり薬瓶が詰まった鞄を見せ、マゼンタの髪の王子が魔力をぎっしり詰めた魔石をジャラジャラと巾着から出す。数十年ぶりにラヘマーが気配を探ると、寝所の周りに強固な結界が張られていた。ハレムナイトにこれを簡単に破れる者はいないだろう。

あれだけ魔石があれば、どんな攻撃を受けても一週間はこの結界を維持できる。

（そうか。こんな手が、あったんだな……）

目の前に二人いる王子を、ラヘマーは見つめた。

(次は俺が殺される。と、死にたくない一心で、唯一俺が殺した兄。……果たして、兄は俺を殺すつもりだっただろうか……)

死の間際に優しくラヘマーの頬を撫《な》でた兄の、血塗れの掌《てのひら》。それを思い出す度に過《よぎ》った疑問。何度も忘れようとしたそれ。

……だが、それは疑問ではなかった。

ラヘマーが兄は自身を殺すつもりがなかったと信じたかったのだ。そのせいで罪悪感に苛《さいな》まれても。

そして、目の前の二人の王子なら王になっても他の王子を手に掛けないと信じたいのだ。

(否、信じよう。…………もう、王子は減らない)

ラヘマーは軽く抵抗する素振りを見せてから、継承方法を伝えた。

自身の血は塩と鉄の味がする。ポーションは苦くて渋くて辛《から》くて、微《かす》かに甘い。死神がヒタヒタと這《は》い寄《よ》り枕元に張り付いて、その熱視線で体中を灼《や》く幻覚を見ながら、ラヘマーは久々の感覚に耽溺《たんでき》した。

三　夢は霞《かす》み、瓜坊《うりぼう》令息は朝焼けの街道を駆ける

「坊っちゃん、そろそろ国境です。起きて……」

アマンダに起こされて夢から覚めた。

……どんな……夢見てたっけ？

少し気分が良い。二人の夢でも見たのかな？　なんとなく二人から贈られた婚約指輪に口付けしてから前に向き直る。

（さて、どうやって越えようかな）

街道に設置されている関所がみるみる近付くのを眺めつつ思案していると、アマンダの乗っているローズヒップが口から「ベッ！」と狼型の魔物を吐き出した。

「ギャン！　キャイン!!」

転がり出たところに茨《いばら》で鞭打《むちう》たれ、魔物は訳も分からず走り出す。ローズヒップがとすとすと棘《とげ》を飛ばし、関所に追い立てられた魔物がギャンギャン喚《わめ》きながら駆けていく。

「あら、おやつかと思ってたら、囮《おとり》だったのね」

アマンダが感心したように呟《つぶや》いた。俺が眠っている間に走りながら捕まえていたそうだ。

（王様のローズヒップって、やっぱり賢いなぁ！）

ワァワァと魔物を退治しようと、常駐の兵や騎士達がそちらに集まる。

俺達はその隙にガラ空《あ》きになった箇所を気配遮断などを掛けながら通り抜け、無事に国境を越えた。

ローズヒップはまだまだ疾走《しっそう》する。

アマンダは関所をぶっ潰して先に進むつもりだったらしく、用意していた魔力弾の大筒を丁寧にしまい直した。流石《さすが》に家出で関所を潰しちゃうのはどうかと思うから、王様が囮《おとり》を用意してくれていて本当に良かった。きっと、普段より警備を手薄にしてくれてもいそうだ。

だって王様だもん。

俺が王様に対する絶大な信頼を噛み締めてると、「カッ！」と東から朝日が俺達を貫《つらぬ》く。

「うわっ！　ま、眩《まぶ》しい！」

どうやら遠くの山の稜線を越えたらしく、朝焼けの眩《まばゆ》い光が俺達を煌々《きらきら》と照らして長い影を作った。

「日が出てきましたね。認識阻害を掛けて、なるべく目立たないように急ぎましょう」

「うん。分かった。ローズヒップ、アマンダのローズヒップと縦にくっ付けるかい？」

俺の言葉にローズヒップが「アイアイ♪」と敬礼して縦列にくっつく。

俺は認識阻害その他諸々の魔法をしっかり掛けて、ローズヒップがスピードを出しやすいように姿勢を低くしてしがみついた。

少し乾いた田舎の風景が、どんどん後ろに流れていく。ヒルトゥームの潤《うる》んだ濃緑の景色とは違う、枯れ草色の平たい景色。街道の土の色も少し茜《あかね》がかって。

俺とはまるで違う風と土に囲まれて育ったスーロンとキュルフェ。その二人を育《はぐく》んだ故郷《クニ》にどんどん近付いていているんだという実感を噛み締めた。

とうとう、ローズヒップが止まった。目の前には砂、砂、砂……

「うわぁ、これが、砂漠……。砂でできた海みたいって聞いてたけど……凄《すご》い」

景色が段々寂しくなって、平たい砂色に所々、点々と小さな藪《やぶ》や乾いた大地にしがみつくように生える草が目立つ。街道沿いに集落が見えなくなって暫《しばら》く、そんな風景に変わってきた頃、ローズヒップが少しスピードを緩めた。

どうやら、潤《うるお》いの少ない大地に魔力と水分を取られ、行動が大分制限されているようだ。それでもローズヒップは頑張って緩やかな斜面を登り、登りきった所でとうとう動けなくなった。

そこから先は一面砂で。砂混じりの風が顔に容赦なく吹き付け、俺とアマンダは慌ててスカーフで鼻と口を覆い、目を魔法で保護した。

「この大砂漠の先に、ハレムナィト王国が……」

(待っててね、二人とも)

俺はギュッと拳《こぶし》を握り締め、腹に力を入れて気合を入れ直す。

ローズヒップも、カサカサになりつつもグッと姿勢を正して俺を見た。

「……ローズヒップ、……手伝ってくれる？」

俺はローズヒップを撫《な》で、カサカサの花弁の陰で他に聞こえないようにこそっと耳打ちする。内緒の、とっておきの呼び方で、ローズヒップの向こうにいる王様に呼び掛けると、「ぶるん！」とローズヒップが身震いして元気になった。ありがとう、とローズヒップを撫《な》でて、俺の魔力たっぷりの魔石を一粒、その口に放り込む。

モグカリリと音を立てて嬉しそうに食べた後、俺の乗っていたローズヒップは「ドスン！」とその場で勢い良く地面に根を突き立てた。

メリメリメキメキと音を立てて根は深くに潜り、地中の水脈を掘り当てる。そして俺をアマンダが乗っているローズヒップに移し、今度は茎を伸ばしてどんどん砂漠を進んでいった。

俺とアマンダを乗せたローズヒップも地中に根を張る。

どちらも、棘《とげ》の一個一個までぷるぷるの艶々《つやつや》に潤《うるお》った。

「白薔薇《しろばら》ちゃん、随分と遠くまで行っちゃいましたが、何をするんです？」

アマンダが逞《たくま》しい腕を曲げて頬に手を添え、うーん、と考える。

俺はそれを笑って誤魔化《ごまか》した。ビックリするかな?? 茎を伸ばして進んだローズヒップの蔦《つた》が伸びきり、目の前でギリギリと音を立てる。

俺達を乗せているほうのローズヒップも、その蔦《つた》に引っ張られるのを根っこで踏ん張り、ぶるぶると震えていた。そろそろ限界なのかもしれない。ローズヒップが俺とアマンダを口の中にスポッと入れて、もぞもぞと体勢を整える。

砂漠の遥《はる》か先、茎を上方に伸ばしたローズヒップが細い線に見えた。蔦《つた》はギリギリを通り越してキリキリという細く高い音を立てている。

俺はちょっとワクワクしながらその瞬間に備《そな》えた。来るぞ来るぞ〜！

「キィイイヤァアアアアア〜〜〜――!!」

茫漠とした砂漠の景色が眼下をすごいスピードで流れていく。

波みたいにうねる砂丘や突き出た岩、カラカラのトゲトゲだろう藪《やぶ》なんかがピュンピュンと流れていく。耳許では風が轟々唸《ごうごううな》り、その向こうで、今まで聞いたことのないような高音の悲鳴をアマンダが出す。

「アハハハハハ！　アマンダそんな高い声出せたんだ!!」

肺活量のあるアマンダの長い悲鳴も、風に負けじと張り上げた俺の言葉もすごい勢いで後方に流れていく。

俺はローズヒップの口の中で、身長二メートルの巨体にしがみつかれながら空中散歩を楽しんだ。

そう、俺達は今、ローズヒップにスリングショットの原理で射出され、空を飛んでいる。

茎を限界まで伸ばしたローズヒップが飛ばしてくれたので、かなりの距離を稼げているんじゃないだろうか。

射出後暫《しばら》く、眼下でローズヒップが枯れた白薔薇《しろばら》になって砂漠にポタリと落ちた。

白薔薇《しろばら》の主——王様やにぃにぃズは、俺にとっては偶《たま》にしか会えないけどいつも背中を押してくれる人。優しくって、面白くて、ちょっとワルいことも教えてくれる。

「本当にありがとうね……」

万が一のためにだろう、俺の体にしっかり巻き付いている蔦《つた》を撫《な》でて囁《ささや》く。

ローズヒップの中、俺のパチパチシュワシュワした魔力に混ざって微《かす》かに残る火花みたいな魔力。

（そろそろ、こいつともお別れの時間だ）

射出の勢いが少し弱まり、重力に負けてきている。そう思った頃、ローズヒップが最後の力を蔦《つた》に溜めた。

俺はしっかりとアマンダと抱き合い、深呼吸する。

「え？　え⁇　坊っちゃん⁇　え⁇」

アマンダがちょっと嬉しそうにキョドキョドする。が、そんな場合ではない。

「アマンダ、舌噛むよ！　歯喰い縛って首に力入れてて！　も一回飛ぶんだから！」

ローズヒップが着地する瞬間、「ぐん！」と頭が引っ張られる感じがして、次の瞬間、俺達は魔導砲の弾よろしく射出されていた。

「……え？　飛ぶ⁇　って……ギュイィイイヤァアァアァアァアァア‼」

二回目のアマンダの悲鳴は野太かった。不思議。

俺達に絡み付いているローズヒップの蔦《つた》が、自分の根元をブチッと切り離し、「ポン！」と白薔《しろば》薇《ら》になって砂漠に落ちる。

俺はローズヒップが残してくれた最後の蔦《つた》に魔力を与え、放物線の頂点だろう辺りで大きな葉っぱの羽を作って滑空した。

前方、まだまだ遥《はる》か遠くゆらゆら揺らめく濃い緑と、空とは違う碧《あお》が見える。

「見えた！　あれがハレムナィト王国……」

大砂漠の向こう、オアシスと海に育まれた大国。

スーロンとキュルフェの生まれ故郷。

俺はアマンダの悲鳴を聞きながら、そっと逸《はや》る胸を押さえた。

「なんだあれ……！」

大地に着地した俺とアマンダは、岩陰から顔だけ出して呟《つぶや》く。

視界に広がるのは、だらだら続く平たい侘《わび》しい荒野と、その一ヶ所に集まった沢山《たくさん》の兵……

俺達は全速力で走り、ハレムナィト王国の近くまで迫る。

ハレムナィトのオアシスを砂漠の砂から守っているであろう岩山が生えている地域に至り、ちょっと様子見に一番高い岩山の天辺に登った。そこでハレムナィト王国の白くて綺麗な城壁とその手前の岩山の陰に集まった、夥《おびただ》しい兵を見つけてしまったのだ！

「すごい人数だな……。何百、何千といそうだ……」

兵法を習っていないから、あの大軍が何人くらいの規模なのかさっぱりだ。

薬草の畑なら、感覚でざっとした収穫量が分かるんだけどなぁ。薬草なら、あの密度は三千束くらいかな？　てことは、三千人くらい??

「兵、凡《およ》そ五千。どうやらスーロン殿とキュルフェ殿が王宮に立《た》て籠《こも》ってるようです。彼らは王国を乗っ取りたいみたいですわ。ふんふん……。王権譲渡……とかのタイミングで弱い王子を数で攻めて王様になってやろうということですね！　王宮の軍や警備がてんやわんやしてるみたいです！」

身体強化で色々強化したアマンダが教えてくれる。アマンダはごく軽い魔法しか使えないが、その分、優れた身体強化者なのだ。そして俺の予測、全然外れてるじゃん。うわ恥ずかしい。

アマンダの身体強化は、スーロンから俺が教わった身体強化みたいな理論立ったものではない。本能的な使い手で、まるで血潮《ちしお》のように魔力を無意識に循環させる。

アマンダが目を意識すれば目に、体表を意識すれば体表に、魔力が集まる。なのに他にもちゃんと魔力が残されていて。……きっと、俺が習った身体強化は元々アマンダみたいな人が使っている方法を再現しようとしたものなんだろうなぁ。そう考えながら俺はその美しい循環を観察した。

「ふぅ。奴らはこのままスーロン殿とキュルフェ殿を襲うつもりみたいですが、坊っちゃん、どうします？」

アマンダが偵察をやめてこちらを見る。俺はその言葉に、当然のように答えた。

「決まってるじゃないか。蹴散らそうよ♪」

俺の言葉にアマンダがニタリ、と笑って拳《こぶし》を出す。「コツン♪」と俺は拳《こぶし》を当てて笑った。

イェイッ☆

アマンダが武器を組み立てるカチャカチャとした音が響く。

俺の魔力がきゅわきゅわ漂《ただよ》い、構築された魔法陣に流れていった。

「敵の殆《ほとん》どはかき集められた雑兵どもです。無用な被害を避けるためにも、雑魚《ざこ》どもは威圧で蹴散らしましょう！　大丈夫、全知全能感を全面に押し出してド派手に威圧すれば逃げ惑いますから♡」

そうアマンダが教えてくれたので、鋭意ド派手な演出を作成中である。

魔法陣を幾《いく》つも組み立てていく俺の指は音楽を奏でるように動き、滑り、流れる。踵《かかと》が拍子を取り、アマンダの膝が機嫌良く揺れた。安定固定！　潜伏！　次！

組み立てた魔法陣の座標を設定し、密かに奴らの足許に潜らせていく。

ッダダーン♪

新たに魔法陣を並べ、魔力を流し込む。魔力はきゅわきゅわ、俺はワクワク、気付けば鼻唄が。

アマンダも軽くメロディを口ずさむ。

さあ、俺を見ろ！　俺の生き様《いざま》を♪　酒樽頭にぶつけてノックダウン！　千鳥足！　テーブルで踊るぜ！　テーブルが踊るぜ！　ヘイ立て！　そら立て！　金のほうからやってくるさ、そんなのより俺の生き様《いざま》を見ろ！　俺の戦いを見ろ！　アガるぞ♪♪

いつの間にか俺達は歌って踊っていた。酒場でちょくちょく歌われるものだから、アマンダも知っていたみたいだ。

今がその瞬間《とき》♪　今宵、決戦の夜。さあ、諸手《もろて》を上げろ、天を衝《つ》け！

俺は歌いながらぴょんぴょん跳び跳ね、魔法陣を構成して魔力を流した。待機中の魔法陣が俺の周りをくるくる回り、セットになった魔法陣達はピュンピュンと飛んでいく。

アマンダは色々な武器を背負い、どんどん機械仕掛けのゴーレムみたいになっていく。そして、ノリノリで俺の魔力をどんどん弾に充填《じゅうてん》してあちこちに収納した。

戦闘前に歌や躍りで気分を高揚させて能力を高める術があるが、正に今の俺達はソレだ。

い、い、い、らうどにしゃうとしてバーストモードに突入する。

暮れゆく空に俺達の歌声が響くが、十キロ先のハレムナィト人達の耳には届かなかったようだ。

ラーラーラララーラーラーラララーラー！　さあ、叫べ！　ラーラーラララーラーラーラララーラー！　さあ、咆《ほ》えろ！

歌い踊りながら、指をポキポキ鳴らして手首を回す。仕掛けはちょっとやりすぎたかもしれない。が、ま、いけるいける。

俺は軽く肩を回してぐっと伸びをしてからミスリルスレッジハンマーを振った。体積が三倍くらいになったアマンダが立ち上がる。

さあ、行こう！

「「イッツ！　ショータ———イム‼」」

俺達は「ガツン！」と武器を打ち鳴らし、一気に崖を駆け下りた。

「——いくら強いと言っても、所詮は人、所詮は王子二人。この兵力をもってすれば容易《たやす》く制圧できるでしょう！」

「そうだな。できれば生かして捕らえ、隷属でも掛けてから王位に就《つ》かせたいが、難しそうなら殺して、違う王子に……」

「何を言う！　王を殺されているかもしれないんだ、王子は殺せない！　分かっているのか⁉　王位継承方法が闇に葬《ほうむ》られ、誰も王になれなくなれば、一瞬にしてこの国は砂漠に呑み込まれるのだぞ⁉　それだけは……ん？」

「「……む？」」

煌《きら》びやかな衣装に身を包み話し込む褐色肌《かっしょくはだ》の中年達が、気配遮断と認識阻害を解除した俺達の気配を感じて身構える。

ドゴォオオオン‼

「イヤアアアァァァァ☆」

そんな中年どもの目の前に轟音《ごうおん》と共に現れた俺とアマンダは、特大の威圧を放った。

「あ、ポチっとな」

「ギャァァ!!」

「うわぁー!? なんだ!? 怪物が!」

「ヒィイ! 助けてくれぇ!」

俺が起動陣を展開させた途端、魔力がびゅんびゅん飛んでいって地中に埋め込んだ魔法陣を起動させる。

突然あちこちからニョキニョキと魔物のようなデカイ花が現れ、雑兵《ぞうひょう》どもが蜘蛛《くも》の子みたいに逃げ惑った。

とすとすとすとす……ヒュー―――……ポン、ポン、ポン、ポン、ポン!

間髪《かんはつ》容れずアマンダが両肩に背負った太筒から魔力弾を打ち上げる。その魔力弾が上空で幾筋《いくすじ》にも分かれ、まるで赤いリコリスの花のように広がって火の玉となり降ってくる。

「HAHAHAHAHA!! 鋼鐵《こうてつ》のアマンダ! 参上!! 死にたい奴だけかかってくるが良い!!」

「ウハハハハハハ……! 俺様は剛胆なる閃光の斬撃《スラッシュ・ゴータン》を放つ者! サミュエル様だぁ――!! ウハハハハハハ!!」

でっぷりした身なりの良い男達をスレッジハンマーで薙《な》ぎ払《はら》い、屈強な戦士の三日月みたいな刀を受け、その厚い胸当てを蹴飛ばして、俺は大暴れした。

「閃光の斬撃《スラッシュ》!!　ウォーアーー!!」

「ウォーア――!!　HAHAHA!!　I AM KING OF THE WAR!　I AM IRON AMANDA!!　HAHAHAHAHA!!」

俺もアマンダも全知全能を全力全開だ!!　因《ちな》みに、アマンダの幼馴染《おさななじ》みのテリーランは血塗れ《ブラッディ》のテリーランだったそうだ。

俺は暴れながら環《サークル》をどんどん構築していく。第一、第二……

「矢車菊《コーンフラワー》！　呪付与《カース》：麻痺《パラライズ》」

最初の魔法陣でも矢車菊《コーンフラワー》はニョキニョキ生えているけど、更に追加で何本か増やす。

攻撃力を弱めた対人用の矢車菊《コーンフラワー》が土塊《つちくれ》をポンポン射出し、かき集められただけの平民兵がどんどん逃げていく。正に阿鼻叫喚《あびきょうかん》だ。

「おい！　逃げるな！　戦え！　ええい！　戦え――!!」

「こら！　貴様ら！　どけぇ！　ぶった斬るぞ!!」

「ええい！　戦え！　退《ひ》くな!!」

「酢漿草《カタバミ》！　野路菫《ヴィオラ》！　棘薔薇乃実《ローズヒップ》!!」

ツタタタタタタン！　ツタタタタタタッタタタタタタタン！

「う、うわぁぁぁ！　ぎゃぁ！　ギュッ!!」

「ぐわぁぁ!!」

騎士か兵長か、そこそこの身分の貴族らしき軍人達の群れを発見したので、俺は創作魔法で造ったカタバミと菫《すみれ》をけしかける。歩兵達を逃げるなと脅していた威勢は何処《どこ》へやら、あっという間に敗走していった。

俺のお気に入り、ローズヒップ達がヒュージオーガ並みの巨体で太い蔦《つた》を振り回して騎兵を薙《な》ぎ倒《たお》す。

「さっすが！　俺のローズヒップ♪　やるじゃないか♪」

俺はそれに負けじとハンマーに魔力を込めて目の前の重装兵をぶっ飛ばした。

遠くで高らかに嗤《わら》うアマンダの野太い声と、魔力砲の炸裂する爆音が鳴り響く。

こうして、俺達は夜が昼に見えるほどの圧倒的火力で敵を蹂躙《じゅうりん》し続《つづ》けた。

四　計画を進行させた唐紅髪婚約者は無意識に闖入者《ちんにゅうしゃ》へ会心の一撃を放つ

「ふぅ……。思ったよりポーションも魔法薬も使いませんでしたね……」

私の言葉に、我が異母兄スーロンがこくりと頷《うなず》いて手早く荷物を纏《まと》める。

私も王が教えてくれた通路を開ける作業に取りかかった。軽く抵抗する素振りを見せた王だったが、それも形式的で、割と早く継承方法を吐いた。

ポーションによる幻覚で、死神がヒタヒタと這《は》い寄《よ》ってくるだとか、甘いだとか、譫言《うわごと》を呟《つぶや》いている王を拘束放置して、王位継承の手続きに王宮の深層へ秘密の通路を通って下りる。

「それにしても、オアシスで勝手にミューの魔力が結界を張ったのは驚いたな……」

ヒタヒタと暗い通路を明かりなしで進みつつ、スーロンが喋《しゃべ》り出《だ》す。口が暇なのだろう。フフッと笑い声が通路に響いた。

「まさか、あんなことが起きるなんて……魔力って不思議ですね……」

王国に乗り込む前に体力と魔力を全回復させようと潜り込んだオアシスで、私達の意思と関係なく展開された結界。私達の魔力を一切使わず、腹と指輪に残っていたサミュの魔力が意思を持ったかのように大地の魔力を吸い上げ、高度な結界を展開、一晩維持した。

あれは……、人の身でダンジョンコアとなった後、なんの代償も払わず大地の魔力で己を癒《いや》してピカピカになって出てきたサミュの、神がかり的な魔術の為《な》せる業《わざ》だろうか……

しっかり休息できたが、サミュの魔力が殆《ほとん》どなくなってしまった淋しい腹を、そっと撫《な》でる。

いつまで経ってもちっちゃくって幼いクセに、何かあったら私達を守って前に出ようとする、サミュらしいな……。なんて。

「これが……ハレムナイト王国の礎《いしずえ》……。王の心臓か……」

狭い通路が終わり、先に開けた空間に足を踏み入れたスーロンの言葉が反響する。

厳《おごそ》かな神殿を思わす空間の中央に大きな石盤があり、その表面にびっしりと古代魔術の術式が刻み込まれていた。

「兄さん……」

呟《つぶや》いた声が、思ったより不安そうに「わよわよん」と反響する。

「キュルフェ……。大丈夫だ。さあ、やるぞ」

「そうですね。……やりましょう」

私の心配を払拭《ふっしょく》するように笑いかけてくれた兄さんに、覚悟を決めて笑顔を返し、私達はそっと石盤に手を重ねた……


「――ふぁー！　明るい!!　解放感があるなぁ！」

「ぁぁぁ……本当に！　地下にいた時は気付きませんでしたが、戻った途端に解放感が溢《あふ》れますね……!!」

私はスーロンと同じように深呼吸し、軽く肩を回して腕を大きく上げたり下げたり、ストレッチする。

「でもまさか、王の継承登録があんなシステムだとはなぁ。古代技術ってのは凄《すご》いぜ……」

「面白かったですね。それに私達の中に残っていた魔力でサミュまで登録できたのは嬉しい誤算です！」

「あとは王冠だが、一回帰ってミューを連れてくるか、王冠を持ってってヒルトゥームで登録するか……」

「……その前に、一暴れしなきゃみたいですよ、スーロン」

王の寝室に張った結界の外、破壊音と人の怒号と悲鳴が段々こっちに近付いてくる。

「ああ、地下の狭苦しい空間で縮こまってた体をほぐすには丁度良いんじゃないか？」

私の言葉に、スーロンがニタリと嗤《わら》って指をボキボキと盛大に鳴らし始めた。

それに触発されたわけではないが、私も、狭苦しい地下で凝《こ》った首を軽く動かす。パキパキと小気味良い音。

スーロンが大剣を、私が魔剣を構えたのと同時に、結界が突き破られた。ドカドカと遠慮の欠片《かけら》もない足音が近付いてくる。

忍ぶつもりは一切ないようだ。二人でそっと気配を消して、扉の横に潜んで待……

ドゴォォオ!!

「葬儀屋《アンダーテイカー》が来たぞ!! 棺桶《かんおけ》に突っ込まれたくなきゃ、大人しくしろ!!」

「えっ!? サミュ!?」

「ミュー!? 嘘だろ!?」

待ち伏せしていた扉よりかなり手前の壁をぶち破って寝室に突入してきたのは、顔と腕を斑《まだら》に墨でペイントして蛮族の戦士みたいになったサミュとコートニー家侍従長アマンダだった。

…………取《と》り敢《あ》えず、色々聞きたいことはあるが……そんな葬儀屋はいないと思う。

五　赤面瓜坊《うりぼう》令息はそれでも逢《あ》いたかったと抱き着く

「サミュ、……そんな葬儀屋はいないと思いますよ……」

勇《いさ》んで壁をぶち破り、王様の寝室だという神殿みたいな広い部屋に突入した俺とアマンダは、半ば呆《あき》れたように呟《つぶや》くキュルフェの一言に、猛烈に恥じらい赤面した。

「いぃ、いきなりそんな冷静にツッコまなくても良いじゃない！　戦場では全知全能ぶったほうが効率良いから装《よそお》ってただけよ!!」

アマンダが背負っていた魔導砲の大筒をガチャガチャ鳴らしながら反論する。

俺は反論する気も起きないくらいに恥ずかしくて、顔を手で覆ってその場でしゃがみ、ふるふるした。もう動けないしスーロンとキュルフェのほうも見られない。

うわぁぁぁ！　恥ずかしすぎて顔が燃える!!

「ミュー!!　本当に本物のミュー!?　逢《あ》いたかったぞ!!」

「スーロン!!　置いてくなんてヒドいじゃないか！　俺も逢《あ》いたかったぞ！」

小さくなっている俺を、すごい勢いで駆け寄ってきたスーロンが抱き上げてくれる。だから好きだよ、スーロン！

恥ずかしさから解放された俺は、ギュッと太くて硬い腕を抱き締め返した。

久々の温かい魔力が嬉しくて、俺の魔力がきゅわきゅわと喜びの声をあげる。

「すみません……つい、驚いた弾みでポロッと……。私も逢《あ》いたかったです」

キュルフェがスーロンに下ろされた俺を後ろから抱き締め、すりすりと頬擦りして耳の辺りにキスを何度も降らせた。

「ごめんね、二人とも。俺を置いていきたかった気持ちは分かるから、最初は我慢してたんだけど、耐えられなくて追い掛けてきちゃったんだ」

「サミュ！　可愛いんだから……！　それにしても、グッドタイミングじゃないですか⁇」

キュルフェの言葉にスーロンがうんうんと大きく頷《うなず》く。

「グッドタイミング⁇　除籍の手続きが済んだのか⁇」

「⁇　あー……、ええ、手続きは完了しましたよ♡」

あれ？　てっきり除籍の手続きに来て、それでも信用できないとかで襲われたのかと……

そういえば、王位継承のタイミングで襲うって、城壁の外で蹴散らした奴らが言ってたっけ⁇

混乱する俺をスーロンはさっさと小脇に抱えて歩き出す。キュルフェがニコニコしながら続き、アマンダが装備品をしまって一部を装填《そうてん》し直しながらついてくる。

ギィィと大きな扉を開く。そこは異国情緒溢《あふ》れる廊下で、しっとりと湿気を多分に含んだ風が、見たことのない花の咲き誇る庭園から花の香りを運んでいた。

「うわぁ、凄《すご》いや……」

「なんて美しいのかしら……」

思わず俺とアマンダが呟《つぶや》くと、スーロンとキュルフェがクスリ、と笑う。

スーロンに小脇に抱えられたまま暫《しばら》く。庭園の美しさに目を奪われて、気が付くと大きな扉の前だった。

俺とアマンダは一気に王様の寝室に攻め入ったので、この扉の先が何処《どこ》なのか全く分からない。

扉がひとりでに開く。どうやら、反対側の兵士が開けたらしい。どうやって開門の合図を知ったんだろう。

そこには、落ち着いた人達がいて、俺は背筋がゾクゾクした。

キュルフェが俺の頭を優しく撫《な》で、嬉しくなった俺は振り返る。すると、向こうでアマンダがなんとも言えない顔をしていて、それに対しても嬉しくなった。

（この異様さに面喰らってるの、俺だけじゃない。それ、すごく嬉しい）

扉の先はだだっ広く威厳に溢《あふ》れていて、デザインは違えど、王様の謁見の間を連想させる。

男達は三十人くらいで、絹らしき厚めの織物に細かい刺繍を施《ほどこ》したもの、薄い絹に染色で細かい柄を描いたものなど、見たことない布でできた衣装に身を包み、宝石を沢山《たくさん》着けていた。褐色肌《かっしょくはだ》の彼らは並んで跪《ひざまず》いている。

「知らなかった……ヒルトゥーム人て服地味なんだな……」

目がチカチカして俺が呟《つぶや》いた言葉に、アマンダがそっと頷《うなず》く。

「じゃぁ、とっとと戴冠するぞ」

「「……へっ？」」

俺を小脇に抱えたまま、スーロンが淡々と言った。キュルフェが指示した途端、「有能！」って感じの片眼鏡の若者が恭《うやうや》しく冠を運んでくる。たいかんって言った？？　ねえ、今、たいかんって言った？？

俺とアマンダはキョロキョロするが、跪《ひざまず》いた身形《みなり》の良い男達は微動だにしない。

「わっぷ！」

やっとスーロンの小脇から下ろされたと思った。だが、座らされた椅子がめちゃくちゃ金ピカの豪華絢爛《ごうかけんらん》で！

え!? ねえ、これ玉座じゃない!? うわー！ スッゴい彫刻！ スッゴい金ピカでクッションもふかふかで織物に刺繍でピカピカだぁ☆ スッゲー!!

って、違うよ！ 見惚《みほ》れている場合じゃない!!

実はむかし、にぃにぃズ達とこっそり謁見の間に忍び込んで遊んだ時に王様に見つかって、一人ずつ座らせてもらったことがあるから、玉座に座るのは初めてじゃない……けど！

けど!! こんな貴族のお偉いさんぽい人達が跪《ひざまず》いている中で下ろされるのは違うと思うんだ!!

慌てて玉座から下りようとしたのに、スーロンとキュルフェにがっしり肩を掴まれてしっかり背を推し付けられてしまった。

「第五十八子スーロン・スーロフド・ハレムナィト改めスーロン・スルトゥム・ハレムナィト」

「第七十九子キュルフェ・スーロフド・ハレムナィト改めキュルフェ・スルトゥム・ハレムナィト」

「「我らスルトゥムの権限をもって、この冠と玉座の主を我らが伴侶、ヒルトゥームのサミュエル・コートニーと定める」」

二人が急に声を張り上げ、それにビックリしている間に口上が述べられて、王冠が輝き出す。うわお。

かぽっ、と光る王冠が俺に被《かぶ》せられる。

えっ？

「おお！　やっぱりミューにぴったりだ！」

「サミュ、スッゴク可愛いですよ♡」

「エエエエエエェェェェェ――!?」

絶句して何も言えない俺の代わりに、アマンダの鋼鐵《こうてつ》の肉体から絞り出された絶叫が、広間中に響いた。

本当に、アマンダと一緒に来て良かった……

似合う似合うと、絶句する俺を見てはしゃぐスーロンとキュルフェ。その横で、アマンダの絶叫が続く。

そもそも、戴冠の儀式でスーロンとキュルフェの横に、ドロドロのアマンダがいちゃいけないと思うんだ。

それなのに――

「「「「見届けました!!」」」」

何か儀式が滞《とどこお》りなく進んだ感ある!!

いきなり全員同じタイミングで腕をひらっとさせ、拳《こぶし》を胸の前でクロスし声を揃えて見届けたと叫ぶ。

俺とアマンダは怯《おび》えた猫のように飛び上がったが、スーロンとキュルフェはニコニコしながら、貴族っぽい人達に何か指示を出す。俺はどうして良いか分からなくて、ぼーっとその様子を見つめた。

そもそも、……そもそもね、俺達がいる所と貴族っぽい人達がいる所の間に高めの段が三段あるのね……。なのに、アマンダが玉座と同じ段にいちゃいけないと思うんだけど。

(てか、冠が頭の上でピカピカしてるんだけど、本当に俺が王様になっちゃったの??)

有能そうな片眼鏡の若者とか、有能そうなドレッドヘアの若者とか、有能そうなターバンの若者とか。スーロンとキュルフェの今まで見たことないくらいに横柄《おうへい》な態度の指示で、ピュンピュン飛び交っている。

「……坊っちゃん……」

アマンダが玉座から下りるに下りられなくなっている俺の手をそっと握ってくれた。

「アマンダぁ〜〜……」

こんなにちっちゃく縮こまっているアマンダも珍しいが、俺も最大限にちっちゃく縮こまっている。だからアマンダが傍《そば》に来てくれると、とても心強かった。

「……ドロドロをなんとかしたいんだけど、浄化魔法使っても大丈夫なのかしら……。坊っちゃんも私も、ドロドロなのよねぇ……」

「だよねぇ……。椅子も椅子の周りも金ピカで、動くに動けないよ。冠、まだ光ってるし……」

まるで知らない所にいきなり放り込まれた猫みたいに二人で寄り添う俺達に気付いたキュルフェがニコニコ顔でやってくる。

「おやおや、サミュ、アマンダ……そんな二人して怯《おび》えて……可愛いなぁ♡　状況も説明しますから、ちょっとお風呂に入りましょうか♡」

「キュルフェむっ……ん……」

もう、全てをやり終えた！　みたいな達成感のある顔をしてキュルフェはそう言うと、指先で不思議な動きをした後、いきなり俺の唇を奪い、そのまま俺を抱っこして、さっきの扉に向かった。

ちょっと！　説明しろよ！　そう言いたいのに、キュルフェの舌が俺の抵抗も反抗も全部奪う。

その砂混じりのキスに脱力しながら、震える指先でキュルフェにしがみついた。

「こら、人前でちょっと……ぇ？　何々??　ちょっとやだ、私、歩ける！　歩けますぅっ!!　いやぁぁん!!　坊っちゃぁーん!!」

俺にキスしたキュルフェに文句を付けようとしたアマンダが、屈強な、褐色肌《かっしょくはだ》雄ネーサン達に何処《どこ》かへ運ばれていった。

（わ――！　アマンダ〜〜〜!!）

「ヒャ――ン！　坊っちゃぁ――ん!!　あ、やだ、擽《くすぐ》ったい！　やめて！　自分で外しますから！

ウヒヒ！　キャアキャアキャア！」

背負っていた魔導砲の大筒を外されているのであろう敏感乙女アマンダの悲鳴がぐんぐん遠ざかる。それを聞きながら、俺はヘロヘロになっていた。

なんでもチューで誤魔化《ごまか》そうとするのは良くないんだって、アマンダが小説で読んだって言っていたぞ！　コンにぃみたいにビンタされちゃうんだぞ！　……待てよ……。でも、この場合ビンタするのは俺なのか……？

（あぅぅ……。俺は……ビンタできないかもだ）

そんなことを考えているうちにどんどん運ばれる。途中でニコニコ笑顔のスーロンが追い付き、二人して寂しかったのなんだの囁《ささや》きながら俺にチュッチュチュッチュとキスをした。

そうしてえらく広い風呂に連れていかれ、洗われ、結界を張った後で漸《ようや》く、二人は今回の説明を始める。

なんでも、カズーンみたいなのがまた出たら困るから、王位を獲りに来たらしい。

この国は王様が一番安全なんだって。特殊な継承方法を知っている王様が誰にもそれを伝えずに死んじゃうと、この国の豊かさを保つオアシスが枯れちゃうらしい。古代魔術の遺物が核になっているため、継承してなきゃ管理できないんだとか。

だから王様は絶対安全なんだとか。

コートニー家は古代魔術書を解読してポーションを作ったクチなので、古代魔術の規格外さは知っている。

そして、継承の手続きが始まると国全体にそのお知らせが響くらしい。あの集まっていた人達は、そのお知らせを聞いて集まったんだとか。すぐ行けない人は、出られる貴族に代理を頼むので、今回は三十人くらいだったけど本当はもっと多いらしい。寝室に立《た》て籠《こも》ってから割とすぐに継承の手続きに入ったし、そもそも突然の奇襲だったから皆お城に来る暇がなかったんだとか。

今までは、王子が最後の一人になるまで戦うから、継承のタイミングに合わせて都に集まれたとか、笑顔で言うことじゃないよ……

でも、きっと、何代もそうやってきたハレムナィト人としては、笑顔で言わないとやってられないんだろう。

ふんふん。この国の王様や王子ってのは遺物である国の核に登録してなるものらしい。そしてその登録は共有できる。だから今回は、王様の権限をスーロンとキュルフェの二人で共有して、俺の魔力は王子として登録したようだ。つまり、王子登録をした中からじゃないと王様登録はできない、けど、王子登録は直前でも大丈夫。それを知られちゃまずいんだね。分かった。秘密は守るぞ。

気合を入れていると、スーロンとキュルフェにクスクス笑われてしまった。

鼻息が荒いのは昔からじゃないか、何を今更。

そんでもって、あの儀式だけなら俺はお飾りの王様だから、貴族達は何も言わなかったんだって。でも本当は、俺も、スーロンとキュルフェほどじゃないとはいえ、ちょぴっと権限を与えられているそうだ。

「わぁ、じゃぁ、本当に俺は王様なのか」

「そうです。そして、建前上ではサミュが王で私が宰相でスーロンが大将軍です」

「そして、その他の手続きを纏《まと》めたら、ぜーんぶ生き残ってる兄王子に委託して俺らはやぁっと自由の身ってわけだ！」

「ふぁっ⁉」

委託⁉

俺の感嘆にキュルフェが首肯し、スーロンが爆弾発言をぶちかました。

（え？　え⁇　委託って何⁇　結局じゃぁ、俺はどうなるんだー⁉）

混乱する俺を風呂からあげて水分を拭きとりながら、キュルフェがスーロンを窘《たしな》める。

「スーロン、サミュが混乱してるじゃないですか！」

スーロンはテヘテヘと笑って頭を掻《か》いた。

なんでも、元々二人は第七王子という、王子達を生かしたまま新しい王を輩出しようとする思想の人を王に推していたらしい。

その王子が生きていたので、彼の傷を治して全権委託し、王位と継承方法だけ握った俺達はヒルトゥームに帰るか冒険に出るか好きにしよう、という計画らしいのだ。

「え、大怪我を抱えてる人がいるの⁇　治してあげなきゃ。ポーションは持ってきた⁇」

俺が慌てて聞くと、スーロンは鞄にずらりと並んだ薬瓶を見せてくれた。わぁぁ。すごいポーションと魔法薬の数々。死神が蠢《うごめ》いている……

俺はお馴《な》染《じ》みのコートニー一門の魔力に「Ｏｈ！」となりつつ、スーロンに頷《うなず》き返《かえ》した。

「委託ってのはしても良いものなの⁇　王様のお仕事なのに……」

俺は幼い頃に、にぃにぃズと覗いた王様や父上の会議の様子を思い出して聞いた。

……そういや、あの後、俺が隙間に詰まって騒ぎ、覗いているのがバレてにぃにぃズが怒られたんだよな。それを思い出しているうちに、何か小難しい説明をスーロンが終えてニッコリしていた。

ヤバい！　難しくて、気が散っていた……

しっかり説明しきったぞ！　という顔をしているスーロンに、ごめん聞いてなかったとは言えなくて、俺はへらりと愛想笑いをして頷《うなず》く。ハレムナィトのシステム的に大丈夫なんだろう。きっと。うん。

「元々、ここ何代かは、王のやることといったら子作りくらいで、あとは王子達が取り合ってましたからね。それを平和的に行うだけです。そうやって時間をかけて、この国のシステムを他国並みに戻していきたいんです」

キュルフェの言葉に、今度はちゃんと理解して頷《うなず》く。急に変えてもついてこられない人が沢山《たくさん》出る。ルール変える時は慎重にって父上も兄上も言っていたし、それは理解できた。

「そっかぁ、少しでも良い形になるといいね」

その後、キュルフェの指示で沢山《たくさん》の布が運ばれ、俺達はなんだかエキゾチックな衣装に身を包んで宴会場みたいになった謁見の間に連れていかれた。

俺は詰襟の白のシャツの上に、白地に金の織物を巻き、全体的に白と金になる。アクセサリーに瞳と同じスカイブルーの石をつけて超キンキラリンだ。髪の毛にも細かい宝石をピンでくっ付けられて、うぅ、なんだかなー。

スーロンとキュルフェは黒の詰襟シャツの上に、それぞれの髪の色と瞳の色を刺繍した布を巻いて、やっぱりアクセサリーはジャラジャラで、二人とも朱《あか》みのある金と金緑の宝石の組み合わせだった。

そんな二人の心臓の位置に、大きなスカイブルーの宝石がついていて、気恥ずかしいぃぃ。

スーロンが玉座に座って周りを見回す。

貴族達は何も言わない。凄《すご》いなぁ。

俺は玉座の上のスーロンの上のキュルフェの上で、恥ずかしさで顔を火照《ほて》らせながら、貴族達を見下ろした。

そんな俺なんか気にせず、ハレムナィトの人々は粛々《しゅくしゅく》と場を整えていく。

その後、王子を連れてきてと頼むと、罪人みたいに引っ立ててきた。スーロンがそれに怒って兵士と貴族をぶっ飛ばして暴れるというトラブルもあったが、まぁまぁ滞《とどこお》りなく王子達の負傷を治すことに。

そうそう、スーロンとキュルフェの態度が随分横柄《おうへい》だなっと思ってコッソリ聞いてみたが、やっぱりわざとだった。なんでも、力で無理やり支配しちゃうぞ♡　な感じを少しは匂わせないとすぐに舐《な》めくさって、傀儡《かいらい》にしようとする奴が出てくるんだって。だから、暫《しばら》くは強めの態度でいなきゃいけないいんだとか。

強めの態度……と思って、頑張ってふんぞり返ってみると、キュルフェに笑われてしまった。ヒドいや。

そんな感じだから、俺は舐《な》められていたのだが、王子を次から次へと治したポーションが俺の家から出されたものだと明かすと、皆、神妙になった。

一方、スーロンとキュルフェは傷が治ったものの屍《しかばね》のように転がり、副作用の幻覚で死神が来るとか、助けてくれとか、うぎゃぁぁぁぁ……なんて呻《うめ》いている王子達を見て微妙な顔付きになっている。

……仕方ないだろ、俺のポーションじゃないから俺の魔力で増幅できないし、どうしても複数人が作ったポーションを最悪の組合せ《カクテル》にせざるを得ない。

なるべく傷が重い人は一人のポーションで、軽い人は最悪の組合せ《カクテル》で治した。体力のありそうな人は特級ポーションや上級ポーションで効果を嵩《かさ》ましして、なるべくポーションをケチる。副作用軽減のために麻痺《まひ》とかの魔法薬も飲ませるから、幻覚は長引くだろう、まぁ、問題はない。ちょっと呻《うめ》くだけだし。

本来、ポーションに副作用なんてない。けれど、コートニー家の魔力がひねくれすぎているせいで、大量に摂取すると幻覚を見て患者が恐怖で暴れるんだよね。特に、高貴な身分の人ほど精神攻撃に弱いのに、父上も兄上もジャスパー翁も魔力が死神みたいに怖いから……

最後に、正気を失っている第九王子だけは、唯一あった俺のポーションと俺の治癒魔法で治さなきゃだめだった。幸い、魔力のストックは存分にある。……両肘下《ひじした》、両膝下、それから玉、舌、両目。四年前の俺のポーションだから、ちょっと効きを良くするために、まず王子の体を俺の魔力に浸す。俺の魔力は全身を駆け巡り、しゅわしゅわパチパチするから、ちょっと擽《くすぐ》ったいのかな？

王子がぶるりと身震いした。

回復魔法の一段上、治癒魔法を唱えて、王子の体に巡っている俺の魔力を治癒の形に変換。

そのまま、ゆっくり飲んでくださいと声を掛けて、ポーションを口にゆっくりと流し込む。

分かるかな？　ゆっくり飲むんだよ？　俺の魔力を通じて導いていく。

ポーションに含まれた四年前の俺の魔力が王子の体の中を駆け巡り、待ち構えていた今の俺の魔力と合流した。やっぱり四年前より今のが威勢良くてパチパチが少し強い。魔力も成長するんだな。

二種類の俺の魔力がきゅわきゅわとぶつかり、絡み、くっついていく。

仲良くくっついた俺の魔力は小さな怪我を治しながら大きな傷に流れて。更に、と掛けた治癒魔法の陣が王子を取り巻く。更なる後押しを得て、王子の体の中で魔力達がきゃあきゃあピョンピョンとはしゃいでいた。

それらが圧縮され……「ポン！」と風船華《ふうせんか》が弾けるように破裂する。

(なんだか、スーロンとキュルフェを思い出すな……)

植物が芽生えて成長するのを早送りで見るように、王子の骨、筋、神経、肉、皮膚が再生されていく。……最後に、きゅわきゅわの俺の魔力が、傷付き千々《ちぢ》に乱れた王子の魔力を集めて取り囲み、正しい魔力の流れを思い出させるように体の中に押し流した。

ぜーんぶ治した！　と俺の魔力が報告する。

でも、まだだよ。そこに、黒い塊《かたまり》があるだろう？

俺の指摘に魔力達が、王子の縮こまった魔力が隠していた黒く凝《こ》った傷に一目散に駆けていく。

気が付くと、俺は手元にあった魔石を三つも握り締めていた。

溢《あふ》れた魔力がモコモコと膨らんで王子と俺を呑み込み、腕を伸ばしてスーロンやキュルフェ、他の王子達や貴族達にも触れる。

第九王子と仲が良かった人、第九王子を心から心配していた人……第九王子《ラーメス》が、心から信頼していた人。

魔法薬を調合するように、それらの人物から魔力を抽出し、彼らの魔力を混ぜて俺の魔力に纏《まと》わせて、黒い傷に注いだ。

ぽかぽかボウボウと温かく燃える赤々とした魔力が、ナカに染み込んでいく。

辛《つら》かったね、痛かったね、もう大丈夫だから……。そう慰《なぐさ》めるみたいに、傷に染み込み、埋めていった。……ちょっと感情移入しすぎちゃったかな。俺の魔力が、ダンジョンコアになった時みたいに周囲に渦巻いてグルグル循環し、余波で数人の貴族の軽傷を治しちゃった気がする。

それでも余ったので、最後に大事な大事なスーロンとキュルフェとアマンダの健康チェック♪

後はミスリルスレッジハンマーにでも溜めておこうかと思ったが王冠がおねだりしていたので、残りをそちらに注ぐ。

「…………ふぅ」

全てを終えて、いつの間にか瞑《つむ》っていた目を開くと、皆、呆気《あっけ》に取られた顔をしていた。

前にいた第九王子が恐る恐る目を開け、俺を見る。

「……こんにちは。俺、スーロンとキュルフェと婚約した、サミュエルって言います。何処《どこ》か痛いところとか、違和感とか、ありますか？」

俺が微笑《ほほえ》むと、第九王子ラーメスはおいおい声をあげて泣き出す。俺の腰に抱き着いて何度も礼を言った。

ハレムナイト人は感情を態度に出しやすい民族だということ。

俺は割と舐《な》められやすいということ。

ポーション外交は凄《すご》いっていうこと。

以上を、俺は今、まざまざと体感していた。

ここはハレムナイト王宮の宴会場と化した謁見の間。

幻覚から回復した王子達も揃い、俺達は王位継承の宴の真っ最中である。

まず、俺に対する視線の圧が凄《すご》い。何かもうキッラキラした熱い視線が向けられ、目が合った瞬間、皆、すごい笑顔。王子達を治すまでは、冷えた目で見ていたのに。俺にスーロンとキュルフェが王冠を被《かぶ》せた時はお飾りだと思っていたんだろうな……

（いや、お飾りで良いんだ。そんなに見つめられても困るよ……）

俺は視線に耐えられなくて縮こまり、玉座から動けなくなった。

スーロンとキュルフェは、目覚めた第七王子と第九王子と何かを相談している。時々それを他の王子に話して聞かせた。

アマンダは褐色肌《かっしょくはだ》エキゾチックのムキムキ雄姉様方にモテモテだ。あんまり、ムキムキ雄ネーサン同士のカップルって見ないから、興味深く成り行きを見守っちゃう。

そこに、真面目そうなおにーさん達が何かを抱えてバタバタと慌ただしく入ってきた。どうやら貴族のおじさん達にお届け物のようだ……その後すぐ、縮こまった俺に何かを受け取った貴族のおじさん達が続々と挨拶《あいさつ》に来て。ヒエェッ！

「我が王よ、挨拶《あいさつ》が遅れました……。私は勧善大臣のラムリア・ハレムンと申します。それにしても……失礼ですが王は、急な儀式だった故《ゆえ》に……ちと腕が淋しゅうございますな……。ささ、良ければこちらを。我が領の特産の宝石を連《つら》ねた腕輪でございますれば……」

「ふぇぇ……!?」

「おい、王が怯《おび》えてるであろう！　王よ！　挨拶《あいさつ》が遅れました。私は懲悪大臣のモールイ・ナィトゥンと申します。王よ、腕輪はお好みではないのでは……？　それよりは指輪のほうが王のこの愛らしい手にお似合いでございましょう。ささ、我が家の商団が扱うものの中でも特上品質の宝石を連《つら》ねた指輪でございます。ささ」

「ひゃ、ひゃぃっ！」

「おい、待て！　そんなものよりお腰に宝剣を！　王よ！　我が大将軍家の伝家の秘宝刀でございます」

「愛らしいお耳にこの大粒の――」

「ええい、どけ！　貢《みつ》ぐといえば宝石しか思い付かん成金どもが！　……王よ♡　我が領から瑞々《みずみず》しい宝石より光輝く種々の果物が……」

「ちょーっと待った！　王はお若い！　若い男子《おのこ》にはまず肉だろう、肉！　ええい、邪魔するな！」

「秘蔵の美酒でございます！　王よ……くっ、この!!　押すな！」

「「「ささ、王よ！」」」

「うわ――ん！　スーロン！　キュルフェ！　アマンダぁ――！」

耐えきれなくなった俺は、王の威厳など放り出してスーロン達に助けを求め、三人が来てくれるまで風呂に入れられた猫みたいにプルプル震えた。

「我らが伴侶サミュエルはこの国の風習どころか全てに不馴《ふな》れだ。怯《おび》えさせるな。強面《こわもて》どもが、自覚しろ。貢《みつ》ぎ物《もの》は直接身につけるな。横にでも積んでおけ。触ろうとするな。ヒヒ爺《じじい》ども。酒を勧めるな。酔わせて何するつもりだ。話しかけるな。ミューが笑顔だからって調子に乗るな。縁談を勧めるな。夫は俺とキュルフェ以外いらん」

スーロンが異国の神殿の両脇にいるニオー彫像みたいに怖い顔で言い、貴族のおじさん達が跪《ひざまず》いて頭を垂れる。

良かった、最初のキリッと感が戻ってきた。

「言っておきますが、サミュはヒルトゥーム国王が息子同然に可愛がってる令息で、勿論《もちろん》王子達も彼を兄弟だと公言してますから、不届きなことをすれば即座に戦になりますからね。その辺のカワイコちゃんと一緒にしないように」

「パ……と、え、王様がなんだって??」

油断していた時にキュルフェがビックリすることを言う。

キュルフェはニッコリ笑顔になった、

「ご本人が仰《おつしや》ってたので、何かあれば公式に乗り込んでいらっしゃいますよ♡」

あゎわゎ。戦争はダメだよー！

「ぬぅ……ヒルトゥームの腹黒王か……しかし、天使様は最早我らがハレムナィトの王であらせられるわけで……」

「話しかけるなとは、王配陛下も狭量では……」

「お前がニチャニチャと気持ち悪い顔で話し掛けて手を握るからであろう」

「っ！　なんだと、お前こそ、天使様の真っ白なお手々をニギニギしたではないかっ……！」

「天使様は本当に腹黒王に可愛がられるのをお望みなのか？　……いっそ、ハレムナイトで丁重に扱い、腹黒王の魔の手からお救いしたほうが……」

「くそっ！　お前が邪魔ばっかりしよるから、我はあの艶々《つやつや》のお肌に触れることすらできないというのに！」

「なんだと！　うぬこそ我を邪魔して……！」

「「ええい！　貴様ら!!　首を飛ばされたくなければ静かに反省しろ！　ハレムナイトの上位貴族が恥を晒《さら》すなぁぁ！」」

第七王子&第九王子の怒号が飛び、貴族のおじさん達が黙ったものの、今度は他の王子様達から野次が飛んだ。

「「そうだそうだ！　叔父上ども!!　はずかしいぞ！」」

「「兄上達の可愛い人に恥を晒《さら》すな！　控えおろう!!」」

（何か、思ってた王位継承の宴と違う……）

終始コートニー家の新年祝賀会よりカオスな宴に、俺は心底ヘトヘトになった。

「あ、あと。その美人なアマンダさんには、それはそれは素敵な彼氏、テリーランさんがいるから、口説《くど》いても無駄ですよー」

「ちょ、ちょちょちょちょ、キュルフェ殿！　なんてことを言うのよ!!　私、マダそんなテリーランとは……！　い、いや、好きだけど……って、ハッ！　私ったら何を口走って……!?」

キュルフェの爆弾発言で俺は目を丸くした。

（え、アマンダとテリーランてそうなの??）

モジモジしだしたアマンダと、がっかりしつつもキュルフェに睨《にら》まれて渋々《しぶしぶ》退散する褐色《かっしょく》雄ネーサン達を見る。けれど、俺はスーロンに有無を言わさず運ばれてしまった。

綺麗な中庭をスーロンが鼻歌混じりで進む。

遅れて小走りで追い付いてきたキュルフェも、スッゴいニコニコ顔だ。

「何か、良いことでもあった？」

二人があんまりにも嬉しそうだったから、聞いてみる。

「イイコトはこれからだ、ミュー」

「今からイイコトするんですよ、サミュ♡」

スーロンがニカッと笑って、キュルフェが妖艶《ようえん》な笑みを浮かべた。

（そーなんだ。なんだか知らないけど、楽しみだな♪）

運ばれながら、俺もイイコトとやらが楽しみでニコニコした。

Θ　Θ　Θ

「……ん、……んぅ、ちょ、ちょ、ちょぅっと待ったぁ……！　待て！　待ってぇ……スーロン！　……あゎゎキュルフェ！　待ってぇ……！」

手があと四本足りない!!

なんとかスーロンのキスから唇を離し、待ったをかけるが二人は止まらなかった。俺は四本の腕をかわしたり払ったりしながら少しずつ裸にひん剥《む》かれていく。

二対一は非常に不利だ。しかも、向こうは兄弟。連携が抜群な上に元々俺の師匠。あっという間に難しい仕組みのキラキラ衣裳を剥《む》かれ、パンツ一丁になる。

「あっ……！　兄上ぇ!!」

「「!?」」

「今だ！」

俺の渾身《こんしん》の演技に、スーロンとキュルフェが「ギクゥッ!?」と動きを止めたので、その隙に二人と思いっきり距離を取った。はぁはぁ……っ、疲れた。兄上ありがとう！　単語だけで効力を発揮するとは、流石《さすが》、兄上なのだ。

「イ、イイコトってこーゆーことだったのか??　二人とも！　先に色々説明することがあるだろ!?　落ち着けよ！」

飾りテーブルの背後から頭だけだして二人を怒鳴る。二人は正気を取り戻したようだ。良かった。さっきは目が尋常《じんじょう》じゃなかったもん。

「す、すみません、サミュ……。初夜だと思うと気が逸《はや》って……」

「そうだな、まずは説明だよな……」

「な、何ぃ!? しょ、しょしょしょしょ初夜だとぉぉぉぉーーー!?」

しれっとキュルフェが口にした単語に、俺は文字通り飛び上がって叫んだ。

(どういうことなんだよ!? なんで初夜なんだ!? それを今、なし崩しで行おうとしてたのか!?

この不届き者め――!! ゆ、許せん!! 許せないのだー!!)

俺の魔力がきゅわきゅわキュピーー! と沸き立ち、トゲトゲに尖った。


「――さみゅー? 可愛いさみゅー? もしもーし。ごめんなさーい。許してください、さみゅー」

「みゅー……悪かったよ……。そろそろ出てきておくれ……。なぁ、みゅー?」

ふん。

俺は岩の中で胡座《あぐら》に頬杖をついて、二人のお願いを無視した。

二人曰《いわ》く、王位を三人で継承する際、俺を王として、二人を王配として継承したため、その時点で俺達の婚姻も成立したらしい。ハレムナイトでは俺達はもう伴侶なんだそうだ。

継承式がそのまま結婚式にもなるので、今日が初夜になるんだとか。

……ってのは、建前で、ヒルトゥームじゃ邪魔が入るから邪魔がいないうちに契《ちぎ》りたいってのが二人の魂胆《こんたん》だ。正直言って、婚前交渉はヒルトゥームじゃ割とあるから、良いけど、初夜ってのは別だ。

（初夜って盛大な結婚式の後に特別な感情を持ってするもんだよ！）

俺はぷりぷり怒った。そんな俺の言葉に、二人は反省したらしく、ごめんなさいだとか、文化の違いがあるのか、とかモニョモニョ話していたが、全て無視している。

俺が作った岩茨《いわいばら》のドームの中。文字通り殻に閉《と》じ籠《こも》っている。ふんだ。

「大体、この国の政《まつりごと》はどうするんだ？　本当に大丈夫なのか？？　あと、ヒルトゥームはどうするんだ？？　今後、俺達は何処《どこ》でどう暮らすつもりなんだ？？」

俺の叫びに外から謝罪と説明が聞こえてくる。不安にさせてごめんなさい、ときた。全くだ。

取《と》り敢《あ》えずあと三十年は確実に大丈夫だけど、やりたいならいつでも王様業できるよ、だと。

いや、別に王様業をしたいわけじゃない。

ヒルトゥーム国王に相談済みなので、王様の位だけぶん獲《ど》って一生ヒルトゥームで暮らすのも可能だそうだ。うーーん。今回の件は全部王様に相談済みなのか。そっか……

俺は少し安心した。

（ワルいことや、ヤンチャなことは王様に相談するのが一番だからな！）

二人としては学園卒業後、暫《しばら》く冒険者としてまた三人で旅をしたいとのことだ。

これはスッゴい魅力的。うん。魅力的。

そのためには、ヒルトゥームで貰《もら》える予定の俺の男爵位だけでは心許ない気がして、一番自由に振る舞える身分を探した結果、ハレムナィトの王様になっとこうぜ☆　となったらしい。

絶対発案スーロンだろ、と思ったが、スーロンだった。やっぱり。

男爵とその伴侶だと、あちこちで貴族に出会う度にヘコヘコしなきゃなんない。ハレムナィトの王族なら、そんなことしなくて済む。なんて言っているけど、どーも二人はアゼルより身分が下になるのを嫌がっている節がある。まぁ、アゼルは絶対そこを揶揄《からか》うもんな。上下関係はきっちりしているタイプだし。でも、そっかぁ。また、旅に出るのかぁ。むふふ。

俺は楽しかった四年を思い返して一人微笑《ほほえ》んだ。

「さみゅー？　可愛いさみゅー。もしもーし。寂しいよー。先走ってごめんなさーい。ずっと逢《あ》いたかったんです。早く貴方を抱き締めたかったんです。ねぇ、折角《せっかく》、邪魔が入らないチャンスなのに、顔すら見られないなんて辛《つら》すぎます……。ねぇ、さみゅー」

「みゅー……。せめて声を聞かせてくれ……。なぁ、みゅー？　寂しいよ。出てきておくれよー。契《ちぎ》りたいなんて我《わ》が儘《まま》もう言わないから……。みゅー」

「むぅ。契《ちぎ》りたくないわけじゃないぞ。色々説明がなけりゃ不安で楽しむものも楽しめないから先に説明を求めただけだ。それに、ちゃんとヒルトゥームで結婚式を挙げるんなら、こっちで契《ちぎ》るのには賛成だ。ただ、俺はあれを結婚式とは認めない。ギリギリ戴冠式としては認める」

俺の言葉に殻の外が喜色ばむ。

「さみゅ！　さーみゅー♡」

「みゅー♡　みゅー♡」

「ええい、閉め出された猫か！」

俺はそっと岩茨《いわいばら》を解除して、姿を表した。

「サミュー！　さみゅさみゅ！」

「みゅー！　みゅみゅみゅみゅー!!」

二人が飛びついて頬擦りしてくる。

まったくもう、仕方ないなぁ。俺はコツンコツンと二人の頭に拳骨して、それから抱き締めた。

「俺だって、ずっと逢《あ》いたかったし、寂しかったよ。なんにも言わずに置いてくんだもん。これでおあいこだ！」

俺の言葉に、スーロンとキュルフェが頷《うなず》く。

「そうだな、ミューには淋しい思いをさせたよな。ごめんな」

「そうですね……本当にごめんなさいね、サミュ」

俺は優しく撫《な》でてくれる掌《てのひら》の感触を、黙って二人にしがみついたまま噛み締めた。

「ところで、……サミュ的には、今日のこの行為が結婚式や初夜だとは認めたくないけど、今日契《ちぎ》っても良い、という認識で合ってます??」

俺はしがみついたまま、キュルフェの言葉にこくん、と頷《うなず》く。

(兄さん、何が違うの??)

(分からん。多分だが……これで終わりで、もう結婚式をしないと思ったんじゃないか？　俺達は、ヒルトゥームで盛大にやるからハレムナィトは形式的なもので良いと思ったけど、それをミューには伝えてなかったろ……)

(成る程、それかも！)

なんて、二人が頭の上で指で会話してるとも知らず、俺はスーロンの硬い脇腹に額《ひたい》をグリグリ押し付けて甘えた。久々の感触に、心がじわじわと温まる。

「サミュ、ヒルトゥームでの結婚式は盛大に挙げましょうね？」

「そうだな。どんな演出にしよう？　ヒルトゥームにはなくてハレムナイトにあるものってなんだろう。そーゆーのがあれば、それを大量に使ってド派手に行きたいよな！」

二人が楽しそうにそんなことを言うので、俺はスーロンの脇腹から顔を上げてニッコリ微笑《ほほえ》んだ。

「ハレムナイトのこの布、これ、ヒルトゥームじゃ珍しいよ！　あと、中庭の植物も！　暖かい時期に運べば、ヒルトゥームでも飾れるんじゃないかな？　トレントと温室を利用した管理方法があるんだ、それなら多分、いけるはずだ♪」

「流石《さすが》だ、ミュー♪」

「良いですね！　是非《ぜひ》、使いましょう！」

スーロンとキュルフェがそう言って、俺に沢山《たくさん》キスを落として、優しく撫《な》でる。俺は嬉しくなって二人に散々抱き着いて額《ひたい》をグリグリと擦り付けまくった。

（ヨシ！）

（ヨシッ！）

暫《しばら》く撫《な》でられ続け、ふーぅ、と満足の鼻息を洩《も》らす。それを合図に二人が動き出した。

（結婚式かぁ……。盛大にやるのかぁ……♪　えへへ……そっかぁ♪）

俺は二人に抱えられてデカイふかふかした所に運ばれた。

第五章　十八歳の瓜坊王《ピグレットキング》

一　瓜坊《うりぼう》王と伴侶×2は幸せを噛み締める

うずたかく積まれたクッションはどれも異国情緒溢《あふ》れる刺繍がされていた。絢爛豪華《けんらんごうか》で、ふかふかした床には色とりどりの花が敷き詰められている。

色が違うだけで全部同じ花だ。ピンク、濃ピンク、紫。縁が細かいレースになっていたり一枚の花弁の先が幾重《いくえ》にも裂けていたりするのもある。多分、同じ花の改良品種だろう。なんだろコレ。

(俺はコレが好きかな)

白い花弁に俺の瞳みたいなスカイブルーを少し吸わせて花弁の根元を水色に染め、金粉を散らした花を手に取り愛《め》でる。

綺麗。そっと嗅《か》ぐと、薔薇《ばら》みたいだけど、もっと粉っぽくて、蘭《らん》とかジャスミンが混ざった感じの香りがした。

「サミュ、花を沢山《たくさん》掬《すく》って鼻を埋めて深呼吸してみて？」

キュルフェが妖艶《ようえん》に微笑《ほほえ》んですすめてくるので、「こう？」と言われるままに両手いっぱいの花を受け取って鼻を突っ込み、深呼吸してみる。すーー……はーー……

わぁ。

甘く濃厚な香りが胸いっぱいに広がり、ふわふわした気持ちになった。香りの奥に微《かす》かにピリピリしたスパイシーな刺激。……ショウガみたいな。うーん。良い香り。

スーロンも花を渡してくるので、また受け取って思いっきり香りを吸い込む。なんだか楽しい。微《かす》かにショウガやお香みたいな雰囲気があって、その匂いがスッゴク落ち着く。

もしかして、香料とか魔法薬の原料になる精油の生花なんだろうか。何処《どこ》かで嗅《か》いだことがある気がする。

スーロンとキュルフェが、俺の髪飾りに花を挿《さ》したり、俺の上から花びらを雨みたいに降らせたりする。綺麗。……ふわぁっとした心持ちでその様子を眺め、花びらをうっとりと嗅《か》ぐ。

「ラァルバの花粉と花の香りは、リラックス効果と、痛みを和《やわ》らげる効果があるんですよ……」

「だから、ハレムナイトでは閨《ねや》に花びらを沢山《たくさん》撒いておくんだ。ほら、ミュー、嗅《か》いで……」

ラァルバはポーションの副作用用に使っている魔法薬に、乾燥粉末で入れるヤツだ。

(生花はこんなにいい匂いなのか……)

俺はうっとり目を閉じて香りを吸い込み、二人の指が体を滑るままにしてパンツがするすると脱がされていくのを受け入れた。

スーロンの唇が降りてきて、優しく俺にキスする。今度は、キュルフェが。

二人の指が俺の体の上を滑り、通り抜ける度に、俺の体が緩やかにしなる。

俺の足に、胴に、二人の褐色《かっしょく》の腕が蛇《へび》みたいに絡みついて這《は》う。

「はぁ……」

俺の口から洩《も》れた吐息がやけに大きく辺りに響いた。

「はぁ……」

スーロンかキュルフェか、あるいは二人のものか……。吐息が肌から入ってきて、俺を揺らす。

「ミュー……俺は今、幸せだよ……」

「サミュ、私もです……。私も今、幸せですっ……！」

蕩《とろ》けるように微笑《ほほえ》む、二人の朱《あか》みのある金と金緑の瞳に、俺も蕩《とろ》けてしまいそうだ。

そっと目を閉じて、噛み締めるように言う。

「俺も幸せ……」

それからどのくらい経ったのか、最早、分からない……

「……ぁはっ……はぁ……も、もぅ……ヒィィっ……！」

もう、やめて。もう、いいから……。もう、イかせて。

続けたい言葉が沢山《たくさん》あるのに、舌が動くより先に嬌声《きょうせい》が口から飛び出る。

呼吸すらままならない状態で、俺は必死にシーツにぶら下がり、ラァルバの花の海を泳いだ。

スーロンとキュルフェの指がナカでバラバラに動き、俺を苛《さいな》む。

特に、キュルフェが二本の指で苛《さいな》むイイトコが、全身を貫《つらぬ》くような快感を齎《もたら》した。

なのに、イきそうになるとそこを外されて。動きも鈍る。

「ぁ、ヤ、やぁぁ……キュル……フェ、も、ゆるしてよぉ！　ッあああ‼」

「慣らす段階でいっぱいイってると、後がツラいですからね……。もう少しだけ、頑張って♡」

「ヒイン……す、すーろぅ……あああっ！」

さっきから、イきそうになる度に寸止めされて、もう、何回目だろう。

「ミュー……愛しいミュー……」

キュルフェがやめないからスーロンに助けを求めたのに、うっとり嬉しそうな瞳を向けてくるばかりだ。強すぎる快楽からくる涙を優しく舐《な》めとり、愛を囁《ささや》きながら口内を蹂躙《じゅうりん》して微《かす》かに残った俺の理性を霧散《むさん》させる。

（兄弟で連携してる！）

「そろそろ、兄さんの指を二本にしようか」

キュルフェの言葉にスーロンが頷《うなず》き、一瞬、ほんの一瞬、キュルフェの攻め手が止まる。

「ソコ……ソコ……も、やだぁ！　……ぇ、はぁぁっ！」

キュルフェの滑らかな指が抜かれ、安心したのも束の間、スーロンの武骨な指が二本、ゴリゴリと俺のイイトコを擦り上げ、思わず仰《の》け反《ぞ》った。腰が跳ね、くねる。

「ごめんなさいね、サミュ。でも、よく慣らさないと傷付けちゃうから……。いっぱいキモチ良くしてあげますから、もう少し我慢してくださいね♪」

「や、ぁ……いらないっ……こ……ないっぱぃ、ア、いらなっアア、ああア!!」

「大丈夫大丈夫。入るよ」

「入りますから大丈夫ですよ♪」

違う、そうじゃない。

如何《いか》にも安請け合いな口調でニコニコしながらスーロンが隙間を作り、キュルフェの指が一本滑り込んでくる。そのゴリゴリとした刺激で溶けかけた思考で、俺は必死に違うと叫んだ。

入らない、って言ったんじゃないんだよ！

キモチ良いのはもう要《い》らないいって言ったんだ！

なんで、指二本入れたほうがイイトコを攻めまくるのがルール、みたいになってるんだよぉぉ！

「も、もぉ……ぁ、あ、あっ……いや、やめ……!!」

「そろそろ、いいかな??」

やめないで……！　イク寸前まで上り詰めた俺の懇願も虚《むな》しく、ピタリと動きを止められる。

切なくて、イきたくて、思わず伸ばした手をさっとスーロンが搦《から》めとり、イかせてほしいと懇願のために開いた口をキスで塞《ふさ》ぐ。

「ん、……香油、何処《どこ》行きました？」

俺のナカから全ての指が出ていき、キュルフェが何かを探す気配がした。

「愛してる、ミュー♡」

俺を見つめる朱《あか》みがかった金の瞳が蕩《とろ》ける。

スーロンのその表情には悪戯《いたずら》っぽさが含まれていて……

彼の胸に縋《すが》りつき、俺はそっと唇に唇を重ねる。それを合図に、スーロンが腰を進めた。

横向きだった俺は思わず、逃げるようにシーツに顔を埋める。

そんな俺の顔を、スーロンが大きな手で上を向かせた。背中に感じる、スーロンの滑らかな肌。

「ぁ、はあっ……～～～っっ!!」

「くっ……」

「あ、ありました。何故《なぜ》こんな隅に……って、はぁ!? 兄さん、何やってるんです!!」

初めて受け入れたソレは、指とは存在感が違っていて、俺は声はおろか呼吸《いき》すら奪われ、はくはくと静かに喘《あえ》ぐ。

ゆっくり、ゆっくりと進んでくるスーロンは、まるで、大軍が山や森、川をも切り開いて潰し、真っすぐ進軍してくるような、静かだが容赦のない攻め入り方で。トン、と突き当たった瞬間に俺は全身にゾワゾワした衝撃波が広がるのを感じた。

「はっ、はぁっはぁっ……ぁあっ！　きゅる、ゆ、揺らす、なっ！　ぁぁあっ！」

ナカに収まったスーロンに必死に馴染《なじ》もうとしているのに、キュルフェがスーロンを押したりぶったりするせいで、その振動がナカに伝わって……、ぁぁあっ、しんじゃうぅ……！

「ちょっと、どっちが最初にするかは直前に様子見て決めようって話だったよね？　私、こればっかりは譲れません、て！」

「悪ぃな、キュルフェ。こればっかりは俺も譲れなくてよ」

ぁあぁ、スーロンの細かな動きが響いて、体の芯が……蕩《とろ》けそうだ。

「巫山戯《ふざけ》ないでよ、兄さん！　こんなのはあんまりだよ！　兄さんにかっ攫《さら》われるために一生懸命サミュをほぐしたんじゃないんだよ！」

「う、うああっ！」

キュルフェの怒りっぷりに危機感を覚えたのか、スーロンが俺を起こし、抱き締めようとする。

だが、その動きに付随する振動で俺は仰《の》け反《ぞ》り、スーロンも一瞬、動きを止めた。

彷徨《さまよ》わせた手をキュルフェが取り、上体を抱き込む。

そんなキュルフェの肩に抱き着き、俺は唇を重ねた。彼の舌が甘く感じるほど思考が蕩《とろ》けていて、俺は全身が蜂蜜にでもなったかのようなキモチでトロリとキュルフェを見上げる。

「ああ、サミュ……。好きです。私もサミュと繋がりたい……」

上気した褐色《かっしょく》の滑らかな頬と神秘的な金と緑の瞳が蕩《とろ》ける様《さま》が嬉しくて、俺は幸せなキモチで頷《うなず》いた。キュルフェはキラキラと蕩《とろ》ける金緑の瞳で見つめながら、おもむろに俺を引き寄せる。

「ぁ、……ぅあっ」

「ふぁあああっ！」

ずるるっ！　勢い良く俺のナカからスーロンが出ていき、その背筋を震わす快感に俺は叫ぶ。

背後でスーロンが微《かす》かに呻《うめ》く。貴重だな、なんて思ったのも束の間、ぐちゅっ、と音がして、キュルフェが遠慮なく俺を貫《つらぬ》いた。

俺はそのビリビリ脳天を突き抜ける快感に声もなく白濁を噴き上げる。

「～～ッツ!!」

「ああっ、サミュ！　可愛い！　侵入《い》れただけでイっちゃうなんて♡」

興奮して嬉しそうに笑うキュルフェはとっても色っぽいんだけど、俺は目の前がチカチカしてそれどころじゃない。

多分、スーロンより少し太さと長さが大人しめだし、さっきまでスーロンのが入っていたから、ゆっくり挿入《い》れなくても大丈夫だと思ったんだろう。だけど、刺激が強烈で。

突き当たった瞬間もスーロンより強かったし……

はぷはぷする俺を抱き締め、キュルフェが耳許で囁《ささや》く。

「サミュ♡　もっとサミュの乱れる姿を見せて……」

……もっと!?　…………もっとかぁ……

昔、コンにぃが閨《ねや》は性格が出るって言っていたけど……本当だなぁ……、なんて。

そんなことを考えつつ、俺は腕をキュルフェの首に絡めて、強すぎる快感に震える奥歯を喰い縛りヘラリと笑った。

仕方ないなっ、て。

だって、キュルフェの、ちょっとイジワルだったり、我《わ》が儘《まま》だったりも含めて、俺は大好きだからさ……

「サミュ……私の可愛い人……」

キュルフェがそっと唇を重ねてくる。俺は目を閉じて味わうようにキュルフェの唇を食《は》み、舐《な》めて、舌を差し入れる。

そんな俺に、キュルフェの金緑の瞳が驚いたように丸くなってから、じゅわりと蕩《とろ》けた。

愛しい人。愛しい俺のキュルフェ……

「はっ……ぁあっ……」

くちゅり、と緩く俺のナカのキュルフェが下がり、もう一度、キスするみたいに突き当たりを小突く。そのゾワゾワした快感が大きな波紋となって俺の全身に拡《ひろ》が……

「ちょっと待て！　俺はまだ動いてなかったのに、キュルフェ今、動いたろ!?　返せよ！　ミューを返せ！」

いつもなら、こんな時にまで喧嘩なんてって怒ったかもしれない。

でも、今の俺には……これだけは譲れないと切実に求めてくれることが嬉しくて。

「んんんっ……は、ぁあああっ！　あっ!?　んむっ……」

スーロンが俺の腰を持ち上げ、抜けたキュルフェの代わりに挿入《い》れる。

質量は大きいけど、ソフトなその動きに、やっぱり性格出るなぁ、なんて。

てことは、二人も今頃、俺の性格が出てると思っているんだろうか？

蕩《とろ》ける思考でそんなことを考えつつ、後ろから俺にキスをしてくるスーロンを受け入れる。

舌が絡み、大きな手が顎《あご》、首筋、鎖骨を撫《な》でる。

キュルフェが俺の手を取って、指先から少しずつキスをしながら登ってきた。スーロンから唇を離して、頬まで上がってきたキュルフェに唇を重ねる。

まだ二人に比べたらたどたどしいかもしれないが、俺は一生懸命、舌でキュルフェの舌を擽《くすぐ》った。

そんな俺の舌をキュルフェが搦《から》めとり、擽《くすぐ》り返《かえ》し、上顎《うわあご》や歯の裏を撫《な》でてくる。

スーロンがゆっくり動きながら、獣みたいに俺のうなじを食《は》んで、キスして、背筋を下りていった。

スーロンが抜けて、キュルフェが侵入《はい》る。

脳天を突き刺す快感に仰《の》け反《ぞ》ると、その喉仏を喰らうみたいに食《は》まれ、鎖骨を甘噛みされる。

スーロンが俺の口を指で蹂躙《じゅうりん》し、背中に数多《あまた》のキスを降らせて愛していると囁《ささや》く。

キュルフェが良いところを擦りながら前後し、突き当たりをコンコンとノックした。

俺はその度に滅茶苦茶な声をあげ、二人に抱き着き、仰《の》け反《ぞ》り、ラァルバの花を撒き散らす。

……二人が初めて精を出す頃には、俺は吐精しすぎて、頭まで空っぽになっていた。

二　アマンダから瓜坊《うりぼう》王へ、愛をこめて

拝啓、坊っちゃんへ。

お元気ですか？　アマンダは元気です。

今とっても暇なので、武器の再点検をしつつ、頭の中で坊っちゃんにお手紙書いています。

ここにはペンも紙もありませんから。……頼めば貰《もら》えるんだろうけど……

坊っちゃんがスーロンとキュルフェの二人に連れていかれてから一週間が経ちましたが、お加減は如何《いかが》ですか？　何処《どこ》か、痛んだり、大変な思いをされていないですか？

あの二人はいつも坊っちゃんをふしだらな目で見ていたので、アマンダとっても心配。

ここまで書いて、外から声が聞こえてきました。

「アマンダ様♡」

「アマンダさまぁ〜♡　開けてくださいな♡」

「アマンダ様♪」

「ア・マ・ン・ダ・様☆　あーそーびーまーしょっ♡」

また来た。

この一週間、ずぅっとアマンダは屈強な雄姉様方に付《つ》き纏《まと》われています。嫌ンなっちゃう。

一週間前にキュルフェが言ってたけど、この国は、暗殺が多く侍従兼護衛として屈強な雄姉様方の需要があり、その結果、屈強な雄姉様×屈強な雄姉様なカップルが多いんですって。

でも、こっちの屈強な雄姉様って攻め入るほうが多いそうで、アマンダみたいに屈強な雄乙女《おとめ》は貴重なんだそうです。そのせいでこの状況。

アマンダ、好きでこんな体型なんじゃないし、雄姉様ってあんまり好きじゃないし、屈強な雄姉様方の逆ハー展開とか全然嬉しくないっ。

それに……それに……

ねぇ、坊っちゃん、やっぱり、アマンダはテリーランのこと、恋愛感情で好きなのかしら……

キュルフェ殿に言われて以来、薄々感じてたテリーランへのキモチを妙に意識してしまって……

もう！　坊っちゃん、どうしてこんな時にお話しできないのかしら。

アマンダ寂しい……

雄姉様方はよく話し掛けてくれるんだけど、ちょっと噂好きすぎて……、刺激的なことばかり話すから……アマンダ苦手なのです。

早く、坊っちゃんと恋バナしたい。

スーロン殿は奥の奥を突くのが好きらしい、とか、キュルフェ殿はちょっと酷《ひど》くしたり、あちこち攻めて気をやるまで喘《あえ》がすのがお好みらしい、とか……

聞きたくない噂ばっかり教えてくれるのよ！

あの人達、アマンダがすぐ赤くなるからって、下世話な話ばっかりするの！　もう！　もう！　嫌ンなる!!

アマンダ、あんまり言われないから可愛いって言われるのがすごく嬉しかったけど、あの人達に可愛いって言われる時って、大体恥ずかしい話を聞かされた後か、妙にベタベタされる時だから、すっかりイヤになっちゃった……

はぁ、早く坊っちゃんに会いたい……

「──アマンダ様！　王が寝所から出てこられましたよ♡」

「えっ!?　坊っちゃん!?」

聞こえた声に、慌ててガチガチに塞《ふさ》いでいた扉を開けると、そこにはいつもの雄姉様方がずらり……。しまった。

「なーんちゃって♡　うっそぴょーん♡♡　アマンダ様ったら、毎回引っ掛かるぅ♪」

「やぁん♡　アマンダ様ったら可愛い♡♡」

「やっと開けてくれたぁ！　お買い物デートしましょ♡」

「ねぇ、ヒルトゥームは夫って何人持てますの？　あ、アマンダ様が逃げたわ！」

「やだぁ♡　狩りとか超滾《たぎ》るんですけどぉ??」

「キャー！　アマンダ様♡　キャー♡　待ってぇ！」

「アハハハハ！　アマンダ様！　逃がしませんよぉ♡」

坊っちゃん!!　早く寝所から出てきてぇ!!

三　瓜坊《うりぼう》王のお目覚め

「ん……」

ふと目が覚める。ここは……と横を見ると、スーロンの寝顔があった。

フフッ涎《よだれ》垂れてる。

モソモソ起き上がる。俺に抱き着いていたらしいキュルフェの腕が力なく俺の胸から腹に滑った。

「ふぅ…………腹減ったな」

暫《しばら》くぼーーっと待ってみたが、二人はピクリともせずに眠りこけているので、俺は諦めて独《ひと》り言《ご》ちた。するりと二人の腕からすり抜け、床から出て、隣の部屋に向かう。

てちてちと足音が響く。温暖な気候なので、大理石の床の冷たさが心地良い。

隣の部屋のテーブルには、異国情緒溢《あふ》れる沢山《たくさん》の食べ物が用意されていて、俺は有り難く貪《むさぼ》った。

もうお腹《なか》ぺこぺこ。

ロティサリーコカトリス。肉まんのエキゾチックな香りになったヤツ。蜂蜜とスパイスたっぷりのスペアリブの煮込み。エキゾチックな一口ミートパイ。エキゾチックなオムレツ。エキゾチックな種々の果物。

（うーーん、エキゾチック！）

多分、薄荷《はっか》と、あとなんだろう。大半の料理に共通して使われているスパイスが何種類かある。これが、ハレムナィトらしさを出すんだろうな。

そう考えると、ヒルトゥームらしさを出すのはなんだろう?? なんにでも入れる調味料って塩コショウくらいしか思い付かないけど、きっと、スーロンやキュルフェなら気付くんだろうな。

それらを片っ端から平らげていく。うん。旨《うま》い！ うっかり、全裸なことを忘れて夢中で食事してしまった。

人心地ついたので二、三度間違えながらもバスルームに行き、体を洗う。

それにしても、楽しかった。

閨《ねや》って、あんなに心が満たされるものなのか。病《や》みつきになりそうだ。コンにぃが閨《ねや》の話ばっかりするのが分かる気がする。快楽がちょっと、俺には強すぎて……まだ苦手意識もあるが、スーロンとキュルフェに渇望される感じ、あの、愛しさで蕩《とろ》けたと言わんばかりの瞳で見つめられると本当に幸せな気分になる。

ここ数日、邪魔が入らないのを良いことに、俺はスーロンとキュルフェと、盛大にイチャイチャしてしまった。

俺が起きたらまず、先に起きていた二人が俺にキスしてきて、そのままもつれ込んだり、俺が起きたと同時に目を覚ました二人がキスしてきて、そのままもつれ込んだり……

スーロンと風呂で水を掛け合って遊んでいるところにキュルフェが来てそんな感じになったり、キュルフェの膝枕で葡萄《ぶどう》を食べさせてもらっているところにスーロンが飛び込んできて、わちゃわちゃしていてそんな感じになったり……二人が俺に食べさせる果物を剥《む》いてくれていて、俺がちょっとイタズラしたせいで、そうなったり……。わぁ！　思い出したら恥ずかしくて悶絶《もんぜつ》してしまう!!

服を探さないとな、と思いながら風呂から出ると、タオルと服が用意されていた。

キュルフェかな？　っと思ったけど、相変わらずピクリともせず二人とも爆睡している。

どうやら侍従？　暗部？　の人達みたいだ。気配も姿も全然ないのに、凄《すご》いなぁ。

キュルフェが俺の着替えを他人が手伝うのを嫌っているからか、ちゃんと着替えの用意をしても、手伝いはしない。すごーい。

俺は、簡単に着られるものだけ着て、扉の外に出た。

「わぁ……良い風！」

久し振りの陽射しは眩《まぶ》しい！

と、向こうで喧騒《けんそう》が。

「あ、アマンダだ！」

どうやら褐色《かっしょく》雄ネーサン達と一対多数の模擬戦中らしい。何処《どこ》行っても真面目だよねー。

「アマンダーー♪」

俺も交ぜてもらいたくて、アマンダに手を振りながら駆け出す。

「うわぁぁーーん!! 坊っちゃん!! アマンダ淋しかったーー! 坊っちゃんのばかばかばかぁ!」

だが、アマンダに泣きつかれた。それから一昼夜。

スーロンとキュルフェはまだ起きてこなかった……

え、生きてる?? って疑うほどこんこんと眠り続け、ちょっと焦《あせ》ったよ。

その話が宮中に広がって、最終的に俺が絶倫すぎて二人を抱き潰したという噂にまで至ったらしい。

ちょっと、抱き潰すってよく分からない単語なんだけど……。別に俺は重くないよな? 痩《や》せたぞ? ……痩《や》せたよな?? うん。痩《や》せたぞ。

だがまぁ、その結果、俺が身長百七十半ばの童顔だからと見くびっていた兵や騎士、将軍、貴族のお偉い感じのおじさん方まで、俺に深ーい敬意を示すようになった。なんか、敬服! って感じ。

あ、見くびるって言っても、馬鹿にした感じじゃなかったよ。

ポーションのことで俺を崇《あが》めていても、お姫様とか、子供みたいな、か弱い存在として見ていたというか、過剰にひ弱に見られている気がしたんだよね。

でも今は結構、威厳ある王様を見つめる視線を感じる……

俺はフンムと満足の鼻息を漏らして胸を張った。

（悪くないぞ♪）

「……なんと、あの、お可愛らしい王相手に、スーロン陛下とキュルフェ陛下が……！」

「……ええ、一昼夜、眠りこけるほどの消耗だったとか……」

「……絞り取られて？　……ま、まさか……あのあどけなさで……」

「……王が攻め入るのですか？　……いや、しかし」

「いやはや、それにしても一週間とは……」

「……おや、できませんか？　ハハハ……」

「むむ、なんということを……某《それがし》も王ほどの年の頃にはですな……！　へ、陛下！」

「「ひっ!!」」

コショコショと噂に花を咲かせていた貴族のおじさん方が、俺に気付いて固まった。

「……下らないことばかり言うようなら、その口、メスの喜びを囀《さえず》るしかできないようにしてやりますよ」

横でボソリと呟《つぶや》くキュルフェの言葉に、おじさま方は尻《しり》と股間を守ってこそこそと消えていく。

メスの喜びを囀《さえず》るってどんな状態なんだろう？　……メスは人間にはもうないからなぁ……

文学的な言い回しなんだろうか？　ハレムナィト特有の表現かもな。

なんて考えながら、進む。

右にはスーロン、左にはキュルフェ。

俺達は今、スッゴイキラキラ衣装に身を包んで王宮内を謁見の間から練兵所まで移動している途中だ。

一応、王宮に勤める者には俺達の即位を知らしめとこう、ということで、散歩している。俺が外国人なのもあって、王宮の色々な所を見て、文化を知ると同時に、ハレムナイトにちゃんと興味持ってますよー♪　みたいなアピールなのだ。

ぶっちゃけ、ヒルトゥームに帰る支度待ちが暇だからなんだが、割と楽しい。

スーロンとキュルフェは、噂に花を咲かせている奴らを見つけ次第、訂正を入れた。顔が怖い。

あんなに怒らなくったって……。一昼夜起きてこなかったのは本当のことなのに……

まあ、俺より二人は年上だし、きっと、何かプライドがあるんだろう。

コンにぃも、閨《ねや》のことは繊細でほんのちょっと言い回しが違うだけでも簡単に人は傷付く。そこに受け入れる側、攻め入る側の差はないって言っていた。俺は口出さずに見守ることにしている。

(分からない時ほど、不用意な発言をしやすいからな)

俺はあちこちの噂話に首を突っ込んでは威嚇《いかく》する二人を生暖かく見守りながら、暫《しば》しの異国文化探訪を楽しんだ。

スーロンとキュルフェが起きてきて二日後。俺とスーロンとキュルフェ、そしてアマンダはハレムナィトを発ち、ヒルトゥームへの帰路に就《つ》いた。

年々大きくなる大砂漠の進行を食い止めるために、コートニー家門でトレントを利用した植物管理園を作りたい。そうなると家門内の幾家《いくいえ》かはハレムナィトに移住になるだろうし、父上や兄上、ジャスパー翁、王様に話したいことがいっぱいあるのだ。あと、アゼルとテートとかアンリにも会いたいな。早く会いたい。

そんで、学校を卒業したら、まずどっから取り組もう?? やることいっぱい、やりたいこともいっぱい。

色々考えながら、お土産に貰《もら》った走鳥型魔獣デザートトランナーに乗ってヒルトゥームに急ぐ。ヒルトゥームの街道を、背中に沢山《たくさん》の異国人を乗せたデザートトランナーの群れがひた走るのだ。その光景に呆気《あっけ》に取られる人々の顔が面白くて、俺は笑顔で手を振った。

そうやって王都に入り、懐かしい(?)茨邸《いばらやしき》と化したコートニーの邸に着く。

「父上‼ 兄上ーーー‼」

「サーミ‼ お帰り、サーミ‼」

「おお、我が天使よ‼ 淋しかったぞーー！ さぁ、抱き締めさせておくれ！」

父上と兄上は、一瞬険しい顔をこっちに向けた後、目を見開き、そして色々放り投げて駆け寄ってきた。あっという間に俺を「ギュッ！」と抱き締めてくれる。

父上と兄上が放り投げたものをシャシャッと回収しながらバーマンも駆け付け、二人に抱き締められている俺の腰に抱き着き、おいおい泣いて喜んでくれた。

なんか既視感。

すると、二人からぞゎぞゎと魔力が流れてくる。ヒタヒタと冷たいものが這《は》うように、暴れ馬に乗った死神があちこちガンゴン叩き壊しながら迫りくるように。それでいて、慈愛に満ちた触り方で、俺のあちこちに異常がないか確認していく。うぅ、ゾワゾワする。

俺もお返しに二人に魔力を流し込み、体内を優しく検分した。

「ぉぉぉ……お三方……私にも魔力の余波が……おやめくだされ……最悪のカクテルです……おおおおお……」

突然のコートニーカクテルを喰らったバーマンが自力で脱出できなくなり、慌ててアマンダがひっぺがす。それから暫《しばら》くして俺達は魔力をしまい、お互いに近況を確かめ合った。

「父上はなんでそんなに疲労が溜まってるんです？　兄上は何か討伐があったの⁇」

「何故《なぜ》そんなに体内にスーロンとキュルフェの魔力が滞留してるんだい？」

んーー……と。

「魔力を交換したんだ。それより二人のそのお疲れ具合はどういうことなの⁇　父上、兄上！」

二人を問いただすと、父上が言葉に詰まる。俺は質問攻めにした。

五　紅髪将軍王は瓜坊《うりぼう》王の父兄が怖い

「――何故《なぜ》そんなに体内にスーロンとキュルフェの魔力が滞留してるんだい？」

義父上《ちちうえ》と義兄上《あにうえ》の言葉に肚《はら》の奥がキュッと冷える。

お二人とミューはお互い抱き合い、獣の家族が額《ひたい》を合わせ互いに毛繕《けづくろ》いをするように魔力を送り合って、互いの健康状態を確認し合った。

魔法薬の家門らしいその仕草にちょっと憧憬と癒《いや》しを感じていたところに、冷え冷えとした一言であっという間にそんなものは吹き飛ぶ。幾千本《いくせんぼん》の氷の槍を突きつけられているような心持ちだ。ダルブルーとサファイアの、瞳孔が開きまくった瞳が一瞬向けられ、ぶわっと勢い良く冷や汗が出る。

落ち着け、落ち着け！　落ち着くんだ、スーロン！　あれは婚前ではない！　あれは婚前ではない!!

……ちょっとサミュが認めなかったのは予想外だったが、一応、一応……、一応！　ハレムナイトでは俺達は婚姻し、あれは誰がどうみても初夜だ!!　大丈夫!!　婚前交渉ではない!!　不埒《ふらち》な行いでもない!!　正当だ！　ぁぁ、こっわ!!　いや、怯《ひる》むな、もう俺達は王だぞ……！　いやぁ、だが、怖い。死神が睨《にら》んでいる。

浅くなりがちな呼吸を意識して深く穏やかにする。吸って……吐いて……吸って……吐いて……

隣でキュルフェもハッハッと浅い呼吸をしていた。

俺は生唾を飲み込み、じっとりと汗ばむ手を握り締める。

「魔力を交換したんだ。それより二人のそのお疲れ具合はどういうことなの?? 父上、兄上！」

んーーと。といった感じでミューがさらりと流す。グッジョブミュー！ グッジョブ!!

二人を問いただしたミューは、お義父上《ちちうえ》が非常に言いにくそうなのを察知し、素早くターゲットを彼に定めた。頑張れミュー！ ありがとう！ ミュー!!

「なに、ちょっと宰相さんと大公のおじさんと一緒に、王様に閉《と》じ籠《こ》められて仕事漬けのカンヅメ生活を送らされただけさ……。辺境伯のおじさんに裏切られたんだ……。覚えておきなさい、サーミ……。サンアントニオのおじさんは美味《おい》しいお酒に釣られて悪いことに加担する時があるよ……」

義父上《ちちうえ》がげんなりした顔で言う。

「サンアントニオ辺境伯のおじ様？ ……てことは、パ……王様のお酒コレクション大分スカスカになっちゃったんじゃない?? わぁ、そっか。……わぁ」

ミューがそれを聞いて少し考え込む。

まぁ、俺達が王や義父上《ちちうえ》と義兄上《あにうえ》にミューの足止めを頼んだのに反し、王はミューの脱出を手助けしたらしいから、……つまりはそのカンヅメ生活はミューのためだったんだろう。

これはまた、何かの時に礼をしないとな……

「サーミ……！ 父上より王様のお酒コレクションを心配するのかい??」

よよよ……と大袈裟《おおげさ》によろつく義父上《ちちうえ》に、慌ててミューが抱き着く。

そのまま回復魔法をかけるサービス付きだ。ちょっと羨《うらや》ましい。

ハレムナイトを出て以来、していないから今日辺りできたら……。はっ！ いやいや、なんでもない。

死神の気配を感じて、慌てて俺は違うことを考える。

「兄上はどうしてそんなにお疲れなの⁇　討伐⁇　この疲労は戦闘によるものだよね？」

ミューほどの実力があると、そんなことまで分かるのか……。俺の目には傷一つないピカピカだ。

「それは……」

「誤魔化《ごまか》そうったって無駄だよ、兄上。ここ暫《しばら》くで回復ポーションを五回使用してる。怪我は掠《かす》り傷ばっかりだけど、強行軍による体力低下や馬上にいすぎた疲労、睡眠不足、俺が家出してた間に随分頑張った跡があるよ」

へえ、筋肉に溜まっている微細な魔力を読むのか。今度、俺も練習してみよう。

「サーミが家出してしまう直前に、討伐に出掛けたのだが、それがなんと、王どもの嘘でな。ゴブリンが出たとの話だったが、実際は、ゴブリンと書いた木の札を掲《かか》げたふざけたローズヒップがうろうろしてただけだったんだ。ふん捕まえたら、バローとコンクのローズヒップで……。慌てて、戻ってとっちめてやろうと思ったり、サーミの無事を確かめようとしてたら、今度は、王がハレムナイトと同盟を組むとか考えてると周辺諸国に周知して、慌てた国が三ヶ国ほど攻めてくるから国の守りを頼むとか、訳が分からないうちに気が付けばやらざるを得ん状況で……。数日前に全て終わったが、ヒルトゥームは大分広くなったぞ」

義兄上《あにうえ》がどろりとした疲れきった表情で愚痴るが、その内容は愚痴では済まない。お可哀想に……。抱き締めてぽんぽんと背を叩くミューの頭に、彼は嬉しそうに頬擦りしている。

多分、ミューを家出させるための呼び出しと、俺達が王になったことの影響だろうから……何か、詫《わ》びをしないとな……

「どうやら、ある程度の計画は元々あったようだな……」

疲れきった義兄上《あにうえ》を同じくぽんぽんと背を叩いて労《ねぎら》った義父上《ちちうえ》がチラリと俺達を見る。

まぁ、俺達が王になれば同盟を組むのが当然なので、それは了承したが、他の国とのことは俺達は何も知らない。身の潔白を証明するために首をプルプルと振る。隣でキュルフェもプルプルと振っていた。

だがまぁ、そのうちヒルトゥームが周辺国と事《こと》を起こすつもりだったのは確かだ。

俺達がハレムナィトの王位を奪い、ミューを中心に王の権威を三人で分けるつもりであることを明かした際。

『俺が戴くつもりやったけど、ほんなら天使くんに譲ろかぁ。しゃーない、特別やでぇ』

なんて、王は言っていたからな。あれは本気だった……

だがまぁ、それは今言うことじゃないし、俺とキュルフェはただ首を振って無実を訴える。

「何かちょっと家出してる間にいっぱいあったんだね……。そうだ！　俺とスーロンとキュルフェも三人でハレムナィトの王様になったんだよ！」

ビックリだよね！　と明るく言うミューに、義父上《ちちうえ》と義兄上《あにうえ》はニコニコ笑って、それは凄《すご》いな、と頭を撫《な》でている。

いや、事前にそのつもりだとは言ったが……、普通、そんな学園のテストで満点だったと報告する子にするような褒め方はしないと思う。義父上《ちちうえ》、義兄上《あにうえ》、もう少し驚いてあげてくれ……

「なぁんだ、あんまり驚かないね。俺なんてビックリして顎《あご》が外れるかと思ったのに！」

ぷぅ、と頬を膨らませてからぷすと空気を吐き出し、ミューがぼやく。

うーん、これは……。すごく驚いてみせて得られるであろう嬉しそうな笑顔も良いが、このちょっと拗《す》ねてみせる反応のほうがあざとさがある……流石《さすが》、ミュー上級者は違う。

「さてと、ちょっとテリーランに挨拶《あいさつ》してくるね♪　ほら、アマンダ！　行こうよ‼」

「ちょ、ちょっと坊っちゃん！」

ミューがアマンダの手をぐいぐい引っ張って、庭園に向かう。俺とキュルフェは、その弾む白髪のお下げを見送り、静かに息を吐いた。

四つの冷え冷えとした瞳が刺すように見つめてくる。

「さて、どうやら、うちの天使サーミに無体なことをしたようだが……」

「何故《なぜ》あんないたいけで純真な天使にそんな不埒《ふらち》な気持ちを抱けるんだ！　この変態が‼」

逃げられないようだ。

まぁ、プラトニックでも子を生《な》せるからなぁ。婚姻は、義父上《ちちうえ》と義兄上《あにうえ》にとって手を出して良い理由にはならなかったようだ。

俺はキュルフェと揃って立ち、心を無にして耐える構えを取る。

ミューも同意の上だった、とか、最後のほうはミューからもちょっかいをかけてきたなんて、お二人には火に油を注ぐだけだろうが、俺達には癒《いや》しになる。

これを乗り切ったらイチャイチャしよう。あの可愛いミューをもう一度♡　だ。

迫りくる死神の気配に、ごくり、と唾を飲み込む。

「あれ⁉　パパー！　にぃにぃズー！　わぁ、ただいまだよ‼　へへへ……」

と、その時。邸の角を回り込んだミューの歓喜の声が飛び込んできた。

義父上《ちちうえ》と義兄上《あにうえ》がピシリ、と固まる。

「「パパ……だと⁉」」

耳を疑うお二人に、俺とキュルフェはそっと目配せする。キュルフェが成り行きに任せろ、と首を振った。

「アハハ……わぁ！　ちょっと下ろしてよぉ‼　もう！　キャハハ擽《くすぐ》るなぁ！」

ミュー！　聞こえてるぞー！

いや、聞かせてるのか？　あの王の腹黒さならやりそうだ。

義兄上《あにうえ》が怒りとショックでふるふるしているのを俺とキュルフェは気まずい気持ちで見守る。

俺達は義父上《ちちうえ》と義兄上《あにうえ》が王に対して冷たい態度を取り、ミューだけ滅茶苦茶懐いているのは知っていたが、秘密にしてるみたいだったので気付かない振りをしていた。

だが、義兄上《あにうえ》は知らなかったようだ。本当にショックを受けている。

義父上《ちちうえ》は色々通り越して諦め顔だ。

そんな気まずい俺達の所に、スッゴク仲良くしているであろう様子の声が伝わってくる。

うん。あの邸の角を曲がった辺りで五人が団子になってキャッキャキャウフフしてるよな。

吸うな～！　とか、くんかくんかすんな～！　とか、ミューがキャァキャァはしゃいでいる……楽しそう。

これは……やりたくてもお堅い義兄上《あにうえ》にはできないことをしている気がするぞ。

ショックを受けている義兄上《あにうえ》に少し同情する。俺も少しヤキモキしているから……

「お義兄様《にいさま》……えっとその、コートニー家はそんなにベタベタしない家門で、王家はどうやらスキンシップが多いお家柄のようなので……」

「おい……よせよ、キュルフェ……」

表現方法が違うだけで義父上《ちちうえ》義兄上《あにうえ》達とも同じくらい仲睦まじいはずだとフォローしたかったんだろうが、義兄上《あにうえ》もそれは分かっているはずなのだ。それでも羨《うらや》ましさとかそういうのはあるわけで……案の定、義兄上《あにうえ》はキッとこっちを睨《にら》み付《つ》け、忘れていた当初の思いを再燃させた。

そう、ミューに手を出した俺達に対する怒りだ。

「『婿殿共……長旅で疲れただろう？　どれ、少し診察してやろう♡』」

「ぐっ……いでででで……！」

「うわっ……ぐぇぇ～～……痛いです……！」

うわぁ……これが他の王子達が言ってた死神がヒタヒタと体を這《は》い回《まわ》り猛々《たけだけ》しく叩き壊しつつ検分していく感覚か……！　絶叫ものだ。

叫んで滅茶苦茶に暴れて抵抗したいのをかろうじて耐える。

俺より三十センチほど低い身長ながら義兄上《あにうえ》のアイアンクローはしっかりと俺とキュルフェの頭

部を鷲掴《わしづか》みにし、そこから死神がドンドコ鈍器を振り回して乗り込んでくる……正にそんな感じの魔力が流れ込んできた。

ちょっと八つ当たり入ってますよね?? 痛いなぁ、痛いなぁー!! いってぇー!!

そして、俺とキュルフェの肩を労《ねぎら》うようにさすってくれている義父上《ちちうえ》の手からヒタヒタと暗く冷たいものが伝い、全ての細胞から熱を剥《は》ぎ取《と》っていちいち確認していく。

「熱くて……寒いっ! 凍える……!!」

「暗くて冷たくて……燃えるようです……!!」

「おや、それはおかしなことを言うね……。ふむ、何処《どこ》か不調なのでは? ……ん……腰のこの辺り……麻痺《まひ》したほうが人生が豊かになるとは思わんかね?」

うわぁぁ去勢されるぅ! こっわ! こっわ!!

「あぁぁ、やめてください……胃がチクチクする……サミュの魔力の残りをひっぺがそうとしないで……」

隣でキュルフェが珍しくメソメソしていた。

俺は腰に這《は》い回《まわ》る暗くて冷たい死神の手から色々な機能を死守しつつ、自分には残っていないミューの魔力がキュルフェには少し残っている不思議について思考した。

おかしい。俺達、等分したはずだよな? おかしい。いててて……冷たい熱い痛い!! ミュー! 愛してるぞ!!

思わず心の中で遺言を叫んでしまった。

が、そんな俺の思いが通じたのか、ミューがひょっこり戻ってくる。

「スーロン、キュルフェー？　あ！　コラー！　父上！　兄上！　俺の夫に何してるの!?　もう！」

「ミュー！」

「ああ、サミュー！」

俺達のピンチを察し、勢い良く抱き着いて魔力を流し、お二人の魔力を押し戻そうとした。

助かった！

「サーミ……！　これは……その……。あ」

「サーミ、落ち着いて……おっと」

「「……う？　……うぎゃぁぁぁぁ!?」」

「わぁぁ！　スーロン！　キュルフェーー!!」

ミューのパチパチシュワシュワした魔力が混ざった途端、妙な化学反応が起こり、体中に暴れ猪《ボア》ロデオをしながら火と氷を吐く凶悪な死神達が犇《ひし》めき渦巻くような、強烈な感覚に襲われる。

そして、俺の意識はブチッと途切れた。

六　白熱する瓜坊《うりぼう》王と忘れられた王達

スーロンとキュルフェがバッタリ倒れるというトラブルはあったものの、二人はすぐに復活した。

無事帰宅した俺達は夕食の席で改めて父上と兄上にハレムナィトの王様になったことを話す。

そこで王様として貰《もら》った砂漠の領地の話になる。

「成る程……大砂漠の拡大を抑えるためにトレントを用いた緑化を試してみたい……か」

父上がふむふむと思案する。

「父上、昔、一度だけ砂漠を騎士団で訪れましたが、ウォーキングカクタスという植物系魔物がいたはずです。まずはそれらを増やす取り組みでは駄目なのですか？」

兄上が肉を静かに切りながら父上に聞く。俺はそれに口を挟んだ。

「兄上、それは砂漠の中から緑化するイメージですよね？　俺は端っこの草が疎《まば》らに生えてる辺りにトレントを少しずつ放流して、草原へ、そしてゆくゆくは森林に戻せないかと思ってるんだけど……。ほら、トレントは魔法薬作製時の薪としてだけじゃなく、木材としても人気でしょう？コートニーの保護地区、もう密林になってて逆にか弱い昆虫系魔物が住みにくそうだし、そういう子達のためにも住みやすい草原を作れるんじゃないかなって……」

「成る程なぁ。確かに……。砂漠化が進む背景には、放牧された羊型魔物が草の根まで根こそぎ食べてしまうのが原因の一つとしてあるのだが、土地をコートニー管轄として、その辺りをなんとかすれば……だな」

俺の言葉に父上がうんうんと首肯してワインをチビりと飲みながら話す。それを聞きながら兄上も、うーん、と肉をモグモグ考えている。

「ではまず、小さいドーム型のコロニーを点在させてはどうですか？　あ、いや、それでも羊達の放牧できる面積は減るか……。まずは未だ砂漠ではない部分を豊かな草原にして羊達の餌《えさ》を確保するのと同時に、無闇に羊を増やさないようにその周囲の民を管理する必要がありますね」

肉を呑み込んで語る兄上の意見に、俺は手を叩いて喜んだ。フスンと、ついつい鼻息が荒くなる。

「それだよ！　兄上！　砂を防ぐアイディアが欲しかったんだ！　ドーム型のコロニーをジグザグに配置して防砂防風しながら、その背後と隙間を緑化しよう！　そして各コロニーをトレントを中心とした小さな林コロニーになるようにしたら、数年もすればトレントがその環境を維持するための機能を作ってくれる。そうやって少しずつ大砂漠に切り込んでいこう！」

「成る程！　いきなりトレント養殖林とは考えず、各コロニーをトレントを主とした小さな妖精の森にしていくわけだな！」

俺の意見に、兄上も興奮したようにワインを呷《あお》り、笑顔で返してくれた。

「そうそう、そうしたら、森の主になったトレントがいっぱい幼木を産んでくれるでしょう？　トレントの収穫はそこまで待つんだ。それまでは、森の主としてトレントが育ててくれた昆虫型魔物や薬草なんかで利を取りたいんだ」

俺がそう言うと、ふ、と父上が笑う。

「サーミは賢いな。確かに、将来のためといっても金が掛かるからな。少しでも利を取れるものを育てて赤字は減らしたい。だが、元々こういうのが趣味な奴にやらせれば、それは赤字ではなく趣味に注ぎ込んだ金となる」

「「父上、どういうことですか??」」

俺と兄上はワクワクして父上の言葉の続きを待った。

「なに、各コロニーの権限を家門の欲しい奴に売れば良い。自分達で好きなものを植え、一生懸命管理してくれるだろう。権限を売った金で周囲を管理できるような金額設定にすれば、あとは自《おの》ずと回っていく。一つコロニーが完成すれば、次はどんなコロニーにしようかと、我が一族なら何も言わずとも緑化を進めることだろうよ」

「楽しそう!! 俺、ドームを外さないで蝶《ちょう》いっぱいのコロニーとか作りたいな!」

「サーミは蝶《ちょう》か! 兄上は宝石甲虫だらけにしてみたいな!」

「ふふふ、早速二人もコロニーの購入者が決まったな。……父上はそうだな、青い鳥と花を集めた青いコロニーを作ろうかな」

その後も、俺達は時間が経つのも忘れて話し込んだ。すごく楽しかった。


「――スーロン殿、キュルフェ殿……。今日は諦めてちょうだい。コートニー家の人はああなったらもう駄目なの。明日の朝になってもまだ話してる可能性大よ……。」

「アマンダ……そんな……今夜イチャイチャするのだけを楽しみに義父上《ちちうえ》と義兄上《あにうえ》の痛い健康チェックを乗り越えたのに……!」

「兄さん……私もです……! でも、サミュも義父上《ちちうえ》も義兄上《あにうえ》も途中から私達をすっかり忘れるくらい夢中ですし、すごく楽しそうなので諦めましょう……! あれは……きっと止めたらダメなヤツです……!」

なんて、アマンダに慰められながらスーロンとキュルフェが退室したり、いつの間にかバーマンに食事を下げられたり、お茶を運ばれたり、資料を運んできてもらってたり、図面紙とペンとインクを揃えられたりしているなんて全く気付かず、俺と兄上と父上は夢中で話し込んだ。

七　唐紅髪宰相王とお預けの延長

夕食の途中でコートニー親子達がトレントと砂漠談義に熱中して二日。

漸《ようや》く話が終わったらしく、食堂で寝こけている三人を発見した私キュルフェは、バーマン殿とアマンダ殿に義父兄を頼み、サミュを抱えて寝室に戻った。

「兄さん、やっと終わったけど、寝ちゃったよ……」

「ふ――ん。そっか……」

駄目だ。完璧に拗《す》ねている。

拗《す》ねたままごろりと転がりベッドのスペースを空《あ》けたスーロンの横に、私はサミュをそっと横たえた。

相変わらずのぷぅぷぅいう寝息が少し憎らしい。

「まったく……二日、風呂も入らず一睡もせずにひたすらベラベラガリガリと……」

溜め息混じりにサミュを浄化する。ゴロリと寝返ったスーロンが拗《す》ねきった瞳でこっちを見上げた。

「お預け喰らってる身にもなってほしいぜ……」

「婚姻したんだ。これからの人生、ちょくちょくあると思うから覚悟しとかないと……」

私がそう言うと、はぁぁ――と大きな溜め息をついて、スーロンは寝ているサミュに抱き着き頬にキスをした。

まだ諦めきれないらしい。兄さん、意外と子供っぽいんだから。

「サミュに一つ貸しができたと思ってさ、次の時にその分こっちのお願いを聞いてもらえば良いんだよ。二日お預けなら次は一日で三日分すれば良いし♪」

そう言って笑うと、スーロンは引《ひ》き攣《つ》った笑みを浮かべた。

「兄さんも早く諦めて、お預け後の調理方法でも考えとくんだね♪」

と、あの時は言ったものの……


「うおお――!!　サミュエル――!!　ハッハッハッ!!　ちっせぇ――!!」

「うおぉぉ――!!　アーサ――!!　なっ!?　ちっさいは余計だ――!」

翌日。ぐっすり眠って起きたサミュと風呂に入って身支度して、学園に戻った私達三人を出迎えたのは、ニョキッと大きくなったアーサー・オガニクソン、懐かしの子豚その二だった。

サミュと「ガシッ!」と再会の抱擁《ほうよう》をした後、キャッキャと楽しそうに追い掛けっこを始める。

そんな二人を私は少し憂鬱《ゆううつ》に眺めた。

……そう、多分、……お預けはもう少し続く。

それにしても、百八十センチに届きそうな長身、艶《つや》やかな金髪、滑らかな肌。サモナイトは大分子育てを頑張ったようだ。

「ハッハッハッ！　なぁんだ！　どんなイケメンに育ってるかと思いきや、サミュエルったら」

「くそっ！　アーサー！　くそぅ!!　俺だってまだちょっと伸びる予定なんだ！　今、休憩中なんだよ！」

悔しそうに言うサミュに、残念ながら多分成長はもう止まってるかなぁ、なんて心の中で呟《つぶや》く。

栄養は気を使ってたけど、やっぱり遺伝的なものかな？

「へへーん！　俺はまだまだ伸びるぜ！　目指せスーロンだ！　キュルフェもそのうち抜いてやるぅ！」

「ハハハ。アーサー、そんなにはしゃいだらお兄さん達に笑われてしまうよ。君は闇と破壊の使者《ダークネス・バーサーカー》のクールで威厳溢《あふ》れるアーサーだろう？」

ふらりと出てきたサモナイトの一言に、急にアーサーは大人しくなり、不思議なポーズをとる。

駄目だ……笑っちゃ駄目だ！

「忘れてた……アイツまだ十四だったんだっけ……」

ボソッと呟《つぶや》くスーロンの陰に慌てて隠れ、私は必死に声を殺して笑った。

四年経ったが、未だに私は全知全能の十四歳を生暖かく見守る境地には至っていないようだ。

八　まったり瓜坊《うりぼう》王と闇と破壊の使者

「ええ⁉　サミュエル王様になったの⁉　スッゲェ――‼　聞いた⁇　サモ！　王様だって！　カッケェー‼」

「聞いてますよ、アーサー。それより、暴れると落としちゃいますよ？」

「四年の間に二人は随分ラブラブになったんだなぁ」

俺はまだ幼いとはいえそこそこ筋肉のついたアーサーをがっちりお姫様抱っこで運ぶサモナイトを見ながら感慨深く呟《つぶや》いた。

アーサーは喉を鳴らす猫のような満足げな表情でサモナイトの首に腕を絡ませ、その艶々《つやつや》の黒髪を指で梳《す》いて弄《もてあそ》んでいる。こてり、とサモナイトの首許に頭を預けると、サモナイトの深緑の瞳が愛しそうに細められた。

何か勉強になるなぁ！　……ていうか、アーサーの恋愛力、俺より高くない⁉　アーサー十四で俺十八の既婚者だってのに！　俺が愕然《がくぜん》としていると、ふふと嬉しそうにアーサーが笑った。

「やったぜ！　サモ♡　俺らラブラブだって♪」

「ハイハイ……嬉しいですね。でもキスもその他も、大人になるまではしませんからね……」

（あっ、そーゆーヤツなんだ……）

俺はなんだか眩《まぶ》しい気持ちでアーサーとサモナイトを見つめる。

先程まで闇と破壊の使者《ダークネス・バーサーカー》を自称して闇の衣を纏いし漆黒の大槍《ブラックメタルランス》をブンブン振り回していたとは思えない甘えっぷり。

とても甘い。

久々に会ったし手合せしよう！　ってなって、「我が暗黒神の加護、しかと感じるがいい！」とか言って俺と散々バトっていた子だよね？　それが疑わしいほど甘くてイチャライチャラさしてらっさる。

イイなぁ。

ちょっと拗《す》ねながらサモナイトの首を基点に逆上がりの要領でゆっくり一回転していく闇と《ダークネス》破壊の使者《・バーサーカー》と、そんな闇と破壊の使者《ダークネス・バーサーカー》の無茶を平気な顔で耐えて歩いているサモナイトに驚きつつ、そっとスーロンとキュルフェの腕に触れる。

途端、まるで待ち構えていたかのように二人に抱き上げられ、俺はついニコニコした。

闇と破壊の使者《ダークネス・バーサーカー》とか自称しながらイチャイチャするアーサーは微笑《ほほえ》ましく、それでいて剛胆なる《スラッシュ・》閃光の斬撃《ゴーターン》を放つ者サミュエルを自称してSHINING　SLEDGE　HAMMER　MARKⅡを振り回していた黒歴史をまざまざと思い出させる。俺は恥ずかしくてちょっと悶《もだ》えた。

（でも、俺ももう少しイチャライチャラしてもイイのかもしれないな）

四年振りの親友に、ワンランク上の甘え方を教わった気がした。

久々のアーサーとの再会にはしゃいで腹ペコになり、食堂に向かったところで齎《もたら》された情報に、俺はクラクラしてしまった。

――アーサーの母国である隣国ミスランが面積半分の属国になって、アーサーが次期公爵で、辺境の修道院に入れられていたエンゼリヒトが脱走&行方不明、だと!?

取《と》り敢《あ》えずエンゼリヒトに関しては、俺はもう関係ないから、驚いたけどそれだけだ。あいつなりに頑張っていただこう。アゼルとテートも、一応耳に入れとく、程度の態度だったし。

俺は二人にただいまを言ってギュッとハグする。特に、アゼルには世話になった。本当に感謝しているので、強く。アゼルもギューギューハグしてくれた。

そうやって怒ったキュルフェに剥《は》がされるまでハグし合った俺達は席に着き、皆で近況報告する。

俺が王様になったと話すと、驚きすぎてどうして良いのか分からなくなったテートがカクカクした動きを繰り返す人形みたいになったが、アゼルは全然変わらなかった。そのうちテートも慣れたみたいだ。

アゼルは色々と知っていたらしい。

彼から漂《ただよ》う魔法薬の気配に、俺らの卒業はもう目前だものな、と実感する。

人によっちゃ、もう、家業だとか配属先の手伝いをしているんだよな……

アゼルやテート達とアーサーとサモナイトはタンタンによって引き合わされたらしく、既《すで》に仲良しだった。……身長の話題以外は。

どうやら、アーサーは最近グッと背が伸びたらしく、それが嬉しくてすぐに身長マウントを取る

ようだ。くっっ‼

「「俺らだって、あともうちょっとくらいは伸びるし！　見てろよアーサー‼」」

そう、俺とアゼルが声を揃えると、テートがそっと溜め息をつく。

「俺は……もう伸びないなぁ……」

なんて言うから、切なくなってしまった。

身長の話題に釣られたのか、アンリとジェインまでやってきて、人の皿からチョリソーを一つ奪う。

曰《いわ》く、アーサーがやってきた時、美少年キター‼　とはしゃいでいた受け入れる側の子息達が、手続きを終えたサモナイトが合流した途端、ショックを受けたらしい。

「ほら、あんた達三人といい、アーサーといい、最近中途で入ってくる人達、皆イケメンで恋人アリだったたから、もう、どんなイケメン見ても恋人がいるとしか思えなくて絶望しか感じなくなったらしいわ」

不良っぽさの欠片《かけら》もない自然体な言葉で話すアンリに、何かあった気配を感じつつ、俺は残りのチョリソーを齧《かじ》った。アーサーは黙っていればめっちゃカッコいい王子様系美少年に育っているからな。仕方ない。うん。

さっきからちょくちょく毛糸が絡まった猫でもしないような独特のポーズで肉を食べているけど、黙って立っていればめっちゃ正統派凛々《りり》しい王子様だもん。うん。

金髪碧眼《へきがん》に長身、筋肉の付いた靭《しな》やかなボディのアーサーは本当にかっこよくて。

くっそ〜〜〜！　羨《うらや》ましいな！　毎日浴びるくらい牛乳飲んでやる!!　あと五センチ！　頑張れ！　俺の骨!!　皆それぞれ変わっていってるんだ、骨だってもう少し変化しても良いだろう??

「てか、アーサーが次期公爵ってのは凄《すご》いな！　おめでとう！」

俺がパチパチ手を叩いて喜ぶと、アーサーはテヘテヘ笑う。

「でも、俺なんもしてないし、ヤル気もないから、多分、代理の人に任すか放棄するかになると思う。だけど、俺を嫌ってた奴らが皆、失墜《しっつい》したのはザマーミロな気分だ♪」

隣国ミスランは、ヒルトゥームとハレムナィトが同盟組むかもよ、宣言の後、すわ挟み撃ちと慌てた国の一つだ。けれども実は以前から王弟さんと示し合わせていたらしく、あっという間に王宮を乗っ取り、王弟さんが属国の王となったらしい。

元々、王弟さんのほうがちょっぴり正統な血筋だったとかで、水面下でどーのこーのとアゼルが熱く語り、テートが演劇でも見るかのように熱い眼差しで聴く。ほへー。というか、アーサーもサモナイトもほへー。な感じだ。

まぁ、家族にいらん子扱いされて十歳で家を出ていたし、アーサーもお国事情を詳しくは知らないよな。

そんなアーサーは、俺がヒルトゥームに帰ったと手紙で読んでヒルトゥーム入りした途端に確保され、「もうすぐサミュエルが帰ってくるからそれまで暫《しばら》く体験入学しとき♪」とタンタンに学園に連れてこられたらしい。

「ビックリしたよー！　そんで、ミスランの国の貴族は半分くらいになったけど、俺がサミュエルの友達だからって『オガニクソン家は君が継ぐ場合のみ存続させとくね♪』だもん、ヒルトゥームの王子様超大雑把！」

明るくそう言って、もっしゃもっしゃとコカトリスの山賊焼を豪快に頬張るアーサーの横でサモナイトがげんなりして首を振っている。細かいことは全部サモナイトに叩き込んだようだ。タンタンは合理主義だからな……

「へぇ、勿体《もったい》ないな。まだ答え出さなくても良いんだろ？　ゆっくり考えろよ。あ、もし継ぐならその時はよろしくな♪　俺はサミリィの幼馴染《おさななじ》みのアゼル・トラフト侯爵家三男だ。まぁ、継がなくてもサミリィの友達同士としてよろしくだけど」

ベトベトの手を浄化して照れ臭そうに握手するアーサーの後ろで、サモナイトがすごく真面目な顔して会釈《えしゃく》する。サモナイトは将来アーサーに次期公爵を継がせるつもりらしいや。

見たところ、割と甘やかされつつもサモナイトの言うことは聞いているみたいだし、将来は公爵で確定かな……。なら、今のうちに沢山《たくさん》アーサーと遊んどかないと、だな！

勿論《もちろん》、アゼルとも、テートとも、アンリとジェインとも遊ばなきゃ。多分これから皆忙しくなるだろうから、にぃにぃズともパパとも父上とも兄上とも遊ばなきゃ！

それでいて、スーロンとキュルフェともいっぱいイチャイチャしたい！　俺もアーサーみたいに甘えてみたいな♪

ふと、家出したばかりの頃を思い出す。あの時、俺はまだギリギリ十三歳で……

あれから四年経った。

色々あった。色々変わった……

卒業したらまた、旅に出ようと思っているけれど、多分、ずっと冒険者を続けはしないだろう。

今は公爵家を継ぐつもりは毛頭ないアーサーが、いつか次期公爵としての覚悟を迫られるように、俺達も自《おの》ずと俺達の未来と真面目に向き合う日が来る。

その時まで、もうあと僅《わず》かだと分かっているから……

今は、少しでも楽しいことをしよう。

沢山《たくさん》遊ぼう。

沢山《たくさん》お喋《しゃべ》りしよう。

沢山《たくさん》、沢山《たくさん》……

ああ、参ったな。時間がいくらあっても足りないや。

「よし！　アーサー！　明日はプールで勝負しよう！　明後日は球技！　明明後日はダンジョンだ!!　皆もやろうよ！」

「おお！　そうこなくっちゃ！　サミュエル！　流石《さすが》はこの俺と前世《ふるき》の時代から魂《たましい》で繋がってた同胞《はらから》！　四千年経った今でも色褪《いろあ》せない絆《きずな》!!」

俺は振動するキュルフェの足をテーブル下で静かに踏み、歯を喰い縛ってニッコリ微笑《ほほえ》んだ。

く、くううう……耐えろ！　剛胆なる閃光の斬撃《スラッシュ・ゴータン》を放つ者サミュエル!!

俺だって、剛胆なる閃光の斬撃《スラッシュ・ゴータン》を放つ者サミュエルだったじゃないか!!

そうやって、俺達は沢山《たくさん》遊んで、あっという間に時間は過ぎた。

九　瓜坊《うりぼう》王と蟹《かに》と仲間と想い出達

「サミュエル、何見てるんだ？」

よく通る、低すぎない明朗な声が後ろから掛かる。

「アーサー！　ちょっと魔法で水面の煌《きら》めきの下をどれだけ透過できるか試してただけさ。意外と難しいんだ」

再会したばかりの頃は、記憶より低くなった声に違和感しかなかったのに、もうすっかり慣れた。

学園を無事に卒業した俺とスーロンとキュルフェは、自分達の結婚式に相応《ふさわ》しい食材や装飾品や獲物を探すという名目で冒険者として旅に出ている。

サモナイトとアーサーもついてきて、俺達五人パーティは諸国を回って遊びまくった。

旨《うま》いものを食べて、ダンジョンに潜って、また旨《うま》いものを食べて、手合わせして……

気が付けば、アーサーは十五歳になり、ミスランで貴族としての教育を詰め込まれる日々が待っている。

俺ももう十九で、いつの間にか二十歳になったらヒルトゥームで結婚式を挙げる予定で話が進んでいた。

なんだかんだで、スーロンもキュルフェもハレムナイトの王子達とこまめに連絡を取って指示をし積極的に国政に関わっているし、砂漠のコートニー領の緑化も順調に進んでいる。

戴冠直後なんて、全部ほっぽりだして面白おかしく暮らそうぜ☆　と言わんばかりだったのに……。意外と短い春だった……

「アーサー！　焼けましたよ！」

サモナイトの呼ぶ声に、アーサーが明るく応える。

「すぐ行くよ！　……ほら、サミュエル、行こうぜ！　蟹《かに》だ蟹《かに》だ♪　潮騒《しおさい》と海の重騎兵達の織り成す快楽の宴だ♪」

鼻唄交《ま》じりのアーサーに引っ張られてデッキ中央に行く。サモナイトの采配で次から次へと海鮮が炙《あぶ》られていた。香ばしい匂いに溢《あふ》れる唾をゴクリと飲み込み、俺達は皿を受け取る。

「うはぁ……！　これがエティレンクラブ……！　味が違うなぁ！」

先にかぶり付いたアーサーが歓声をあげる。

俺も火傷《やけど》に注意しながら殻を割り、かぶり付く。普段の蟹《かに》とは段違いの濃縮された旨味《うまみ》と薫りが口中に広がり、その幸せなハーモニーに思わずうっとりとする。

だが、この蟹《かに》一杯がルビー一粒と同等の値段と考えると、極海のヒュージタラバンクラブや子持ちオーシャンローズクラブのほうが俺は好きかもしれない。エティレンクラブを腹一杯食べようとすると一食で数人の豪商が破産する。

自分で獲るからできるが、希少で小さいから狩りもチマチマと面倒だし……うーーん。

「うはぁー……旨《うま》い！　カニ味噌めっちゃ旨《うま》い！　俺コレ一番好きな蟹《かに》かも！」

「そりゃアーサー……この蟹《かに》一つで結構な宝石と同じ値段するんですよ……？　はぁ……♡　でも確かに美味《おい》しい♡　……夢みたいだ……。……そうだ、甲羅一個記念に洗って取っておこう……」

「やはり旨味《うまみ》と薫りが違いますね♪　私もエティレンクラブのカニ味噌が一番美味《おい》しいと思います♡」

うん。獲ろう。獲れるだけ獲ろう。そして結婚式のメニューにも加えよう。

アーサーとサモナイトとキュルフェがうっとり舌鼓《したづつみ》を打っているのを見てそう決意する。ふとスーロンを見ると、やっぱり決意を固めた顔をしていた。

「ミュー、お前も俺と同じで、ヒュージタラバンやオーシャンローズのほうが好きだけど、あいつらのためにエティレンを獲れるだけ獲ろうとか思ったろ？」

「完全同意♪」

悪戯《いたずら》っぽく笑うスーロンに俺も笑って返す。網の上で程好く焼けた貝を頬張った。貝の出汁《だし》がじゅわっと俺の口内を焼きつつ広がる。

テートが貝好きだったから、テートのためにもいろんな貝を獲っておきたいな。

アゼルの好物のレインボーロブスターやファイヤーシュリンプ、スウィートローズシュリンプも沢山《たくさん》用意したし……

俺は懐かしい友人達を思い浮かべる。テートは俺達が卒業したのを機に、料理修行の旅へ。

アゼルは同郷の友人達と王様直下の調査団を創立して国内外を駆けずり回っているらしい。

アンリとジェインはブティックを開き、ミカエルは謎の仕事をしているとか。

………ビクトールはタンタンの手紙に『最近可愛くなってきた』とあるから触れるのはよそう。

何が悔しいって、大体の手紙に少し背が伸びた、と書いてあることだ。

どうして俺だけ伸びないいんだよ。アーサーだってこの一年でまたニョキニョキ大きくなっているってのに。

あーあ。久し振りに再会したアーサーに小さいと言われて、アゼルとテートと一緒に三人で毎日牛乳を浴びるほど飲んだのが懐かしい。

俺はスーロンが用意してくれていた牛乳ジョッキを飲み干し、海老《えび》を齧《かじ》りながら軽くストレッチをする。

明日、アーサーとサモナイトはミスランに帰るために俺達と別れる。

少しでも多く獲ってエティレンクラブをお土産に持たせてあげよう。

少しでも長く一緒に過ごしたいから、後で競争もしようか。

一緒に貝や魚介を獲るんだ…………

俺はエティレンに舌鼓《したづつみ》を打っている三人を尻目《しりめ》にスーロンと一緒に海に飛び込んだ。

十　瓜坊《うりぼう》王は上を向いて歩く

「ううう……ぐじゅっ……ぼっひゃぁぁん……ひぐっ……ううううう……ぐひゅぅ……」

ヒルトゥーム王城内の聖堂。

あちこちからすすり泣きと湿っぽい音が響く中、俺はゆっくりと赤い絨毯《じゅうたん》を踏み締めた。

俺をエスコートしてくれているコートニー侯爵、ロレンツォ・コートニーがぷるぷると震えてる。

皆が感慨深い顔で泣き門出を祝ってくれているけど、俺は次の宴の準備に何か洩《も》れがないかどうかとか、そんなことばかり考えていた。

だって、俺達はとっくの昔に結ばれていたし、ハレムナイトでは婚姻もしている。

それに――

それに、今日は笑っていたいんだ。

…………変なこと考えたら泣いちゃう！

俺は会場の湿っぽい空気に負けじと一から順に数字を倍にしていく。一、二、四、八、十六……。周りの声を聞くな！　スーロンとキュルフェを見ても、今日から俺は、とか考えちゃ……わ～～！　だから考えるなって！　えとえと、一、二、四、八、十六……。落ち着け！　絨毯《じゅうたん》を見ろ！　ふかふかだ！　ナイスカーペット！　泣くわけにはいかない！　今日のメイクはめっちゃ手が込んでいるんだ！　あーあーあー違うこと考えろ！

にわかに周囲が歓声でざわめく。

それと同時に視界にはらりと落ちるものがあって、上を向く。聖堂の天井に、どんどんと蔦《つた》が這《は》い、蕾《つぼみ》が膨らみ、紅薔薇《べにばら》と白薔薇《しろばら》が競うように花開いていた。

はらり、はらはらと、赤と白の花弁が俺と俺の行く先に降り注ぐ。

………コートニー家の中庭に沢山《たくさん》咲いている紅薔薇《べにばら》と王国中で愛されている白薔薇《しろばら》。誰がやったかなんて明白だ。うう、畜生。…………ああ、もう駄目……

ギュッと眉に力を入れて上を向いてみたものの、甲斐《かい》なく視界が滲《にじ》んで、つるり、とこぼれた感触と共に視界がクリアになる。そして滲《にじ》む。……どんどんと溢《あふ》れてくる。

拭《ぬぐ》おうと手を動かすと、そっと兄上が耳打ちと共に風魔法で飛ばしてくれた。

「サーミ……叔母上達が言っていた。その化粧は泣いても大丈夫だそうだ。いくらでも拭《ぬぐ》ってあげるから好きなだけ泣きなさい。但《ただ》し、擦っては駄目だ。擦ったら滲《にじ》んでしまうからね……」

兄上の言葉に、俺は黙って涙を流し続ける。どんどんと溢《あふ》れてくる涙を兄上の魔法が優しく飛ばしてくれるのが心地好かった。


ヒルトゥームの婚礼は長い。

新郎達は結婚式の一週間前から、一切働かず、全身を磨き上げ、最上のもてなしを親戚、友人、知人一同から受ける。

そして、一日掛けて、全身をベールで覆うかのように、白い顔料でレース模様を描く。

その後は、その模様が完全に消えるまで約一週間、甘く幸せな時間を過ごすのだ。

つまり、結婚式の一週間前までに全ての手配をしてなきゃいけないので、大体一月前から怒涛《どとう》の追い込みである。

我がコートニー家門はここ暫《しばら》く結婚する人がいなかったため、叔母上や叔父上など、親戚一同オオハシャギで手伝ってくれた。ありがたかったけど、本当に疲れた。

するすると、沢山《たくさん》の薔薇《ばら》を付けた蔓《つる》が上から垂れ下がってきてカーテンのようになったバージンロードを、兄上と二人で掻《か》き分《わ》けるように進む。イタズラっぽく微笑《ほほえ》む王様と、王様に負けじと薔《ば》薇《ら》を咲かせる父上、涙と鼻水でぐしゃぐしゃの顔した大公と宰相さん、こっそり飲んでいた取って置きのお酒の瓶を振って挨拶《あいさつ》してくれる辺境伯のおじさん、ニマニマフェイスのにぃにぃズが脇に見える。

もう、皆がこぞって薔薇《ばら》を咲かすから、聖堂内は赤やピンクや白で埋め尽くされ、濃密な芳香で噎《む》せ返《かえ》るほどだ。

足許にどんどん降り積もる薔薇《ばら》の花弁を踏み締め、俺はスーロンとキュルフェの待つ壇上へしずしずと上がる。

二人はどちらも褐色《かっしょく》の肌に白のレース模様が映えていて、俺はドキドキした。それぞれ、レース柄のモチーフは願いを込めて選ぶのだが、二人はハレムナィトで尊ばれている月とデザートローズとラァルバの花がメインだ。どんな意味なのかな。後で聞いてみなくちゃ。

結婚式の新郎達は華やかに着飾り、肌を見せる。俺のノースリーブのレース模様の腕に朝露《あさつゆ》を纏《まと》った蜘蛛《くも》の巣みたいに絡んだ金と宝石の腕飾りがシャラリと繊細な音を立てた。

俺のレース柄のモチーフは白薔薇《しろばら》と紅薔薇《べにばら》と二人の瞳と髪から連想した太陽と大地、それと、二人を離さないように、神話にちなんだ薬草蜘蛛《ぐも》の巣と蔦模様《つたもよう》。

模様を書いてくれた叔母様方には、「アナタ意外と独占欲が強い欲張りサンなのね♪」なんて言われちゃったけど、夫が二人もいるんだ、推して知るべしってヤツだよね。

「我らが母体、宿し木のもとへお帰りなさい……健《すこ》やかなる三つの果実よ……。今日、ここ、この場所にて、三人は生涯を共にする伴侶となることを誓いますか？」

ヒルトゥームの神官が宿し木を模したステンドグラスのアーチの下、俺達三人の意思を問う。

孕《はら》みの木のヒルトゥーム神殿風呼び名、宿し木……。ハレムナイトでは子作りの木と呼ぶそうだ。ミスランは揺《ゆ》り篭《かご》の木。この呼び名はこの世界に全部で十三種類あり、それぞれ別の木だ。

つまり、俺達、宿し木の神殿のある国の人達は宿し木の実の子、アーサー達揺《ゆ》り篭《かご》の木の神殿のある国の人達は揺《ゆ》り篭《かご》の木の実の子、スーロンやキュルフェ達みたいに子作りの木の神殿のある国の人達は子作りの木の実の子、ってことだ。

別の木の実の子と子を生《な》すと強い子が生まれる、とか孕《はら》みにくい、とか色々言われているけど、俺達はどうなるんだろう？

そんなことを考えながら見つめる宿し木のアーチは、ただ静かに色艶《いろあで》やかに佇《たたず》んでいた。

「「「誓います」」」

三人で跪《ひざまず》き、頭を垂れて誓うと、遠くのほうで微《かす》かに成婚の鐘が響く。

ここは本来、王族しか使用できない王城内の聖堂。

故《ゆえ》に、参加できる者も身分の高い限られた者だけだ。

だけど、俺の門出を祝いたいと申し出てくれる人が沢山《たくさん》いたので、兄上の指示で映像転送の魔法を封じた水晶球を用意し、現在コートニー領等全国二十五ヶ所で生中継同時配信中だ。

あの鐘も、近くの教会が配信に合わせて鳴らしてくれたんだろう。

六年前、家出をした時には全然思い至らなかったけど、俺は本当に沢山《たくさん》の人に愛され、お世話になってきたんだと、痛感する。

神官が孕《はら》みの木の葉から取った薄紅色《うすべにいろ》の顔料を俺の下唇にそっと乗せる。

「では、新郎達は誓いのキスを……」

促されるまま振り返る。後ろで跪《ひざまず》くスーロンとキュルフェが、頬を寄せた。その中央にチュッと音を立ててキスをすると、二人のレース柄が描かれた唇に薄紅色《うすべにいろ》が付く。

こうして、俺達の結婚式は幕を閉じた。


「サミュエルーー!! うおーー! おめでとーーう!!」

「アーサー!? 何処《どこ》の王子様かと思ったよ!」

金髪碧眼《へきがん》に百八十半ばの長身、立派に育ったアーサーが、ぴょんぴょこ弾みながらお祝いの言葉を投げ掛けてくれる。俺はその声に弾かれたように立ち上がり、盛大にハグをした。

結婚式が終わり、王城の中庭で盛大に宴が催されている。好きにしてほしかったから立食形式だが、開始数分で好き放題になっている気がする。

皆? 王城ですよ??

スリスリと俺の肩に額《ひたい》を擦り付けるアーサー。

冒険者時代は長い金髪をただ下ろしていたが、今日は綺麗に両サイドをハートと菱形模様のコーンロウにして宝石を編み込んだ二本のお下げだ。わー……凄《すご》いな。年々サモナイトの溺愛《できあい》度と器用さがアップしているのを感じる。衣服はかっちりした形の煌《きら》びやかな装飾が施《ほどこ》された、武に重きを置く系の高位貴族って感じだ。

（いやはや、あの可愛いでぶ君が大きくなったよねぇ……）

「アーサー、あまりはしゃいではいけませんよ」

そう苦笑しながら言い、横に立つサモナイトは、アーサーより装飾は抑えているものの、服の形式やら紋様やら、随所にアーサーとの一体感を主張しており、もう番《つがい》って感じ。

「サミリーーィ！　結婚おめでと！」

「サミュエルン！　コングラッチュレーショーン!!」

「サミュエルー！　ブーケ！　ブーケアタシにちょうだい！」

「やぉ！　サミュエル!!　ブーケはジェインに!!　ジェインに清き一ブーケを!!」

何か塊《かたまり》が来た！

「うわぁ！　ちょっと！　皆落ち着けよ！　ブーケはもっと後だよ！　あっ！　わぁぁぁ!!」

アゼルとテートとアンリとジェインが団子になって押し寄せ、俺は慌てて逃げる。けれど、アゼルにお姫様抱っこで捕まり、あっという間にテートとアンリとジェインの猛烈なハグの犠牲になった。

ちょっ……！　何か猛烈に吸い取られている気がする!!　何かを吸い取られている気がする!!

「ええい貴様ら！　私のサミュから離れ……ふぎゃ!!」

「ホホホホホホ！」

「こらこらミューを返せぇあああっ!?」

「まぁぁ婿殿達のこの逞《たくま》しい腕！」

「アナタちょっとこっちでじっくりお喋《しゃべ》り……」

「あっらぁ～～若い男は華があってイイワねぇ～～♡」

あああ……俺をアゼルやアンリから引き離そうと近づいてきたスーロンとキュルフェに、マダム骨粗鬆症ズがわらわらと群がって……

すまない、スーロン、キュルフェ……。その方達には逆らえないよ。諦めて……

俺は宴会でよくあるスケープゴートとなった二人を涙を呑んで見送り、アンリやジェインに引《ひ》き摺《ず》られてキャピキャピ盛り上がっている一団に突入する。

え、アンリとジェインのブティックを手伝っている弟達……って兄弟多いな！　一人一人握手しながら今日の新郎衣装の素晴らしい点を語るキラキラ男子達に、俺はちょっとだけ鼻の下が伸びた。へへへ。

皆が俺にお酌したがるのも、なんだか、照れちゃう。困っちゃう。へへへ。

「ロドリゴ・サンアントニオ!!　脱ぎます!!」

「へへ……へっ??　ぁあっ！　ちょっ……誰かおじ様を止めてーー!!」

突然響き渡った辺境伯のおじさんの宣言に、俺は慌てて声を張り上げる。だが、止められそうな人が見当たらない。おじさん、完璧でき上がってる。結婚式の最中も飲んでたもんな……

「うぉーー！　いいぞー！　ロドリゴォォ！」

「きゃぁぁ♡　皆！　ロドリゴが裸踊りするわよぉぉ!!」

あえあああ……！　宴は始まったばっかりだし、まだ中継されているんだぞ!?

「誰かぁ！　辺境伯のおじさんが脱いじゃう！　誰かぁ!!　ジャスパー翁何処《どこ》!?　誰か！　カクテルポーションの臭《にお》いでも嗅《か》がしてやって!!　ええい！　出合え！　出合えーー!!　誰かぁぁぁ!!」

芋洗いのようにごった返す中、俺は必死に味方を呼んだ。

後ろで大きな歓声があがる。どうやら手遅れだ。ああ、駄目。スッゴく気になるけど振り向いちゃ駄目だ……！　見ちゃ駄目だ見ちゃ駄目だ見ちゃ駄目だ！

「キャーー!!　パ《P》ーフェクトパ《P》ーリエスプ《P》ロポーションよ!!　ＰＰＰ！　ＰＰＰ！」

「ＰＰＰ！　ＰＰＰ！　ＰＰＰ！　ＰＰＰ！　キャー!!」

「ええ!?　……うひゃっ！」

おば様達の嬉しそうな悲鳴に思わず振り向いてしまった。

ああ、なんと、中庭の噴水をステージに、屈強な裸体を晒《さら》して踊りくねるダンディが十人ほど確認できる。

もう駄目だ。

俺は全てを諦めて近くにあったローストコカトリスにむしゃぶりつき、手近な酒を呷《あお》った。

もうこうなったら事態の収拾なぞ無理である。俺も楽しもう。

「――あ！　サミュエル！　スッゲーな、ロドリゴさん！　ち――」

「Ｏｈｈｈｈｈ Ｎｏｏｏｏｏｏｏｏｈ！」

両手にエティレンクラブを握り締めた可愛いアーサーの口からとんでもない情景が語られかけたので、俺は思わず叫んで掻《か》き消《け》した。それ以上はいけない！

「ミュー！　ここにいたのか！　凄《すご》いな、ハレムナィトより賑やかだ。見たか？　あの辺境伯、ケツでいろんなモ――」

「わ～～あ～～～！　きーこーえーなーいーーー！」

ちょっとワクワクした顔でスーロンが酒樽を抱えてやってきた。凄《すご》いものを見たとばかりに報告するので慌てて叫んで掻《か》き消《け》す。サンアントニオの醜態《しゅうたい》は口にしてはいけない。お口が腐っちゃう。

俺は恥ずかしくて、手近の酒をゴブレットになみなみ注ぐ。くぅ～～。大人の味がするぅ。鼻に突き抜ける古木の薫りが気分を落ち着かせてくれた。

「失恋だーー！　自棄糞《やけくそ》だぁーーーー！　俺も脱ぐぞーー‼」

「いいぞぉーー！　アゼルーーー！」

「それでこそサンアントニオの男だぁーーー！」

「きゃぁぁぁ♡　新入りよー！　皆ー‼　新入りよーー♡」

「ええ⁉　アゼル⁉　そんな……！」

聞き覚えのある声と再び盛り上がる野次に、俺は慌てて伸び上がって噴水を見た。そこには、さっき皆で俺を祝ってくれた時の凛々《りり》しい青年とは思えない、据《す》わった目をしてジャケットを高く遠く投げ捨てたアゼルの姿がある。癖ッ毛を束ねたポニーテールがほどけ、肩に落ちる赤毛におば様方がスタンディングオベーションしていた。

もう、下半身丸出し……

そういえば、アゼルのお父上は辺境伯のおじさんと再従兄弟《はとこ》だっけ……

おば様方の歓声に応え、せくすぃな手付きでシャツをはだけさせるアゼルを眺め、呆然と思い出す。

卒業してから伸びたとは聞いていたけど、百八十センチ半ばの長身に、鍛えられた肉体、すらりと長い手足。俺と同じくらいだったのになぁ。

俺は悔しくなって、再びゴブレットに酒をなみなみと注いで一気に呷《あお》った。辺境伯のおじさんが好むのも分かる気がする。少し燻《いぶ》されたような薫りが全身に広がり心地好い。

俺だって……

「あ！　サミュ、スーロン！　ここにいたんですね……。良かったぁ。……て、あ！　お酒飲んでる!?　ちょっ……兄さん！　すぐに取り上げて！　サミュ！　飲んじゃダメ！」

ふぅーー……と大きく息を吐くと、むくむくと俺の中のサンオントニオの血が騒いだ。

「なんだよ、キュルフェ。こんなに皆はしゃいでんだ、ミューが飲みたきゃ飲ませてやろうぜ？」

そうだ……俺だって……

「さっきおば様方から聞いたんですが、サンアントニオの一族は酔うと脱ぐらしくて……サミュもサンオントニオの血が濃いから気を付け――」

「うおおおお俺だってサンアントニオの男だぁ――――！」

「ぁあああっサミュー！！　ダメェーー！」

「今日は俺が主役だぁーー!!　エビバデ☆　クラップャハンズ！」

きゃぁぁーー！

「新郎が参戦したわーー！」

「あらぁ～♡　もう酒を嗜《たしな》む年齢なのねぇ、ヤダ、私も老けたわ～～♡」

「おおお！　いいぞーー！」

俺は近くにあった薔薇《ばら》のアーチの上に上がると天を指さし叫んだ。

中庭の客達が一気に盛り上がる。

「中継はロドリゴが脱ぐ前に全て止めたから、あとは……ってサーミ!?　おおおいまさか！　やめなさい！　下りておいで！　サーミ!!」

「サーミ!?　あああ嘘だろ!?　とうとう裸神《サンアントニオ》の血が覚醒《めざめ》したのか!?」

「わーー！　なんだ!?　サミュエル酔ってんのか!?　楽しそう！　俺も酒を飲んでみたい!!」

「めっ！　アーサー……！」

歓声の合間に父上と兄上の制止の声やアーサーのワクワクしている声が聞こえる。へへへ、大盛り上がりだ！

「とぅぉおりゃぁぁぁぁ!!」

俺がノースリーブで刺繍だらけのかっちりシャツの前を開く。中庭中に野太く黄色い歓声が轟《とどろ》いた。おば様達が嬉しそうに薔薇《ばら》やら宝石の付いたアクセサリーをおひねり代わりに投げてくる。

カ・イ・カ・ン・♡

見たか？　ロドリゴ・サンアントニオ！　俺に対する歓声が一番デカかったぞ！

噴水の上で腕を組んで見ているおじさんを挑発するようにお下げを跳ね上げる。勝負を受けたとばかりに噴水陣営達が色めき立った。

「サミュこら——！」

「アーハッハッハッハッ！」

俺を止めようと飛び掛かってきたキュルフェをヒラリと躱《かわ》し、俺はシャツを脱ぎ捨てて近くのトピアリーに跳び移った。気持ちいい。解放感が凄《すご》い。アッハッハ！　なんて楽しいんだ♪

「これがヒルトゥームの宴か！　よぉし！　ハレムナィトの心意気を見せてやる！　俺も脱ごう！　アモネイ！　トークン！　俺に続けぇーー！」

「ふぁっもっ、もっめ!?　んぐぐんぐぅ……（俺!?　無理無理。今、蟹《かに》食べてるからぁ！）」

「スーロン陛下！　ハレムナィトの裸踊りをヒルトゥームの奴らに見せてやりましょう!!」

「ハッ！　ハレムナィトがなんやねん？　俺達三王子の煌《きら》めく肉体美で蹴散らしたんねん！　見よ！　バロー様の滑らかな胸筋の艶《つや》ぁ！」

「天使くんにもこればっかは負けへんでェ！　この俺コンク様の腰骨はよぉぉ!!」

「オラオラオラァ……！　タンタン様の二十歳のプリケツを見ろやぁ!!」

スーロンとトークンが颯爽《さっそう》と参戦し、にぃにぃズが決めポーズで立ちはだかる。

酔いと興奮が最高潮に達した中庭は混沌《こんとん》と化し、数人のおば様方も脱ぎだし、宝石が飛び交い、止めるものが飛び込んだり、幾人《いくにん》かの侍従も脱いだり王族におひねり投げたり……無礼講、ここに極まれり、だ。ああ、なんて楽しい!!

「ええい！　醜悪《しゅうあく》な酔っ払い共め!!　皆の者、死神一族《コートニー》の死神たるやを見せてやれ!!　行け！　片っ端から健康チェックだ！　ロレンツォ！　肌色の奴らを蹴散らせ!!　ジャスパー翁！　広範囲鎮静魔法だ!!」

「了解、父上！　うぉおらぁぁ貴様らぁぁ!!」

「カーカッカッカッカッカッ!!　ほぉら落ち着くんじゃぁぁ！」

前コートニー侯爵《ちちうえ》の指示でコートニー勢が一斉に動き出す。あっという間に死神の気配が中庭に充満し、酔っ払いどもを蹂躙《じゅうりん》する。

「あぁぁっ、いやっいやよぉぉ！　死神の子守唄で眠るのは嫌よぉぉ！」

「イダダダダ……!!」

「叔父上《ロイやん》がやられたぁ!!」

「だが、奴は我らの中では最弱!!　行け！　バロー！　コン！　タン！　ロレンツォをひんむいてやれ!!」

「「了解やでロドリゴン!!」」

「酔いを醒ませ！　サンアントニオ男子共め!!」

ある者は逃げ、ある者は惑い、ある者は戦って眠っていく、そんな混沌《こんとん》に、キュルフェの手を逃れて俺も参戦した。

「てぇーーい☆　俺にはコートニーの魔力なんか効かないよーだ♪♪」

俺が魔力でコートニー一同の魔力を押し返すと、魔力が混ざり、混沌《こんとん》が更に混沌《こんとん》と化す。

「うぉえええ、貴重な酒を吐きそうだ！　……ん⁇　なんだ、天使サミュエル、お前まだ上しか脱いでないじゃないか、サンアントニオの男子たるもの……」

辺境伯のおじさんが説教しようとするので、俺は胸を張って答えた。

「何言ってるのさ、満を持して今から脱ぐんだよ！　おじさんのお尻《しり》よりも皆にキャァキャァ言われてやるから覚悟しろぉー♪　うりゃー！　脱ぐぞ脱ぐふぉっ‼」

今から脱ぐぞと宣言し、ズボンを緩めた瞬間、ふっと視界が揺れ、音と光が遠退《とおの》く。

一瞬、目を吊り上げて怒っているキュルフェの顔が見えたような……？

なんて考えながら、俺の意識は死神の揺《ゆ》り籠《かご》の中に沈んでいくのだった。

最終話　帰ってきた瓜坊王《ピグレットキング》と初夜と儚《はかな》く散った望み

キャハハ　アンチー♪　……ら、もう、キャハハ……　ほどいてー。

……ら、えー、なんでー？　……から、……め、ひゃはっアンチー♪

楽しそうな声が、誰かと会話しているのが聞こえる……

そう感じた瞬間、それがぶわりと俺に重なって、気付くと縛られて転がされていた。

「えっ、ナニコレ。ん？　何がどうなった⁇」

「あぁぁ……やっと帰ってきてくれたぁぁ……」

戸惑う俺に、キュルフェがはぁぁっと大きく安堵《あんど》の溜め息をつきながら抱き着く。

えっ　どゆこと？　どうゆう状況⁇

「あ～～……ミュー、おかぇりぃ～……」

ぐったりと窓際のテーブルに伏せるスーロンがひらひらと手を振って言うが、顔を上げる気力もないらしい。声もヘロヘロだ。

二人の肌に描かれた白い複雑な紋様を見て、俺はゆっくりと状況を把握した。

そうだ……王城の中庭で……

「あああやっちまったぁぁ……ごめんな、キュルフェ……俺、何処《どこ》まで脱いだ？」

下を脱ごうとした辺りで記憶が途切れているので、まさか、と思って聞いたが、丁度そこでキュルフェの鉄拳（手刀）を受けて気絶したらしい。良かった良かった。キュルフェ、俺が他人に肌見せるのを好まないからな、気を付けないと。

それにしても、今まであんなことなかったのに、とうとうやってしまったかぁ。あああ……楽しかった……すごい楽しかった……。次からは気を付けよう。

そんなことを考えながら、回復魔法と体内浄化で酔いを醒ます。ついでにスーロンとキュルフェの酔いも醒ますと、安心したようにキュルフェがぐるぐる巻きの縄をほどいてくれた。

「まったく、気絶してる間に客室に連れてきたものの、すぐに起きるし。そもそも妙にすばしっこくなってたし、酔いざましの魔法薬も低級ポーションもアンチー♪　の一言で一瞬にして中和するわ、ぐるぐる巻きなのに水中のボウフラみたいにピョコピョコ自由自在に跳ね回るわ……」

「ハハハ、酔ったら魔法も体術も強くなるとか、遠い異国の酔拳みたいだな、ミュー」

溜め息混じりに言うキュルフェの言葉を継いでスーロンが笑う。

え、俺そんなことしてたの??　泥酔怖い。ぐるぐる巻きでピョコピョコするとか、酔った俺はどんだけ元気だったんだ……。全く記憶がないのに色々やっていて空恐ろしい。

「ごめんね、二人とも。介抱しようとしてくれたのに迷惑かけちゃったね。本当にありがとう。今度からは飲みすぎないように肝に銘じるよ」

俺がしょんぼりそういうと、二人の大きな手が頭を撫《な》でる。

ふと、その優しい感触に、出会った頃を思い出した。

本当に、あの頃はこんなことになるとは思いもしなかった。

でも、今はもう、この関係以外は考えられないや。

「宴、楽しめたか？」

スーロンが目を細めて優しく聞く。俺はそれにこっくり頷《うなず》いた。

「スッゴい楽しかった」

「確かに、あんなに沢山《たくさん》の人がはしゃぐ宴は初めてです。あんなに肌色のも、ですが」

俺の言葉に、キュルフェが苦笑いしながら言い、俺達はあの混沌《こんとん》を思い出して笑い合った。

「あんなに酔って裸で踊って、襲撃があったらどうするんですかね……」

なんて言うキュルフェに俺は黙って苦笑いする。

俺が知るだけでも何度か、辺境伯のおじさん達は全裸で馬に跨《また》がって侵攻を食い止めているし、何度か襲撃してきた魔物や盗賊が驚いて逃げたという話も聞いたことがある。おじさんだけじゃなく、歴代サンアントニオの方々ちょくちょくある……なんて、別に知らなくてもいいだろう。

「そうだ、ミュー、さっき届いたぞ。これ、どうやるんだ？」

ポリポリとサイドの複雑に編み込まれた紅色の髪の隙間を掻《か》きつつスーロンが問う。見ると、大きめのテーブルの上で銀のトレイに載った銀食器と綺麗な硝子瓶《ガラスびん》が月光に煌《きら》めいていた。

銀茉莉花を漬けた月の雫酒《ムーンティアワイン》と金陽菊の砂糖漬け陽光の雫糖《サンドロップ》。

ヒルトゥームの伝統的な初夜のおまじないだ。

「昼も、夜も、この先ずっと、俺達の行く道を明るく照らしてくれますように……って願いを込めた酒と砂糖漬けなんだ。それぞれ、相手に食べさせてもらうんだよ。……はい、二人とも座って♪」

俺の言葉にさっと二人が床に膝をつく。……椅子にって意味だったんだけど、まぁ、良いや。俺は薄くて繊細な薔薇《ばら》の花びらを模した猪口《ちょこ》二つにワインを注ぎ、同時に二人の口許に運ぶ。

月光に煌《きら》めいてオーロラ色に揺れるワインが、ゆっくりと消えていく。朱《あか》みのある金と金緑の瞳が神妙に俺を見つめていて……

「次は、俺だね」

そう言いながら二人の口に砂糖漬けを運ぶとカリリと軽い音がして、ついでに俺の指も舐《な》められ、唇で食《は》まれた。

二人から甘いワインを貰《もら》い、砂糖漬けを舌で転がす。爽《さわ》やかな花の香りと共に、じゅわりと甘ーい酒精が体に染み込んでくる。

閉じていた目をゆっくりと開くと、月明かりに妖しく微笑《ほほえ》む伴侶と、優しく笑う伴侶がいて。

俺は勢い良く二人に抱き着いた。

六年。

変わったことは沢山《たくさん》ある。これからも俺達は変わっていくだろう。

それでも、俺達三人はずっと幸せでいられる気がする。

「なぁなぁ、二人とも？　俺もそろそろ閨《ねや》に馴《な》れてきただろう？　今日は折角《せっかく》の初夜だし、俺が二人に攻め入りたいんだ♪」

ベッドにもつれ込み、キャッキャウフフと互いに抱き合い頬を寄せ合って言う。俺の言葉に二人がピタリと動きを止めた。

「ほら、初めての時言ってたろ？　俺も大分馴《な》れてきたと思うんだ。な？」

ワクワクしながらそう言ったのに、ぐっ……と何かを決意したような顔でキュルフェが応える。

「……分かりました。仕方ありません。どうぞ攻め入ってきてください」

「えっ……」

「わぁ！　本当!?　やったぁ！　俺、優しくするね♪　頑張る！　いっぱい気持ち良くしてあげるね♡」

キュルフェの言葉にスーロンが驚いてるが、俺は、キュルフェが受け入れてくれると思うと嬉しくて、ベッドの上でぴょんぴょんと弾む。

「但《ただ》し、私もスーロンもバリタチですので、早い者勝ちです、サミュ♡　攻め入りたきゃ頑張って♡」

「へ？　何それ、バリタチって何??　ね、ちょっ……ぁわっ」

「ほら、スーロン！　ケツを守りたきゃサミュのサミュをケツでしかイケないふにゃふにゃのフニャチャンにしなきゃですよ！」

「よおっし♡　奥の奥は任せろ♡♡」

言い終わらないうちに俺の腰骨の辺りを揉《も》んでくるキュルフェにあたふたしつつ、会話を反芻《はんすう》する。

（え、てことは……？）

「なんだよ！　二人とも受け入れるつもりはハナからなかったのか⁉　酷《ひど》いや！　ずっと楽しみにしてたのに！　ちくしょー！　負けるもんか！　って、あ、ぁあっ！　〜〜〜っず、ずるいーー！

二人がかりとか俺めっちゃ不利だよぉ……っむぅ……」

怒って攻め入ろうとするも、キュルフェを脱がそうとすればその間にスーロンが俺の尻《しり》を攻めてくるし、それを防げばキュルフェが攻めてくる。抗議すれば口を塞《ふさ》がれる。

二人のいつも以上に隙のない連携に、あっという間に俺はとろとろに蕩《とろ》けてしまった。

「大丈夫ですよ、サミュ♡　攻め入るよりもっともっともぉっと気持ち良くしてあげますから。まだまだ宵の口です。サミュが、もう一生攻め入らなくていい！　って泣いて喜ぶまでタップリ可愛がってあげましょうね♡」

「可愛いミュー…♡　前を使いたかったんなら、せめてこれからは沢山咥《たくさんくわ》えてやろうな♡　いつも、両方を同時には攻めてなかったろう？　前と後ろの同時攻めは攻め入るより断然気持ちいいと思うぞ♪」

そう言って頬を撫《な》でる二人に、俺はゾクゾクしながらうっそりと微笑《ほほえ》み返《かえ》した。

どうやら、攻め入るのは諦めなきゃいけないみたいだな……